U0006990

THE POLAR BEAR EXPLORERS' CLUB

by Alex Bell（author）

Tomislav Tomić（illustrator）

字畝文化出版

目次

各方好評推薦

故事的筆調明快，對話輕鬆，讀起來很過癮。史黛拉跟三位少年的冒險部分是主軸，他們的友誼從彼此討厭、猜忌，到四人同心……這過程也是很精采，讓人覺得很感動。作者並沒有刻意說教式的要讀者做一個善良的人，但是字裡行間，處處可以感受到溫柔。

——**陳郁如（華文兒少奇幻《養心》作者）**

「北極熊探險隊」的四個青少年從冰凍群島出發，羅盤定向在「世界上最寒冷的地方」。過程中，冰雪公主喚醒冰雪城堡，異能少年狼語者以傾聽和大自然起伏共振，小巫師不斷在嘗試失敗中壯大成長的、打開生命的邊界，溫柔而神經質的療癒系精靈，在不完美中反覆修整自己，也豐富了團隊。

——**黃秋芳（山海經奇幻小說【崑崙傳說】作者）**

這是一旦開始閱讀就難以放下的奇幻冒險故事。書中四位少年主角所經歷的不僅僅是一段行走意義上的探險旅程，更是一段成長意義上的探索旅程。書中各種驚心動魄又富原創性的情節，我猜想，很快會拍攝成電影而廣受青少年喜愛。

——**黃雅淳（臺東大學兒童文學研究所副教授）**

一連串的困難與攔阻，都無法擊垮這群保有探險家初心的「北極熊探險隊」隊員。如同小說裡所說「探險家最愛的莫過於充滿未知與危險的美妙時刻了。」相信年輕讀者在一同神遊過這場冒險旅程之後，能夠發現生活中種種考驗與挫折，其實有著美妙的一面，並且利用挫折成就更強大的自我。

——**蔡明灑（朗朗小書房創辦人）**

神奇的歷險，包含了友誼、勇氣和決心，充滿想像力的世界。

——**《書商》**（The Bookseller）

這應該是本年度最讓人想緊緊擁抱的小說。無敵可愛，而且文筆充滿歡樂與機智，讀來暢快淋漓。

——**《科奇幻周刊》**（SFX）

冰國的奇幻之旅。

——**《週日快訊》**（Sunday Express）

充滿喜悅，節奏很快的奇幻冒險小說。

——**《WRD 青少年雜誌》**

導讀　充滿奇妙韻味的精采冒險

陳郁如（作家）

這本小說到我手上時，一看書名就覺得有意思，充滿冒險的奇妙韻味。我半躺在沙發上，捧著閱讀器，喝杯茶，細細品味起來。

故事描述女主角史黛拉的冒險故事。一開始的設定就讓人眼睛一亮：她的寵物是一隻北極熊耶！而她的養父是一個到世界各地去冒險的探險家，生活中有小仙子圍繞，有企鵝冰屋當生日禮物，隨著細緻又豐富的描述，不知不覺，我跟著進入書中的奇幻世界。

故事的筆調很明快，對話輕鬆，有什麼伏筆、對立、問題，都很快有答案或解決方式，作者絕不糾結，非常乾脆，讀起來很過癮。唯一比較長的伏筆是史黛拉的身世，故事一開頭就講到收養的關係，大家很容易就猜到之後一定會在她的出身上有著墨。這個身世隨著她跟另外三位少年一起去冰凍群島探險，也慢慢浮出頁面。這裡我很喜歡作者對於生父母與養父母的價值認同的描述，史黛拉面對原生家庭，心裡的接納與不接納，都很簡潔卻深刻的表現出來，沒有傳統「認祖歸宗」後的無條件接受，一點也不八股無趣。

史黛拉跟三位少年的冒險部分是主軸，他們的友誼從彼此討厭，猜忌，到四人同心，這過程也是很精采，讓人覺得很感動。小孩子的性情直接、清澈，少了成人的千轉百轉、勾心鬥角，讓人不禁感慨，很多時候，人隨歲月增長，可是情商沒有跟著成長，閱讀這些少年小說，感受年輕人的率真，感覺很清新。

除了精采的探險故事、絢麗的魔幻場景之外，另一個讓我印象深刻的是整個故事給人的「溫柔」。作者並沒有刻意說教式的要讀者做一個善良的人，但是字裡行間，從故事發展的角度，可以感受到溫柔處處可見。

菲利克斯收養史黛拉本身就是一件溫柔、充滿愛的事件；他受傷時，跟薩普太太之間的對話互動，可以看到他反對濫用槍枝的態度；他在養女與同伴之間起衝突時，他會給愛女溫柔的建議。

「給他一個機會，太急著去評斷別人沒有好處。有時人們正為某些事奮戰，而我們根本不知道。而且，我們和善對待別人會有什麼損失嗎？」

很簡單的句子，但不要說小孩，我們大人也常常犯這樣的錯誤。在不知道他人背景前，就用自己的價值觀、用自己的既定立場去評斷他人，態度苛刻、無情。尤其現在網路發達方便，更讓很多人少了溫柔之心，常常只看到對立衝突，卻咸少去了解他人的用心。

這本書整個讀起來冒險犯難，精采萬分，但是同時又非常溫柔、和善。很高興有機會閱讀這個系列。

北極熊探險隊

1 冰雪公主

四大探險隊規章

北極熊探險家俱樂部規章

❶北極熊探險家應隨時隨地維持鬍鬚修剪整齊，仔細上蠟。任何鬍鬚邋遢、不修邊幅的探險家，將立即被請出俱樂部的公用房間。

❷鬍鬚未梳理或不整潔的探險家，亦不許進入會員專屬酒吧、私人餐廳和撞球室，沒有例外。

❸所有俱樂部土地上的冰屋中，必須隨時放置一壺熱巧克力，以及足夠儲量的棉花糖。

❹在俱樂部土地範圍內，僅能使用北極熊形狀的棉花糖。此外，以下早餐品項，亦僅能提供北極熊形狀：鬆餅、格子鬆餅、小圓烤餅、甜麵包、水果凍和甜甜圈。請勿要求廚房做出其他形狀或動物——包括企鵝、海象、毛茸茸的長毛象或雪怪——大廚會不高興。

❺提醒各位會員，大廚如果被冒犯、覺得受到羞辱或感到憤怒時，餐廳除了奶油吐司之外，便不會提供任何食物了。而這份吐司，只會做成麵包狀。

❻任何情況下，探險家都不得追獵或傷害獨角獸。

❼所有北極熊探險家的俱樂部雪橇，必須正確的裝上七只黃銅鈴鐺，並包含以下物品：五張軟毯、三個有織套的熱水瓶、兩壺緊急用熱巧克力，以及一籃熱過的奶油小圓烤餅（北極熊狀）。

❽請勿將企鵝帶進俱樂部的鹽水浴中，因為牠們將霸占按摩浴缸。

❾所有企鵝均為俱樂部的財產，探險家不得擅自帶走。俱樂部有權搜索任何形狀可疑的袋子，任何會自行亂動的袋子，自然會受到懷疑。

❿所有在俱樂部土地範圍中製作的雪人，必須有修剪整齊的鬍子。請注意，胡蘿蔔並不適合拿來當成鬍鬚，茄子亦然。若對雪人的鬍鬚有疑慮，請隨時諮詢俱樂部主席。

⓫用冰柱、雪球或打扮奇怪的雪人威脅其他俱樂部會員，是一種沒禮貌的行為。

⓬俱樂部的土地範圍上，不允許出現樹鴨[1]，若發現會員攜帶樹鴨，將要求該會員離開。

所有北極熊探險家入會時，將收到一只探險家袋，其中包含以下物品：

- 一罐菲力巴斯特隊長的長征強效鬍蠟。
- 一瓶菲力巴斯特隊長的香氛鬍油。
- 一根口袋折疊鬍子梳。
- 一把象牙柄刮鬍刷、兩把修剪用剪刀，以及四顆分開包裝的奢華泡沫刮鬍皂。
- 兩個折合式小化妝鏡。

海魷魚探險家俱樂部規章

❶各種海妖、奎肯[2]和巨魷魚獎盃，都是俱樂部的私有財產，不得挪去做為私人家庭裝飾。若在探險隊家中發現任何失蹤的裝飾性觸鬚，將予以收費。

❷探險家不得在任何正式遠征途中，與海盜或走私者拉黨結派。

❸有毒的河豚、刺絲水母、海黃貂魚和電鰻，皆不適合拿來做派的餡料或是夾三明治。若對廚房提出以上要求，將遭到婉拒。

❹請探險家們不要向俱樂部大廚示範海蛇、鯊魚、甲殼類或深海怪物的烹煮或食用方法，包括第三條規章中的魚種。請尊重大廚的專業。

❺海魷魚探險家俱樂部認為，海參並不具備獲得獎盃的資格或認可。包括較難找到的咬人海參，以及唱歌海參和吵架海參。

❻海魷魚探險家俱樂部若贈送本俱樂部一條尖叫的紅魔魷魚觸鬚，將獲得一年份的伊詩邁隊長高級黑萊姆酒。

1 樹鴨（Whistling Duck）是一種小型鴨類。

2 奎肯（Kraken）是北歐神話中迴游於挪威和冰島近海之間的海怪。

❼泊港的潛艇請勿處於潛水狀態——這會妨礙俱樂部的清潔服務。

❽探險家請勿將死掉的海怪留在走廊上，或是任何俱樂部的公用房中。無人看管的海怪可能會被移至廚房，不另行通知。

❾南海航海公司對其潛艇所受之損害，概不負責，包括巨魷、鯨魚和水母攻擊或突襲時所造成的破壞。

❿探險家不得在地圖室中比較魷魚觸腳的長短或其他獎盃。欲進行任何私人打賭或下注，請使用戰利品展示間中所標示的區域。

⓫請注意：任何以捕鯨魚叉砲威脅另一位探險家的成員，將立即暫停俱樂部會員的資格。

所有海魷魚探險家入會時，將收到一只探險家袋，其中包含以下物品：

- 一罐伊詩邁隊長的奎肯餌。
- 一張奎肯網。
- 一個刻字小酒壺，裝滿伊詩邁隊長的鱉牛鹹萊姆酒。
- 兩枝銳利的魚叉，以及三袋狩獵用矛頭。
- 五罐伊詩邁隊長的捕鯨砲亮光油。

沙漠豺探險家俱樂部規章

❶魔術飛毯在俱樂部會所中應捲收妥善。任何由失控飛毯造成的損害，將由探險家負全權責任。
❷魔法精靈燈必須隨時由主人妥善保管。
❸請注意：嚴禁精靈到酒吧和橋牌桌。
❹帳篷僅限於重大的長征探險用，不得用來舉辦派對、聚會、閒聊或談八卦。
❺禁止——或不得鼓勵——駱駝對其他俱樂部會員吐口水。
❻除非特殊情況，跳跳仙人掌不得進入俱樂部。
❼請勿拿走俱樂部裡的旗子、地圖或小袋鼠。
❽俱樂部會員不得在子夜到日出期間，以駱駝競速的方式解決爭端。
❾俱樂部裡的袋鼠、郊狼、沙漠貓和響尾蛇，應隨時受到尊重。
❿想保留全數手指的會員，建議別去惹巨大多毛的沙漠蠍，或激怒有鬍子的禿鷹和斑紋沙漠遁蛛。
⓫探險家請勿在俱樂部入口處的飲水盤中洗腳，飲水僅供會員解渴提神用。

⓬俱樂部土地上會建置沙堡，供探險家在進入俱樂部前清理涼鞋、口袋、袋子、望遠鏡盒和頭盔裡的沙子。

⓭探險家請勿過度裝飾駱駝。沙漠豺探險家俱樂部的駱駝最多可戴一條珠寶項鍊、一頂加流蘇的頭飾和印花大方巾、七只素金腳環、最多四只膝套，以及一件嘴鼻的花飾。

所有沙漠豺探險家入會時，將收到一只探險家袋，其中包含以下物品：

- 一頂可折疊的皮製遮陽帽或木髓帽。
- 一罐熱帶的多毛沙漠巨蠍強力驅除液。
- 一把鏟子（請注意，本物件可有效防止被沙塵暴活埋）。
- 一組駱駝修剪箱，包含有機駱駝洗毛液、駱駝睫毛捲、頭梳、腳趾甲剪與蹄子拋光器（由國家駱駝美容協會慷慨贊助）。
- 兩只備用精靈燈和一個備用精靈瓶。

叢林貓探險家俱樂部規章

❶叢林貓探險家俱樂部會員於野餐時不得儀態邋遢，應於所有的遠征隊野餐展現優雅、從容與貴氣。

❷所有的遠征隊野餐用品須以純銀打造，並隨時保持潔亮。

❸香檳籃必須以頂級柳條、高級皮革或柚木製作。請注意，在任何情況下，「寒酸俗氣」的香檳籃均不得放到搬運行李的大象上。

❹不得於沒有司康餅的情況下舉辦遠征隊野餐。有魔法燈籠、精靈蛋糕和綜合小仙子果醬的話則更佳。

❺在俱樂部中，必須將東方鞭蛇、大鱷龜、短角巴布狼蛛和飛豹關妥鎖穩。

❻不許折磨或逗弄叢林小仙子。他們會咬人，而且可能對惹事者發射小顆但威力強大的臭莓果。臭莓果的氣味比任何想像得到的東西更臭，包括腳臭、發霉的起司、大象糞便和河馬的嗝。

❼叢林小仙子若送上以下任何禮物，便一定要讓他們參加遠征隊野餐：大象蛋糕、條紋長頸鹿司康餅，或是來自叢林虎禁寺的氣泡老虎飲料。

❽無論何時，叢林小仙子的船隻在帝奇塔奇河上均有優先航行權，包括遇見食人魚時。
❾無論何時，均不得以長矛指向其他俱樂部成員。
❿搭乘大象旅行時，請探險家自行提供香蕉。
⓫萬一遇到憤怒的河馬，叢林貓探險家應保持冷靜，並盡快採取行動，避免造成遠征隊船隻受損（請注意，船隻歸回叢林航海公司時，應保持原有狀態）。
⓬提醒各位會員——有鑑於以下動物之體積與氣味——俱樂部的象舍並不適合做為晚會、宴會、慶祝大會或狂歡舞會的場地。本會嚴禁在象舍舉行任何社交活動。

所有叢林貓探險家入會時，將收到一只探險家袋，其中包含以下物品：

- 一對刻有探險家名字縮寫的大象形珍珠母刀叉。
- 一組銀器拋光盒。
- 一個刻著叢林貓探險家俱樂部字樣的餐巾環，以及五條頂級麻布餐巾——燙好、上漿，並印有俱樂部徽章的浮水印。
- 一只有火精靈的魔法燈籠。
- 一罐格雷斯托克隊長的長征煙燻魚子醬。
- 一個開瓶器、兩支切蘇格蘭蛋專用刀，以及三個柳編葡萄籃。

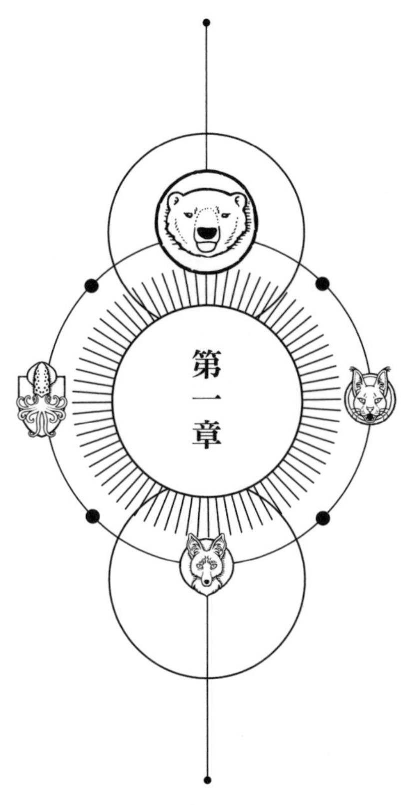

第一章

注定要當探險家

史黛拉擦掉塔樓窗戶上的寒霜，皺眉看著窗外的雪，滿臉的沮喪。明天就是她的生日，她原本應該要很開心的，畢竟，過生日可是她第二熱愛的事物，僅次於獨角獸。可是，爸爸菲利克斯還是不肯帶她一起去探險，這讓她連過生日都快樂不起來。雖然她求了又求、威脅利誘，最後還大發脾氣，但這些方法都沒用。

史黛拉一想到自己就要被送走，再度去和阿嘉莎姑姑住在一起，就覺得非常不開心。阿嘉莎姑姑太不了解孩子想要什麼了！例如有一次，她準備了一顆捲心菜給史黛拉當作學校的午餐——不是恐龍造型的巧克力，也不是棉花糖蛋糕，更不是任何甜食，就只有一顆沒有用處的捲心菜。而且，阿嘉莎姑姑的鼻毛外露，讓人很難不盯著它瞧。

自從史黛拉開始了解「探險家」這個名詞的意義以後，她就一直想當探險家。說得更具體點，她想當航海家。她好喜歡看地圖和地球儀，怎麼看都看不膩。還有羅盤，在她眼裡幾乎算是世界上最美的東西。當然，最美的還是獨角獸。

她命中注定要當探險家。如果不是這樣，那麼小仙子幹麼替她取一個中間名，讓她的全名叫「史黛拉．星芒．玻爾」呢？大家都知道，只有探險家的姓名才會由三個名字組成。當初，菲利克斯給了她姓「玻爾」，但不知道要幫她取什麼名字，所以就拜託小仙子幫忙。這或許是好事，要不然菲利克斯可能會取一些奇怪的名字。不過，小仙子不只是幫她取了一個名字而已，而是幫她取了兩個名字，分別是「史黛拉」與「星芒」。所以啦，她相信這一定是代表她絕對、注定要成為探險家。

史黛拉爬上塔樓窗邊的座位，拱起雙腿，下巴靠在膝蓋上。外面的天色越來越黑了，她知道菲利克斯會到處找她，然後送她暮光禮物，這是他們父女之間的傳統：菲利克斯一向都讓史黛拉在生日前一晚先拆開一樣禮物。但她現在實在太生氣、太失望了，根本沒心情拆禮物，所以她就跑上塔樓藏了起來。只要她躲在窗邊的位子裡，別人就無法從走廊另一頭看見她。

不幸的是，葛拉夫也喜歡待在塔樓。當史黛拉一坐下，牠幾乎是立刻就拖著笨拙的腳步慢慢走過來，鼻子探進史黛拉的口袋找餅乾。某一天，菲利克斯把一隻沒了爸媽的小北極熊帶回家，這讓女管家薩普太太很不高興。但如果不把牠帶回來，牠就會死掉。牠沒有爸爸媽媽了，而且一只爪子畸形，可能無法在野外生存。

史黛拉認為在房子裡養一隻北極熊是她生命中最棒的事，即使有時候想討抱的葛拉夫幾乎快把她壓扁。北極熊的體型實在大得驚人。

她手伸進口袋，拿出一片魚餅乾遞給葛拉夫。牠極其溫柔的拿走那片餅乾，然後嘎吱嘎吱的愉快咀嚼，餅乾屑和口水噴得她全身都是。史黛拉已經習慣了北極熊的口水，所以並不會介意。不過，葛拉夫來看她的缺點是：幾分鐘之後菲利克斯就踏進走廊。牠洩漏了她的行蹤。

菲利克斯說：「啊，你在這裡。」他在靠窗的座位旁邊停了下來，「我一直到處找你。」

史黛拉抬頭看著他的臉，這是全世界裡她最愛的臉，也是她記憶中看見的第一張臉。史黛拉是雪中的孤兒，就像葛拉夫一樣。如果當時菲利克斯沒發現年幼的她，很可能她就會獨自死在冰天雪地裡。史黛拉從沒見過有人的頭髮像她一樣雪白，沒見過任何人的膚色像她一樣白皙，更沒見過有人的眼睛像她一樣是冰藍色的。史黛拉學校裡的人大多是淺粉色肌膚，但史黛拉從頭到腳都像珍珠一樣潤白。這件事總是讓她很困擾，尤其是因為她看起來不像菲利克斯。

從各方面來看，菲利克斯都是史黛拉的爸爸，但她已經習慣直接叫他的名字，因為其他人也都這麼做。他並不特別英俊或傑出，沒留八字鬍或落腮鬍，也沒留現在流行的鬢角——主要是因為那些得花很多時間去修剪維持。菲利克斯說，他寧可用有趣的方式來消磨時間，（到目前為止）這類的方式總計有一百三十四種，其中包括用有趣的方式編號列清單。菲利克斯的鼻梁中間特別隆起，可是史黛拉喜歡他眼角皺起來的樣子，他的金棕色頭髮通常都留得過長，碰到衣領翹了起來，他的嘴角總是上揚。菲利克斯不喜歡皺眉，他說這浪費了臉部肌肉的好用途。

史黛拉一向認為菲利克斯是很特別的人，尤其，他研究小仙子的這件事更加證明了這一點。小仙子們願意交談的人類不多，但祂們一向喜歡菲利克斯。在夏天裡，幾乎每次他一踏出家門，就會有一位小仙子飛來棲息在他的帽簷上，或者降落在他的肩膀上，對他低聲耳語。因此，即便有時候他忘了梳頭髮，或者穿上不成對的襪子，或者扣錯襯衫的鈕扣，史黛拉覺得這些事一點都不重要。除此之外，菲利克斯還會騎高輪腳踏車，用紙牌變魔術，用紙做小飛鳥。如果這些都還不足以讓菲利克斯成為最討人喜歡的人，那麼史黛拉不知道誰才可以。

菲利克斯拿著一個斜綁著粉紅色蝴蝶結的白色盒子，舉得高高的，宣布：「拆暮光禮物的時間到了。」

史黛拉用盡所有的自制力，說：「我不想要禮物。」她撇開頭看向窗外。

菲利克斯說：「我相信你是認真的。」他試著把躺在窗戶座位旁邊的葛拉夫推到一旁。但要推一頭北極熊有點像在推一座山，根本是白費力氣，所以菲利克斯爬過北極熊的身體，去坐在史黛拉對面的位子上。

「如果女孩可以去探險，」菲利克斯輕聲說：「我毫不考慮就會帶你去，你知道的。」

史黛拉說：「女孩竟然不能當探險家！這不公平！愚蠢透了，而且不合理！」她激動得全身顫抖。在史黛拉的成長過程中，每當菲利克斯結束一次探險行程回家時，她都會聽他說故事。她好愛聽那些故事，但女孩總有一天會厭倦聽別人的冒險故事，想要展開自己的冒險旅程。

許多探險家會帶著兒子一同去探險，就連史黛拉的朋友豆豆也即將和他的叔叔（著名的昆蟲學家班尼迪克·博斯科姆·史密斯）一起去參加下一次探險。豆豆和史黛拉的年紀相同，有著精靈血統。他有一長串不喜歡的事情——到目前為止包括：閒聊、諷刺、握手，擁抱、理髮。基本上，所有跟肢體接觸有關的事，他都完全拒絕。

菲利克斯回答：「你說得完全對，這很愚蠢，而且不合理。我敢說，總有一天情況會所有不同，但這個世界未必能像我們期望的那樣迅速改變。」

史黛拉繼續望著窗外，她寧可盯著白雪，而不是看著菲利克斯的眼睛。「我還以為，你不在乎規則的。」說完她撅起嘴唇。

菲利克斯總說，有一些規則是可以打破的，事實上，為了健康著想，有一些規則應該定期打破。當阿嘉莎姑姑說，家裡需要一個女人才能恰當的教養史黛拉，菲利克斯卻總是支持史黛拉去做她想做的事，像是騎著獨角獸在庭園裡奔馳，或者在圖書館裡用書本蓋堡壘，或者學習做動物氣球，而不是去縫製醜陋的刺繡。

他說：「有些規則絕對不能打破，像是當個善良的人、有同理心。不過，如果人們嘲笑你，認為你很奇怪，這些規則就不太重要。」

史黛拉問：「如果我去探險，那並不會傷害任何人，是吧？」她試圖用菲利克斯的邏輯來對付他：「如果人們認為女孩成為探險家很奇怪，那就是他們的問題，不是我的問題。」

菲利克斯嘆口氣，把禮物放在他們之間的座位上，「親愛的，我真希望事情有這麼簡單，但在北極熊探險家俱樂部裡，制定規則的人不是我。」他輕輕將禮物推向她，「別讓這件事毀了你的生日。你何不拆開禮物看看呢？」

史黛拉用最冷漠的聲音說：「把它拿走，我不想要。」不過，話一說出口，她立刻覺得糟透了。她痛恨自己的殘忍，也討厭對菲利克斯發脾氣。如果兩人不恢復友好關係，她不但會不開心，而且也覺得胃都糾在一起，很難受。

她立刻說：「對不起，我這麼說很過分。」

菲利克斯拿起禮物，塞進她的手中。他再度說：「拆開吧，裡頭那個可憐東西現在一定覺得很悶熱。」

這句話挑起了史黛拉的好奇心，於是她拉開蝴蝶結，拿起禮物盒的蓋子，然後盯著一座粉紅色紙包裹的圓頂小冰屋。她高興的大叫，把它從盒子裡拿出來，接著意識到，這座冰屋是真正用冰製成，她立刻覺得手指上的冰磚非常凍寒，冰霜沿著圓弧表面閃閃發光，就像數十顆細鑽一樣。

菲利克斯說：「它被施過魔法，這是它之所以沒融化的原因。我旅行經過史納佛鎮時認識一位巫師，從他那裡得到這個冰屋。你看看裡面。」

史黛拉舉起小冰屋，從小屋敞開的門口凝視內部，一個小企鵝家庭在屋內的冰上快樂的四處拍打翅膀。這幅景象讓她驚奇不已。

菲利克斯告訴她：「牠們是極地寵物，是魔法的一部分，所以不需要食物或任何東西，雖然那位巫師說牠們喜歡偶爾有人唱歌給牠們聽。有一間冰屋裡有北極熊，另一間有海豹，但我認為你會最喜歡企鵝。」

史黛拉回答：「我超愛牠們的！」

「甚至還有一間冰屋裡是小小的雪妖精，但我覺得那個冰屋讓人很不安。如果有人拿了一間充滿雪妖精的冰屋給你看，你到底該作何感想？當我看著那間冰屋的內部，雪妖精似乎用細樹枝在戳彼此的眼睛，感覺非常暴力。」

史黛拉說：「聽起來那比較像阿嘉莎姑姑會送的禮物。」一提到她，史黛拉再度悶悶不樂。

史黛拉喜愛小冰屋裡的小企鵝，就像她喜愛菲利克斯從旅行帶回來的所有古怪玩意兒、珍寶、小擺飾一樣，但她**真正**想要的，是親自找到奇珍異寶帶回家，這是她最想做的事。她想要一間專屬的書房，牆上掛滿地圖與航海圖，她在這裡想待多久就待多久，草擬打包清單，檢視她的珍奇物品，計畫下一趟冒險要到世界另一頭陌生又遙遠的土地。

菲利克斯說：「你姑姑已經盡力了，她只是……嗯，她覺得我們的生活方式有點奇怪，就是這樣而已，但她確實關心我們……」他望著窗外時，眉間出現一條淺淺的皺紋，「以她的方式。」

史黛拉完全不同意。菲利克斯總是向人介紹說史黛拉是他的女兒，她知道他愛她，就跟任何爸爸愛孩子一樣，即使她只是他在雪中發現的另一個棄兒。不過，阿嘉莎姑姑總是以微微厭惡的表情看著史黛拉，就跟葛拉夫吃完魚餅乾並發出長而響亮的打嗝聲後，史黛拉看著牠的表情一樣。

但是，史黛拉也不想跟菲利克斯爭論，所以就親吻他說晚安，然後笨拙的爬過葛拉夫回到她的房間。她把小冰屋放在床邊，換了衣服，接著鑽進被窩。史黛拉盯著掛在天花板上緩慢旋轉的飾物。她知道自己的年紀不適合這些飾物了，但在她還小的時候，菲利克斯為了讓她開心，做了這個飾物給她，她喜愛得不得了。

他的設計是為了提醒她的來歷，他將蓬亂頭髮的雪怪、雪白的獨角獸、毛茸茸的巨大長毛象、閃閃發光的銀色星星串起來，甚至還串了喜馬拉雅山雪人與偶蹄犛牛，這些都是用黏土、珠子、毛線、閃閃發光的玻璃石精心製作而成。當初菲利克斯發現史黛拉時，她只有兩、三歲，年紀太小，根本不記得之前的生活；然而，有時她會夢見自己變回嬰兒，坐在床上，玩著鑲滿水晶、珍珠、冰晶白寶石的頭冠；接著，景象變換，她置身一片荒野，雪地上還有四濺的鮮血……

史黛拉知道自己永遠都無法查出她或她的原生家庭發生了什麼事，但那裡的冰凍荒野曾是她的家鄉，她想再次親眼去看看。

這一次，菲利克斯和他的探險隊打算成為第一批到達冰凍群島最寒冷地帶的探險家，史黛拉想和他們一起前往，她只需要設法讓菲利克斯允許她去。

最後，她嘆了口氣，在床上翻個身，然後舒服的蜷縮在被窩裡，聽著冰屋裡企鵝的快樂輕叫聲，沉睡了。

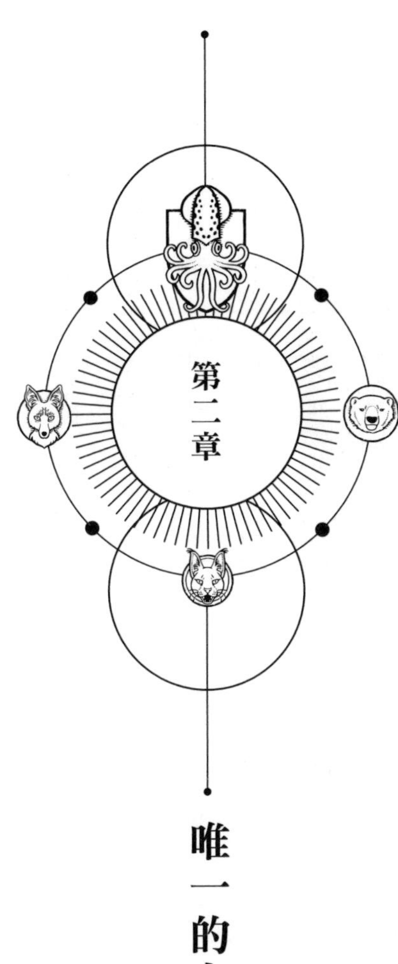

第二章

唯一的女孩

隔天早上，史黛拉醒來，看見陽光從臥房窗戶流瀉進來，陽光還把她伸出床尾的腳趾都曬得暖和和的。她坐起身，好奇的想著：既然自己滿十二歲了，是否會有不一樣的感覺。事實上沒有人確切知道她的實際年齡，但菲利克斯認為他剛發現她時，她大約是兩歲；他說每個人每年都應該慶祝生日一次（理想是兩次），所以他決定把雪中發現史黛拉的那天，當成她的正式生日。

隱隱約約的派對哨音，讓她注意到床邊的小冰屋。她拿起小冰屋，凝視裡頭的企鵝家族。看起來，其中一隻企鵝一定也正在過生日，因為所有的企鵝都戴著生日派對紙帽，吹著生日派對哨音，還有一個魚形蛋糕，上面插著許多蠟燭。其中有一隻企鵝大概是壽星（很難判斷企鵝性別），牠以雙翅互拍，發出興奮的輕微聲音。史黛拉想起菲利克斯說過，牠們喜歡聽人唱歌，於是在冰屋門口唱起《生日快樂歌》，這立刻引起很大的騷動，所有的企鵝都繞圈圈跑來跑去，大腳掌啪嗒啪嗒踩在冰上，發出響亮的聲音。史黛拉露出微笑，把冰屋放回床邊。

她努力把「菲利克斯即將離開」與「自己將與阿嘉莎姑姑無聊地關在一起」

的想法拋到腦後。如果讓這些想法毀了她的生日，那就太浪費了，畢竟，人們一輩子只有一次十二歲生日。

她穿上特殊場合穿的、最喜歡的洋裝，它是粉藍色，飾有北極熊形狀的白色小鈕扣。她還穿了一條光彩奪目的襯裙，轉起圈圈時，裙襬會美麗的膨起來，讓她覺得自己就像那些有時會在午夜花園看到的跳舞糖梅仙子。

她用藍緞帶將雪白色的頭髮綁在腦後，然後走下通往樓下的巨大樓梯。菲利克斯與大多數探險家一樣，非常富有，他們的豪宅有好幾間廚房與餐廳，還有許許多多的廚師、主廚、僕人。如果有其他探險家來作客暫住（每次規畫探險時，通常就會有許多客人來），那時他們通常會在客廳吃早餐，但如果只有他們父女倆，那麼早餐地點一向是在柳橙溫室。雖然這間溫室已經不種柳橙樹很多年了，但菲利克斯仍稱它為柳橙溫室，而現在這間玻璃溫室裡有著完全不同的東西。

史黛拉打開溫室的門，一股溫暖襲來，伴隨著許久之前柳橙所留下的淡淡香氣。柳橙溫室有玻璃屋頂與牆壁，這是他們家中最溫暖的地方，也讓它成為適合侏儒恐龍居住的理想環境。因為侏儒恐龍體型小，所以有些人稱牠們為「小仙子恐龍」；即使是史黛拉最喜歡的那隻侏儒恐龍，體型也與一隻小貓差不多。牠的名字叫巴斯特，當她一走進溫室時，牠立刻衝過來迎接她。史黛拉抱起牠，手指輕輕撫摸牠長著鱗片的頭，牠高興的扭了扭身體，前爪緊緊纏著她的拇指。

菲利克斯在南方異國的香料群島旅行期間，首次發現了侏儒恐龍，後來他研究了牠們好一段時間。他研究侏儒恐龍的事傳了出去，如今，每當有任何地方出現生病或受傷的侏儒恐龍，人們就會聯繫菲利克斯，詢問他願不願意收留牠們，而他從未拒絕。現在柳橙溫室變成數十隻小恐龍的家。

菲利克斯在溫室中間的桌邊高聲說：「啊，壽星來了！過來吧，吃點早餐。」

史黛拉高興的看到桌上有冰淇淋，上面還灑了糖霜，放了乳脂軟糖條，淋了黏糊糊的巧克力太妃糖醬。她很興奮，菲利克斯已經做了數十隻動物氣球（全是獨角獸造型）掛在天花板上，就在翼手龍的家那裡。這使得侏儒翼手龍非常困惑，時不時就會有一隻侏儒翼手龍飛上來查看某一個亮粉紅色的獨角獸氣球，然後又匆匆飛走。

史黛拉坐了下來，讓巴斯特坐在她的大腿上，然後遞給牠一條乳脂軟糖，牠貪吃的從她手中一把搶走。她拿起湯匙，趕在冰淇淋融化之前開始盡情的吃。這一切都很順利，直到一陣急速敲擊玻璃牆的聲音響起。他們轉過身，看見阿嘉莎姑姑站在外面，她寬大的臉帶著嚴厲的表情盯著他們。

史黛拉的心不禁一沉，說：「我以為她今天下午才會來接我。」並以譴責的眼神看著菲利克斯。

他回答道：「我也是。她一定搭了比較早班的火車，」接著，他嘆了口氣，「嗯，既然她已經看到我們了，我想躲避也沒有用。」他隔著玻璃牆向她揮手，並提高聲音說：「阿嘉莎，進來吧，門開著。」

阿嘉莎姑姑從玻璃溫室的外面走入門口時，史黛拉將注意力重新放到冰淇淋上。一會兒後，阿嘉莎姑姑踏著重重的腳步走了進來。她穿著相配的紫色裙子與上衣，戴著飾有羽毛的紫色寬簷軟帽。阿嘉莎姑姑體格肥胖，史黛拉認為這套服裝讓她看起來很像巨大的紫色青蛙，絕對是你不應該舔的那種青蛙，以免最後發現牠有毒。

菲利克斯有禮貌的說：「很高興見到你，阿嘉莎。」他起身為她拉了一張椅子，「你想吃一些冰淇淋嗎？」

阿嘉莎以驚恐的語氣重複道：「冰淇淋？」那口吻讓人以為菲利克斯剛剛說的是：「你想吃一些切碎的魷魚嘴嗎？」

她繼續說：「早餐吃冰淇淋？喔，我的天，菲利克斯，我的天。」

他坐回自己的位子上，回答說：「今天是史黛拉的生日。」

阿嘉莎說：「是喔。親愛的，生日快樂。」這是她進門後第一次正眼看史黛拉。

史黛拉回答：「謝謝你，阿嘉莎姑姑。」

她的姑姑重重的坐上椅子，緊緊抓著大腿上的手提包，好像害怕有人會搶走它似的。她皺眉看著桌子，「菲利克斯，為什麼有隻恐龍坐在那個麥片碗裡？」

菲利克斯溫和的說：「那是米爾翠德，牠是梁龍。」

這隻小恐龍確實是以舒適的姿態坐在菲利克斯手肘邊的麥片碗裡，牠的一部分身體正泡在牛奶與水果口味的穀物圈中。

阿嘉莎嘆了口氣說：「我不是問牠是哪種恐龍，我是問，為什麼牠會在麥片碗裡？」

菲利克斯說：「牠有皮膚病，我正在用牛奶與水果口味的穀物圈治療牠，目前為止效果很好。你確定真的沒興趣吃一些冰淇淋嗎？至少吃一條乳脂軟糖吧。」

阿嘉莎回答：「你在這裡吃東西太不衛生了，尤其是這些恐龍還滿房間亂竄，還有，這間溫室太溫暖了。」她從手提包裡拿出一把大扇子，開始激動的搧起風來。

史黛拉挖出自己碗裡的最後一塊冰淇淋，將湯匙拿給巴斯特舔一舔，接著把牠放在地板上。不幸的是，牠直接衝向阿嘉莎，並開始咬她的鞋帶。阿嘉莎尖叫一聲，然後用扇子拍打牠，但菲利克斯立刻伸手阻止。

他說：「冷靜點。」他把巴斯特抱起來，放在大腿上，這隻暴龍狠狠瞪著桌子對面的阿嘉莎。牠瞪人的眼神很凶狠，這是史黛拉喜愛牠的其中一點。

史黛拉正準備問自己能不能先離開，因為她寧願與獨角獸一起待在馬廄（事實上，其他任何地方都行），也不願與滿臉不爽的姑姑一起坐在這裡。但就在這時，阿嘉莎姑姑轉頭對她說：「史黛拉，親愛的，你何不去外面玩一會兒呢？我要和我弟弟私下討論一些事。」

阿嘉莎總是稱菲利克斯為「我的弟弟」，從來不是「你的爸爸」。史黛拉聳了聳肩，跳下椅子，彷彿她並不介意，而且有更重要的事情要去做。不過，如果阿嘉莎想與菲利克斯「私下」談話，這只代表她想討論史黛拉的事。史黛拉與任何有自尊心的孩子一樣，打算偷聽任何與她有關的談話內容。

因此，她沿著來時的路回到房子裡，然後抓起斗篷，走到屋外，來到柳橙溫室旁邊的藥蜀葵灌木叢。這不是很大的灌木叢，但如果她收攏襯裙，在雪中蹲低身子，動也不動，那麼這個灌木叢足以遮住她，不被別人看見。這裡可以透過樹葉與粉色花朵縫隙，盯著阿嘉莎姑姑與菲利克斯，清楚聽到他們說的每一個字。

阿嘉莎姑姑抱怨：「說真的，菲利克斯，這太過分了！鐘樓裡的蝙蝠、柳橙溫室裡的恐龍、木椿裡的仙子……我是說，什麼時候這一切才會結束？」

菲利克斯回答：「阿嘉莎，拜託。鐘樓裡沒有蝙蝠，老實說，我甚至不確定鐘樓是什麼。不過，我有理由肯定這裡沒有蝙蝠，蝙蝠在吸菸室，牠們以前喜歡圖書室，但自從牠們和那些蛀書蟲鬧翻後……」

阿嘉莎不耐煩的打斷他：「哦，我不關心蝙蝠！」史黛拉認為這麼做非常粗魯，因為先提起蝙蝠的人可是她：「我關心的是這個女孩會變成什麼樣子。」

「這個女孩。」菲利克斯輕聲重複道，「你指的是我的女兒史黛拉嗎？」

「菲利克斯，請你認真。她不是你的女兒，並不算是。」

菲利克斯突然站起身來，然後停頓了一下，史黛拉知道這代表他在心中默默的從一數到十。菲利克斯曾說，如果你擔心自己可能對別人發脾氣，那你應該總是從一數到十再開口說話，儘管史黛拉很少看到菲利克斯生氣。事實上，菲利克斯一向都顯得心情愉快，阿嘉莎姑姑似乎是唯一能成功破壞他快樂心情的人。

菲利克斯終於開口：「她是我的女兒，從各方面來說。」

「聽著，我提早到是想認真的和你討論如何處置她。我的意思是，她不會永遠是小孩，等她長大後會變成什麼樣子？她不能無限期住在這裡，對吧？」

菲利克斯從冰箱裡拿出一個澆水器，開始冷靜的將新鮮冰牛奶灑在米爾翠德身上，此刻牠仍然愉快的泡在麥片碗裡。他問：「阿嘉莎，你有什麼建議？」

「嗯，菲利克斯，我要告訴你一些很棒的消息。事實上，我已經幫你解決這個問題了。」阿嘉莎挺直起身子，帽子上的羽毛隨著她的動作搖晃，「我幫史黛拉弄到了一間年輕女子精修學校[3]的名額。」

菲利克斯把澆水器放下，「但史黛拉已經和當地的孩子一起上學了，我也很注意她的教育……」

阿嘉莎豎起一根手指指著他，「你一直將書中許多愚蠢的胡言亂語灌輸到她的腦袋裡，史黛拉得學著做有用的事情，例如縫紉與刺繡，以及能夠在五秒鐘內穿上一件洋裝而不破壞它。」

史黛拉忍不住內疚的往下瞥了一眼禮服。她看到巴斯特剛剛坐在她大腿上時，用爪子拉鬆了一些線頭，而當她在雪地裡拖著腳步行走時，襯裙的下襬看起來也濕透了，而且巴斯特剛剛似乎也在禮服上流了口水。史黛拉嘆口氣，附近有乳脂軟糖條時，侏儒暴龍很容易流下大量口水。

阿嘉莎繼續說：「她將會在年輕女子精修學校裡學習唱歌與繪畫，也會了解，女孩子騎著獨角獸四處奔馳、認真查看滿是灰塵的舊地圖……這些都是不恰當的事。她的身型姿態會得到糾正，那裡的女學生每天都要練習在頭上頂一本書走來走去一小時。」

菲利克斯目瞪口呆的看著她：「她們真的這樣做嗎？」

阿嘉莎姑姑很肯定的點頭：「真的，有時甚至要走兩小時。」

「那個時間拿來**閱讀**不是更好吧？」

阿嘉莎假裝沒聽到他的話，只管繼續說道：「這間學校非常優秀，菲利克斯，

3女子精修學校（finishing school）教導美姿美儀、服裝搭配、社交禮儀等。

如果史黛拉能在那裡度過一學期，你會對她的改變感到驚訝，真的會。」

菲利克斯回答：「這我從來不懷疑。」

這讓阿嘉莎更起勁了：「她們會教她打理最新流行的髮型，她會學習跳舞，學習擦粉底與口紅，學習吸引紳士。然後，等她再長大一些，就可以為她安排適合的婚事，那麼，她就會成為別人的責任了。菲利克斯，我已經全面考慮過了，這是唯一的方法。我知道你喜歡收容這些雪中的孤兒，但女孩子與北極熊完全不同，我的意思是，就算是你，也必須意識到這一點。」

史黛拉屏住呼吸，她的心臟砰砰直跳。如果菲利克斯同意阿嘉莎姑姑的話，那怎麼辦？如果他把她送走，她一定會心碎。史黛拉忽然希望自己昨晚沒對他發火，她希望自己成為更棒的女兒，每天跟他說五十次自己很愛他。

菲利克斯轉身離開桌子，史黛拉意識到他正走向她藏身的那面玻璃牆，不禁倒抽一口氣。她在雪地上蹲得更低，盡可能保持不動，同時盯著菲利克斯的靴子，他剛好停在她的正前方。

她聽到他說：「這是很好的計畫，阿嘉莎，」她感到一陣強烈的恐懼，「但我不確定史黛拉是否對刺繡感興趣。」

史黛拉冒著風險，透過灌木叢的粉紅色藥蜀葵往上瞥了一眼，驚訝的發現菲利克斯正看著她，他的嘴角微微翹起，露出一絲笑容。他對她眨了眨眼睛。

他搔搔臉頰，繼續說：「除此之外，頭上頂著書走來走去維持平衡似乎很浪費時間，我知道我不是女性事務的專家，但年輕女孩的生活想必不只是唱歌跳舞而已吧？畢竟，她們不是表演的猴子。」

「菲利克斯，我真的必須堅持這麼做，一切都安排好了，明天史黛拉將開始去那個學校上課。」

「親愛的阿嘉莎，我明白你的好意，但你沒有權利堅持這麼做，事實上，你對這件事根本沒有發言權。史黛拉不會在那間學校上課，明天不會，永遠不會。」原本面向窗戶的菲利克斯轉身，「謝謝你過來一趟，但事實上，我認為不需要你在這裡照顧史黛拉。」

阿嘉莎說：「你不會打算把她留在這裡，讓她和僕人以及這些可怕的恐龍待在一起吧？她需要有人適當的監督！」

「我會適當監督她，她會跟我一起去探險。」

史黛拉倒抽一口氣，阿嘉莎張口結舌，「菲利克斯，你不能帶**女孩**去探險！不能這麼做！」

菲利克斯立刻反問：「為什麼不能這麼做？我敢說這世上有許多非凡、了不起的事情，雖然別人都說不可能，但最後那些事都達成了，有時候，或許就是因為遭到反對，最後才完成的。」

「女孩不能成為探險家！這個想法行不通的！你能想像一個女人用雪橇車與羅盤在北極亂闖，困在雪崩中，吃人肉……天知道還有其他什麼？不行，不行，這太危險了，太不成體統了。」

「第一，我已經當極地探險家二十年了，」菲利克斯冷靜的說，他伸出手指，一一列舉反駁，「我從沒被雪崩困住。第二，我們探險時使用雪橇，而不是雪橇車。

第三，數十年來，探險家都不曾吃掉同類，**數十年來**都沒發生過，阿嘉莎。探險這門領域發展得很迅速，如果十二歲的男孩可以加入探險隊，我認為，沒理由史黛拉不可以加入。」

「你不可能是認真的吧，菲利克斯。就算是你，這也太過分了。你絕對不是認真的吧，我不相信。」

「阿嘉莎，我一向都努力不要太嚴肅對待可能發生的事，但我認為現在是我一生中最嚴肅的時刻。抱歉，讓你白跑一趟了，謝謝你過來，離開前請吃一些餅乾或橘子醬。不過，請原諒我不留下來多聊了，我與史黛拉有許多打包工作要做。」

這是史黛拉夢寐以求的最佳生日禮物。菲利克斯把氣到冒煙的阿嘉莎留在柳橙溫室，而當史黛拉衝回房子與他見面時，差點被襯裙絆倒。

她抱著他的腰，問道：「你是說真的嗎？」

菲利克斯回答：「我當然是說真的，甜心，我何時說過違心之論？」

「但北極熊探險家俱樂部的規則是……」

菲利克斯說：「別在意，我們到達那裡的時候，會處理這個問題。現在重要的是做好一切準備，才來得及趕上明天的火車。你能打包自己的小東西嗎？或是希望我幫忙？」

史黛拉向他承諾：「我可以自己打包。」

那天接下來的時間，都在旋風般的準備工作中度過。阿嘉莎姑姑再度企圖說服菲利克斯接受她的想法，卻白費力氣，最後氣沖沖的離開了這間房子。菲利克斯給了史黛拉一個老舊的大旅行箱，上面貼滿褪色的旅行貼紙；這個旅行箱布滿灰塵，聞起來像樟腦丸，但史黛拉覺得這是她見過最完美的旅行箱。她四處張羅，將衣服隨意丟進箱子，同時試著想出應該帶去參加極地探險的其他東西。

她凝視著小冰屋的內部，看到企鵝們似乎也都在忙著打包旅行箱，雖然看起來牠們打包的東西都是燻魚。史黛拉聞到燻魚的味道，皺著鼻子，小心翼翼的將冰屋放在床頭桌上。

她拉開下方的抽屜，拿出一個金色羅盤，那是菲利克斯去年送她的生日禮物。

稱職探險家的羅盤不必標示東西南北，但可能有多達二十個標示，例如食物、住處、雪怪、水、憤怒的地精。史黛拉不太確定什麼是「憤怒的地精」標示，她從沒看過憤怒的地精，事實上，她從沒見過任何一種地精，但熱切希望會在這次探險之旅見到地精，而且是真正憤怒的地精。每樣東西史黛拉都想要看。

他們的打包工作在傍晚時完成，所以晚餐前，菲利克斯帶史黛拉來到房子後方的湖上溜冰一小時。當他們回到家時，廚師為史黛拉的生日晚餐準備了她喜愛的所有食物，包括小熱狗、巨大的披薩、紫色馬卡龍、果凍龍。這些餐點已經放在客廳的長桌上。火焰在巨大的花崗岩壁爐裡燃燒，葛拉夫在壁爐前的地毯上心滿意足的打盹。

史黛拉肚子裡塞滿食物的回到臥室，當她打開臥室門的時候，發現仙子已經來過了，也留下生日禮物給她。臥室地板上擺滿了閃著美麗光彩的魔幻花朵，房間充滿閃閃發亮的光芒。史黛拉撫摸著花瓣，它們聞起來就像美味的奶油爆米花；花朵綻放，露出灑了糖霜的小塊生日蛋糕，它們呈現粉紅色棉花糖的色澤，而且都是小獨角獸的形狀。

史黛拉發現自己的肚子裡竟然還有一些空間，因為她在睡前又吃掉了所有的獨角獸蛋糕。她非常肯定自己太興奮了，一定會睡不著；一想到明天將與菲利克斯一起去探險，就覺得很緊張，但是，興奮情緒也讓她筋疲力盡，很快就睡著了。

第二天，她很早就醒了，急忙下了床。換下睡衣時，期待的心情讓她顫抖。她穿上白色旅遊服，它有著星形鈕扣、毛皮襯裡的帽子、防雪的超長袖口。

一小時後，史黛拉的獨角獸梅奇被套到雪橇車上，準備載他們到火車站。所有的行李都綁在獨角獸的背上，史黛拉與菲利克斯穿著最厚重的旅行斗篷，內襯是最溫暖的雪怪羊毛，他們進入雪橇車裡，坐在成堆的皮毛與毯子上。他們留下詳細說明給家中僕人，告訴他們該怎麼照顧葛拉夫與侏儒恐龍。該做的事情都做完了，所以只要前往火車站即可。管理馬廄的派許先生爬上駕駛座，輕甩韁繩，接著梅奇向前跑，雪橇車開始滑行，滑過雪地的冰刀發出嗖嗖聲，他們的房子在後方變得越來越小。

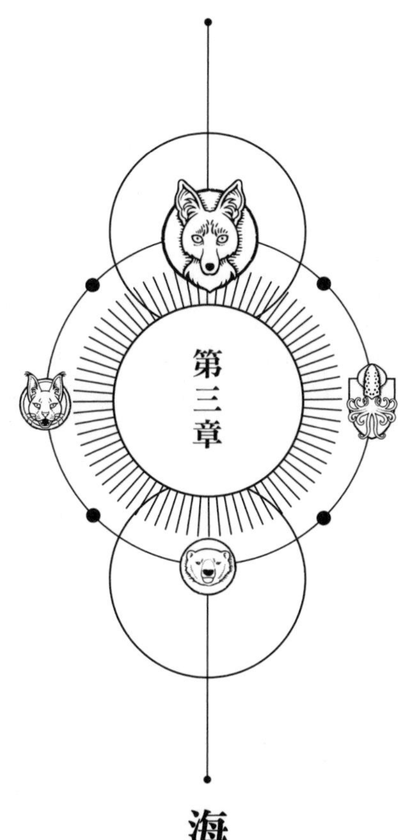

海上暴風眼

北極熊探險家俱樂部位於「寒門」[4]，那裡是文明的最遠端，過了此處就是冰凍群島。要抵達那裡，最快的方式是搭船。那天下午，史黛拉下了火車後不久，就發現自己站在碼頭上，盯著她這輩子見過最巨大的一艘船。雖然她只見過印在地圖角落的小船，但眼前的這艘船十足是龐然大物，它比港口其他船隻都來得高，船首的美麗美人魚雕像高高聳立，船身上有一個以巨大連寫字體所畫出的名字：**英勇冒險家號**。

它是皇家皇冠輪船公司的船隻，受到特別委託，即將載探險隊員前往寒門，這樣一來，探險隊員可以先去參觀北極熊探險家俱樂部，然後再繼續前往冰凍群島。

史黛拉跟隨著菲利克斯，從木頭跳板登船。那片跳板在他們的重壓下，發出讓人擔憂的嘎吱聲，彷彿它即將把他們拋入下方濺起浪沫的冰冷海洋。甲板上到處都是探險用品，包括獨角獸與狼。史黛拉聽見臨時攤位上的獨角獸噴氣聲與拖行的腳步聲，狼群已經開始嗥叫。

史黛拉不確定那些動物嚎叫是否是因為討厭這艘船，或者牠們感覺到壞天氣即將來臨：地平線上的雲層看起來暗黑凶險，所有東西聞起來都帶著鹽巴、鹹水、暴風雨的味道。冰冷的海浪不斷**拍打**船身，史黛拉腳下的甲板忽然傾斜，讓她不得不伸手抓住菲利克斯的袖子以保持平衡。自從離家後，她的一小部分叛逆自我首次感到緊張，並浮現一股幾乎算是想家的情緒；原本她此刻可以舒適的坐在柳橙溫室裡，丟樹枝給巴斯特，溫暖而安全……

菲利克斯彷彿看穿她的心思，他興高采烈的大聲說：「如果太害怕生活、不敢冒險，那可行不通，那就得不到樂趣了。」他往下瞥了她一眼，帶著讓人安心的微笑說：「我們去找船長報到吧。」

船長是一位身材瘦高的男子，名字是蒙哥馬利．斐茲洛伊，他戴著一頂華麗帽子，有著鷹勾鼻，史黛拉出現在這艘船上似乎沒讓他感到煩惱。史黛拉覺得自

4寒門（Coldgate）：很奇妙的，在中國古書《淮南子》中也曾描述說：「北極之山，曰寒門。」

已立刻喜歡上他，其中一個原因是他的帽子，另一個原因是他的辦公室裡四散的地圖與航海圖。史黛拉喜歡那些喜愛地圖的人。

就在她與菲利克斯離開船長室的時候，這艘船啟航了。史黛拉聽見上方甲板的某個人大喊：「全速前進！」他們就這樣出發了。

船開到開闊的水域時，在毫無防備下，船身搖晃，她發現自己必須緊緊抓住扶手與欄杆以免摔倒。她試著走過通往下方的梯子，這更是一大挑戰，幸好，那裡的通道很窄，史黛拉利用兩側船壁借力使力，就像在球溝之間來回碰撞的保齡球，以之字形前進；以前菲利克斯帶她去保齡球場時，她就以同樣的方式意外撞倒非常多的球瓶。

船上沒有備用艙，因此菲利克斯與史黛拉共用船頭的一間艙房。在史黛拉看過的房間裡，它算是極小的一間。坦白說，它的大小幾乎跟櫥櫃差不多：有一組上下鋪床、一張床頭桌、一扇舷窗——這扇窗讓人能看到外頭變得越來越惡劣的天氣。

史黛拉說：「菲利克斯，瞧！」她用一隻手抵靠在床上，撐住自己，「如果你盯著窗外，會先看到天空，接著看到海，不斷重複，這就像在坐蹺蹺板！」

菲利克斯咕噥著回應，這根本不像他。史黛拉瞥了他一眼，問：「你還好嗎？你的臉色看起來很不舒服，有點像油灰。」

菲利克斯蹣跚的走向下舖，然後重重的倒在床上，呻吟著說：「我暈船。」

她說：「你暈船了？我們才剛離開港口而已。」

「我永遠都無法習慣。我得完全躺平，一動也不動。」

史黛拉皺了皺鼻子，那聽起來一點都不有趣，尤其是有一整艘船可以探索時。

她不情願的開口：「我能幫上什麼忙嗎？」

菲利克斯回答：「不，什麼都沒用。」他緊緊抓住床墊邊緣，用力到指關節都發白了，「什麼都沒用。」

史黛拉問：「那我可以到處去看看嗎？」她慢慢走向門口。

「好，但你聽好了，天氣不好時，不要到甲板上。我不希望你被沖到海裡。

如果暴風雨來了，你得直接回到這裡。」

史黛拉答應了，然後趁菲利克斯改變心意前，匆匆離開了艙房。

結果，探索這艘船與史黛拉想像的一樣刺激。一些北極熊探險家俱樂部成員在放著留聲機的房間裡舉行雞尾酒派對。那房間裡瀰漫著濃濃的雪茄煙霧，充滿讓人心煩的大笑聲，而人們捻著浮誇的八字鬍。史黛拉對這裡敬而遠之，決定前往下層甲板。她在貨艙裡發現了儲藏的用品，包括雪橇、帳篷、雪鞋、錫杯，另外還有步槍（這是以防萬一他們遇到毛茸茸的長毛象、雪怪、強盜，說不定還有憤怒的地精，史黛拉猜想）。此外，這裡還有一大箱獨角獸吃的糖霜餅乾，史黛拉忍不住偷偷拿走一些美味的餅乾，還特意只挑選粉紅色餅乾。

現在這艘船正航行在開闊的海面上，船身像軟木塞一樣上下起伏，這讓史戴拉覺得很難直線前進。她很快的再度迷路，但卻感到高興，因為她以前從未真正有迷路的機會；如今在這艘大船上迷路了，不知道自己下一步會出現在哪裡或者會遇到哪些人，她認為這是很美妙的感覺。

一個人沒辦法決定自己會在哪裡迷路，所以，當史黛拉發現自己站在菲利克斯叫她別去的甲板上，並不完全是她的錯。她偶然的爬過一道梯子，沒想到會進入狼舍裡，這裡充滿濕潤獸皮與新鮮乾草的氣味。她試著告訴自己，此刻她並不是在**外頭的**甲板上，因為狼舍有屋頂與幾面帆布牆，但帆布牆飄動得厲害，而冰冷的空氣又呼嘯著穿過縫隙，有時還伴隨著一陣小雪與大船煙囪的蒸汽。她可以聽見狂風呼嘯，還有海浪拍打著兩側的木頭船板。

史黛拉正想著不該待在這裡，應該回到下層去，這時「砰」的重擊聲讓她轉過身。

狼舍後方有一位男孩，他正在移動一大堆乾草。他看起來約比史黛拉大一歲，黑髮幾乎及肩，皮膚是金棕色，襯衫袖子捲到手肘處。

他的淺棕膚色讓史黛拉立刻感到一陣嫉妒。在她去村莊的學校讀書之前，總以為有像她一樣的白皮膚孩子，但學校裡其他孩子的膚色都是粉紅色、黑色、或棕色，沒有人像她一樣白皙，沒有一個人。她上學第一天哭著回家，當她把原因告訴菲利克斯，他說：「哦，親愛的，你嫉妒別人的膚色、財產、好運，或是小小的勝利，這可行不通，這條路只會讓人痛苦，那些不斷比較自己與別人人生的男女永遠不會幸福。」

「但我跟他們不一樣，其他人都沒有白頭髮或白皮膚，他們說我是鬼女孩！為什麼我不能當個正常的女孩？」

菲利克斯把她抱起來，親吻她的頭頂。他說：「我也曾試著當正常人，那讓我很痛苦，所以最後我就放棄了。從那時開始，我一直過著心滿意足的生活。史黛拉，跟其他人一樣，並不是偉大的成就。我向你保證，與眾不同是非常棒的事。」

甲板上的史黛拉朝狼舍往前走了一步，並且大聲向那個男孩打招呼，她提高音量來壓過強風呼嘯的聲音。

男孩轉過身，看到她時驚訝的揚起眉毛。他說：「哈囉，我沒想到會在這裡看到其他人。你沒注意到暴風雨要來了嗎？」

「你在這裡，不是嗎？」

「當然，但我正在照顧狼群。」這位男孩的衣服上都是乾草，甚至連頭髮裡也沾滿乾草。他有著棕色眼睛，脖子上掛著一條皮繩，上面繫著狼形的銀色鍊墜，他的左耳戴著垂掛式耳環，史黛拉很確定那是狼的尖牙。這身裝扮讓他看起來像個海盜，也讓史黛拉立刻喜歡上他。

她問：「你叫什麼名字？」

「謝伊．史佛頓．吉卜林。」

「你是吉卜林隊長的兒子？」菲利克斯曾提過吉卜林隊長，因此史黛拉知道他們探險隊長的名字。

男孩回答：「是的。」

「我是史黛拉．星芒．玻爾。」

謝伊咧嘴笑了，「我知道你是誰，你是菲利克斯的女兒，他曾去我們家討論探險計畫，我媽媽說他是她見過數一數二的迷人男子，而他一直在講你的事。」

史黛拉很高興菲利克斯曾聊過自己，她希望他只說了好話，沒講出她做過的壞事，例如那次她試著幫葛拉夫修毛，最後卻讓牠看起來像巨大的白色貴賓犬，這對他們來說都非常難堪。

她指著帆布牆說：「我能幫忙嗎？我不怕，我喜歡暴風雨。」

「我不想潑你冷水，但現在這不是暴風雨，只是一場小雨而已。相信我，暴風雨來的時候，你一定會知道。」

他剛講完這些話，船身就忽然劇烈震盪傾斜，這兩個孩子與狼群撞向帳篷的薄帆布牆。

暴風雨終於來了，但帆布不夠堅固，無法承受他們的重量，它的繩索鬆脫了。史黛拉與謝伊還搞不清楚發生了什麼事，就跌在露天的甲板上。他們滑過濕透的木板，同時，雨水猛力打在他們的皮膚上，就像成千上萬的鹽針。

謝伊大喊：「狼！」他指著和他們一起摔出來的兩匹狼，「我們必須帶牠們回去裡面，否則牠們會被沖出船外！」

當這艘船再度晃蕩到讓人想吐時，史黛拉覺得連他們也有被沖到船外的危險。

如果菲利克斯知道她在這裡，一定會很生氣。不過，只要史黛拉插手，今晚就沒有一匹狼會被沖走，所以她抱住離她最近的一匹狼，牠是略帶紅色的狼，有著淺棕色眼睛，而謝伊則抓住另一隻狼。他抱起牠，匆匆走向狼舍的帆布牆。史黛拉試著照做，但她的力氣不夠，無法把狼抱起來，下一刻，另一波巨浪撞向這艘船。

木頭甲板發出嘎吱聲，史黛拉與那匹狼再度撞向欄杆，一瞬間，她分不清上下，或大海與星星。接著，一道巨大的閃電照亮了天空，幾乎像白天一樣明亮，一陣冰冷的海浪泡沫打在船的一側，幾乎將她扯出甲板，在這個過程中，她變成了落湯雞。

史黛拉喘著氣說：「沒事的。」她懷中的狼在哀鳴喘氣，她安慰牠說：「沒事的，我抓住你了，我不會放手。」

她使勁站起身來，朝著狼舍的方向搖搖晃晃的走了一步。頭頂上方響起暴雷，天空幾乎像裂成兩半。這艘船再次衝進另一次巨浪的邊緣時，史黛拉的腳忽然離開了甲板，她往後倒，這次她來到了欄杆之上，眼看著已經沒有任何東西可以阻止她飛過欄杆，衝向大海了。

當她飛越船的一側，而且根本停不下來時，她無法分辨耳朵裡的轟鳴聲是來自猛烈的海浪拍打聲或是霹靂的雷聲，或者只是因為她的血液撞擊耳膜的嗡嗡聲。她聽到謝伊大喊她的名字，但她的下巴因為害怕而極度緊繃，無法回應；她仍緊緊抱著狼，並閉緊眼睛，準備面對冰冷的海水衝擊皮膚，然後被可怕、黑暗、貪婪的海洋吞沒——海洋會將她拖到海面下，海底有著淹死的人類、美人魚、海盜沉沒的寶藏。

不過，這一切都沒發生。她降落在一個堅固的東西上，發出「砰」的撞擊聲，接著一切變得異常安靜。那匹狼扭動著離開史黛拉的懷抱，她坐起身來，試著弄清楚發生了什麼事。她的背脊感到一陣劇痛，但似乎沒受傷；一隻槳撞到她的腳，她意識到自己正降落在一艘救生艇上。

「你還好嗎？」

史黛拉抬頭，看到謝伊從欄杆那裡俯視她。

她回喊：「我沒事。」

「謝天謝地！那凱柯呢？」

「誰？」

「那匹狼。」

「牠也沒事。」

「嘿，我看到你飛過欄杆時，就知道你一定會帶著牠！聽我說，請你別哭也別做任何事情，我很快就會讓你從那裡上來。」

史黛拉回答：「我沒打算哭。」她很氣憤謝伊的暗示，「總之，暴風雨怎麼了？結束了嗎？」

謝伊遲疑了一下，然後搖搖頭說：「還沒結束。」

「那怎麼這麼安靜？」

現在雨完全停了，甚至一陣風都沒有，只是空氣中有種奇怪的沉重感，彷彿天空壓在她身上。

謝伊說：「因為眼睛。」

「什麼？」

謝伊說：「暴風眼。你看那裡。」

他指著海水，史黛拉伸長脖子，視線越過救生艇的側邊。她一開始看不懂自己看到的東西，但她突然倒抽一口氣：原本她以為是黑暗海浪的地方有個巨大的眼睛正往上盯著她，它在月光下閃耀著銀色光芒。它無疑是史黛拉見過的最大眼睛，瞳孔的寬度超過她的身高，呈現深深的暗黑色，那是奇怪與可怕祕密的顏色，銀色的虹膜像水一樣泛起漣漪，宛如人身體一樣厚的巨大睫毛直接伸出海面，擦過史黛拉的救生艇。

她低聲說：「天啊！」她往下看，在迷戀與恐懼之間掙扎。那個眼睛有一種幾近催眠的魔力，讓人很難移開目光。

謝伊從甲板上大喊：「我們沒有太多時間，抓緊了，我要把你拉上來。」他已經用力拉著繩索。

史黛拉回頭看著救生艇的側邊。如果她伸出手，其實可以用指尖觸摸到其中一根睫毛。她忽然有個念頭：或許她應該抓住一根睫毛，試著將它拉下來，畢竟，暴風眼的睫毛能成為北極熊探險家俱樂部展出的奇珍異物新收藏。俱樂部主席一定會對她感到滿意，這個戰利品或許有助於說服他，相信她很適合當探險家。她伸出手，準備行動，但這時她想起菲利克斯說過的話。

有時你應該讓睡著的北極熊躺著……

史黛拉認為這個規則同樣也適用在這個情況，第一次航行就去戳暴風眼似乎非常魯莽，而且無禮。史黛拉一向喜歡暴風雨，她不想冒犯這場暴風雨。

她低聲說：「暴風雨，再見。」上方的謝伊用力拉著繩子，救生艇穩穩的朝著甲板的方向上升。

最後當她上升到與船一樣高的時候，謝伊咧著嘴笑說：「嗯，你真是精力旺盛，不是嗎？說真的，這正是我對菲利克斯女兒的期待。」他朝她伸出手，協助她爬出來，接著抱走了狼。然後，他回到史黛拉身邊。讓她驚訝的是，他用力緊

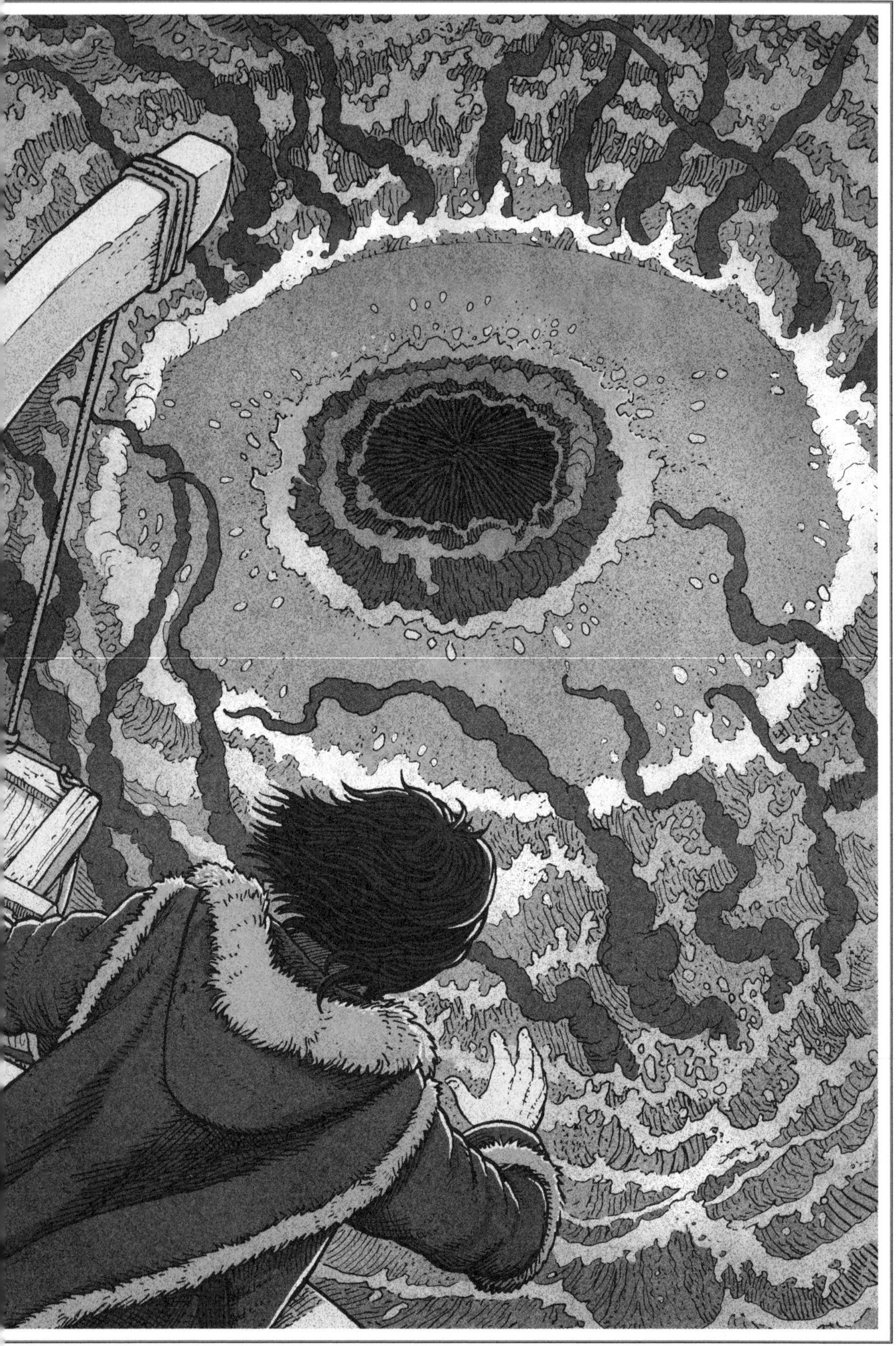

抱她，說：「你是很棒的女孩，謝謝，謝謝，謝謝！如果不是你的話，凱柯一定會死掉。」他放開她，朝地平線瞥了一眼，說道：「風平浪靜不會持續太久，趁還可以的時候，我們快做好準備吧。」

史黛拉往下看了暴風眼最後一眼，然後跟著謝伊走向狼舍。在暴風眼閉上之前，他們擁有的時間差不多僅足以進入狼舍，緊緊綁好帆布牆，而強風再度包圍了他們。

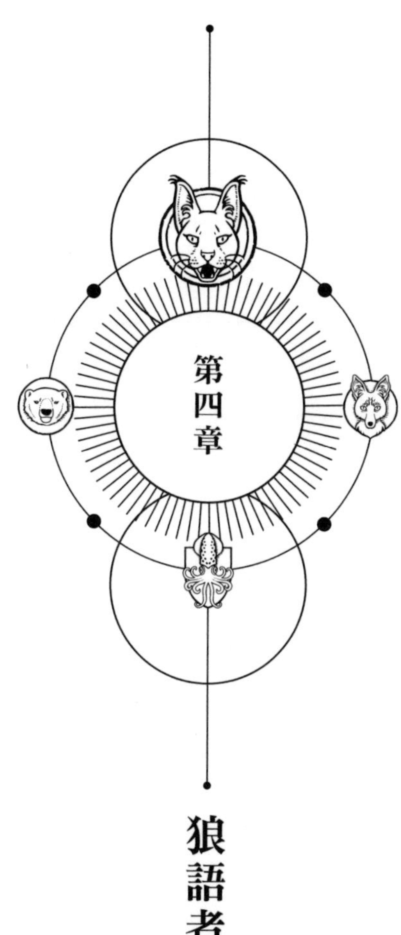

第四章　狼語者

史黛拉與謝伊動手將狼舍的帆布牆固定好。她問謝伊：「總而言之，你怎麼會來照顧狼群？」

他回答：「我爸爸說，稱職的探險家永遠都應該先把動物照顧好，再照顧自己，這似乎很公平，而且對我來說比較容易，因為我會說狼的語言。」

他從襯衫裡拉出狼形的銀色鍊墜，史黛拉意識到這並不是普通的鍊墜，而是動物溝通師所擁有的一匹狼、一個神奇的發條生物。

她說：「你是狼語者！」

菲利克斯曾告訴她關於動物溝通師的事，這種神奇的人可以與動物交談，但這樣的人相當罕見，如今世上幾乎已經沒有人擁有這種天份。菲利克斯曾遇過一位自稱是蛙語者的男人，那個男人隨身帶著一隻裝在盒子裡的小青蛙，他向任何願意聆聽的人聲稱，這項天賦能解決文明世界的所有問題；那個男人試著與那隻青蛙對話，但牠似乎完全不感興趣，所以菲利克斯根本不相信他真的是蛙語者。

史黛拉有些喘不過氣的問道：「我能看看那個狼的墜子嗎？」這艘船再度左

右搖晃，她抓住一根繩子穩住自己。

「當然。」謝伊取下脖子上的墜子，並將它放在史黛拉的手心。那隻動物原本閉著眼睛端坐，但一碰到她的皮膚，就立刻躺倒在她的手上，鼻子埋在爪子之間。銀色墜子很溫暖，史黛拉能感覺到牠體內深處的微弱砰砰心跳。只有經過嚴格測試審查並獲得「動物溝通師皇家協會」認證的動物溝通師才能得到這種生物，否則人人都能像那個老人一樣，將一隻青蛙放進盒子裡，並聲稱自己可以與牠說話。

史黛拉問：「動物溝通師是怎麼跟牠們溝通的？」

謝伊聳聳肩說：「我只要在腦中想著我想說的一切，狼就會聽見，然後牠們也會在我的腦中對我說話。像這樣，瞧。」

謝伊轉頭面向最近的狼舍，雖然他沒大聲說話，但史黛拉看得出來他正與其中一隻狼交談，因為她手中的狼形墜子動了，墜子的這隻銀狼睜開了眼睛，從燈光下看，那對眼睛是閃閃發光的紅色小寶石。史黛拉看到附近有一隻狼（她剛剛拯救的那隻紅狼）突然豎起耳朵，抬頭直視謝伊。

謝伊轉向史黛拉說：「牠說非常謝謝你剛剛幫助牠，牠覺得你很勇敢，我也這麼認為。」

史黛拉聳了聳肩，雖然這番讚美讓她忍不住感到開心。她把墜子遞回去，說：「真希望我是狼語者，或者任何一種動物溝通師，我是說真的。」

北極熊的溝通師絕對會是她的首選，那樣的話，她就能與葛拉夫真正對話了。她敢說牠會有很多迷人的意見可以發表，也有許多趣事可以說。

這艘船搖晃劇烈，足以讓史黛拉摔得四腳朝天，所以她乾脆坐在最近的乾草堆上。她問謝伊：「你去過動物溝通師皇家協會嗎？」

謝伊點點頭，他把動物溝通師的狼墜掛回脖子上，然後和她一起坐在乾草堆上。他盤著腿，說道：「去過，媽媽帶我去的。當我接受測試的時候，那裡有一整個櫃子放著不同動物形狀的墜子，其中有一些非常罕見的，例如鴨嘴獸的墜子。另外，還有一隻羊、一隻樹懶、一隻鼴鼠，」他扳著手指數算，繼續說道，「還有一隻雪貂與一隻鴨子。不過，說真的，我不認為鴨語者有用。」

史黛拉回答：「大概就像蛙語者一樣。」

「當然，那裡還有一隻雪怪。」

一道閃電突然照亮了狼舍，在那幾秒鐘內，史黛拉清楚看見一隻狼的暗色輪廓在帆布牆的另一邊一閃而過。

「哦，不！」她跳了起來，「糟了，那裡還有一隻狼！」

當謝伊抓住史黛拉的手臂時，她已經先一步朝著出口走去，滿心只想著那隻可憐的動物會被橫掃落水而替牠感到害怕。她注意到謝伊戴了巧克力色皮革編成的幾條手鏈，其中有幾條都繫有狼頭形狀的珠子。

他說：「等一下，那只是柯亞而已。」

「柯亞？」

「牠是我的影子狼。」

史黛拉盯著他：「什麼是影子狼？」

謝伊歪著頭，勾起嘴角，露出一絲微笑。他說：「好吧，這是個好問題，沒人確切知道答案。大多數動物溝通師都有影子動物，有些人認為牠們是被派來保護動物溝通師的守護神，有些人認為影子動物是動物溝通師靈魂中比較狂野的部分，這個部分被賦予了生命與外形。」

他拉開帆布牆，這樣一來，史黛拉就能看到閃閃發亮的濕甲板。一團暗影在暴雨中緩緩朝他們移動，隨著它越靠越近，史黛拉看清那是一匹巨大的狼，但牠不像狼舍裡的狼，牠體型比較大，身高幾乎到史黛拉的腰部，狼毛是炭黑色，與謝伊的髮色完全相同。當牠停在他們面前時，史黛拉看見這隻狼有著聰慧的銀色眼睛，似乎閃著微光。

謝伊蹲下，這樣他的臉就與影子狼一樣高，這隻狼凝視他的眼中充滿了感情。

史黛拉問：「牠友善嗎？我可以摸牠嗎？」

謝伊回答：「哦，牠真的很友善，但沒有實際的身體。牠是影子狼，記得吧？」

他做了示範：他伸手慢慢靠近柯亞的背部，他的手無法摸到狼毛，而是直接穿過影子狼的身體，彷彿這隻狼是由煙霧構成的。實際上，下一瞬間柯亞的形體散去，變成陰影，好像牠從來不曾出現過。

史黛拉左右張望，問道：「牠去了哪裡？」

謝伊聳聳肩，「誰知道？」他站了起來，「柯亞隨心所欲來來去去，我不會時時看見牠，但我感覺得到牠在附近，牠從來不曾離開我太遠。」

史黛拉非常好奇的問：「牠都對你說什麼？」

「大多是祕密，我不能跟別人分享，否則牠永遠不會原諒我。」謝伊對她咧嘴一笑，「抱歉。」

史黛拉回答：「沒關係。」小仙子有時會把祕密告訴菲利克斯，他向她解釋說，永遠不可為了分享祕密而背叛朋友的信任，這一點很重要。

史黛拉問：「你一出生就是狼語者嗎？或者柯亞是某天忽然出現的？」

她非常希望答案是後者，如果謝伊的影子狼是某天突然出現的，那麼也許某一天史黛拉也可能會變成動物溝通師。天啊，明天她在船艙裡醒來，可能會發現一隻影子獨角獸或影子北極熊抬頭凝視她！說真的，即使是影子毛毛蟲或影子鴨也聊勝於無。

不過，謝伊說：「我一出生就是動物溝通師，從我有記憶以來，柯亞就一直在我身邊。」他停頓了一下，然後補充說：「牠救過我妹妹的命一次，我有七個。」他忽然朝史黛拉咧嘴一笑，「我是指七個姐妹，不是七隻影子狼，我最小的妹妹是企鵝的動物溝通師。」

史黛拉大聲說：「那真是太美妙了！」

謝伊聳了聳肩，「還好啦，她的影子企鵝虹奇脾氣非常暴躁，但牠與柯亞相處得很好。虹奇喜歡站在柯亞的背上，騎在牠身上四處逛，一邊上下揮動翅膀。」

那個情景讓史黛拉忍不住咯咯笑起來。就在這時，頭頂上方的一聲響雷讓這兩個孩子驚跳了起來。史黛拉不情願的說：「我得走了。」她想到先前的承諾，於是補充說：「菲利克斯說，如果暴風雨來襲，我就得回船艙。這些狼都會沒事吧？」

謝伊點點頭。他說：「我會留在牠們身邊，柯亞會留意，如果有必要，我們會守整夜。」

「好吧，那晚安了。」

「晚安，小火花。再次感謝你的協助，你太棒了。」

隔天早上當史黛拉醒來時，這艘船已經抵達了寒門的港口。上舖的她透過舷窗凝視窗外，其他船隻美麗的白色風帆讓她驚嘆。

菲利克斯在下舖問：「史黛拉，為什麼你的衣服都濕了？」

史黛拉皺著臉，看著床舖的一側。昨晚她急著換上獨角獸睡衣，所以就把濕衣服堆放在床邊。

她說：「我幫謝伊．吉卜林照顧狼群，這艘船搖晃得厲害，所以我摔進狼舍的水裡。」

這話有一半是真的，而且沒必要讓菲利克斯心煩。史黛拉注意到他穿上了探險家的連帽斗篷，斗篷由淡藍色的布料製成，前面縫著一隻小北極熊，清楚標誌他是北極熊探險家俱樂部的成員。史黛拉看過這件斗篷很多次，但它通常只會掛在掛衣鉤上或披在椅背上，菲利克斯不喜歡這件斗篷，因為它很厚重，讓人發癢，而且太過正式，所以一有機會，他就會立刻把它脫下來。

他們下了船，踏上了熙熙攘攘的港口，許多人似乎都在兜售稀奇古怪的美妙商品，包括美人魚花、海盜煎餅、藏寶圖、望遠鏡等。史黛拉想去探索，但他們甚至沒時間吃早餐，探險隊的其他成員已經離開去準備最後用品，菲利克斯與史黛拉是最後出發的人。

北極熊探險家俱樂部派了一輛雪橇車給他們。雪橇車十分華美，裝飾著許多銀色鈴鐺，旁邊還畫著俱樂部的徽章。此外，六隻美麗的斑馬紋獨角獸踏著珍珠般的蹄子，在早晨的寒冷空氣中噴著薄霧般的鼻息。

史黛拉與菲利克斯登上雪橇車，出發前進寒門，一路上雪橇車上的小鈴鐺持續發出清脆悅耳的背景音樂。整座城市都由冰製成，雪橇車沿著冰凍的鵝卵石路嘎嗒嘎嗒的前進，數十座冰塔閃閃發光。史黛拉敢說這裡一定是世界上最美麗的地方之一，在早晨的陽光下，一切景物都呈現明亮的白色，每個角落都矗立著冰雕與冰凍噴泉。

他們很快就到了北極熊探險家俱樂部的大門。大門頂部是尖端包金的釘子，白色大理石製成的壯觀北極熊雕像倚在兩端的柱子上。大門敞開讓他們通過，雪橇車沿著一條中央道路前進，兩側是廣闊的冰雪花園，有的冰雕設計看起來像是整片森林，史黛拉還瞥見樹幹之間的冰雕北極熊。

然而，就連漂亮的冰雪花園也比不上俱樂部本身的宏偉建築。正式來說，它是全世界已知最大的圓頂冰屋，但它並不是由冰塊建成，而是完全由白色大理石蓋成，上面布滿的銀色紋理在陽光下閃閃發光。這個屋頂不是一般那種光滑的圓形屋頂，而是有數十個白磚煙囪組成的。所有的煙囪都忙著吐出俱樂部裡許多大壁爐火日夜燃燒木柴所產生的煙霧。

雪橇車直接停在前門，穿著制服的僕人突然冒出來，戴著雪白手套的一位男人端出銀色托盤，上面放了裝著熱巧克力、冒著熱氣的杯子。菲利克斯先端了一杯給史黛拉，然後自己也拿了一杯。這位端著熱巧克力的男管家顯然以為菲利克斯會獨自進入俱樂部，因為當菲利克斯協助史黛拉從雪橇下來並且說：「好吧，我們最好去正式拜見。」男管家突然一臉驚慌。

「呃，先生？」

「是，帕森斯？」

「只不過，呃……您的同伴，呃……」他緊張的瞥了一眼史黛拉。

「嗯？」

「只不過……她是女孩，先生。」

菲利克斯盯著史黛拉看了一會兒，好像第一次見到她，然後他聳聳肩說：「她是女孩，嗯，就是這樣，我想我們現在無法改變這一點。」

這位倒楣的男僕說：「先生，可是女孩不准進入北極熊探險家俱樂部。」

菲利克斯說：「不准嗎？」彷彿這是他第一次聽說這個規定。

「這是禁止的事，先生。」

菲利克斯有禮但堅定的說：「沒關係，帕森斯，我會負起責任。」他向史黛拉伸出手，史黛拉通常認為自己長大了，不適合牽手，但她開始覺得俱樂部與不以為然的僕人有點可怕，所以她握住菲利克斯的手，很高興他捏了捏她的手指，讓她感到安心。

他們一同穿過巨大的雙扇門，進入俱樂部的正面入口。這是極度富麗堂皇的大廳，最裡面的牆壁有著史黛拉所見過最巨大的壁爐，空氣中瀰漫著松葉的氣味，牆壁的材質與外面一樣都是白色大理石磚。大廳四周掛著北極熊探險家俱樂部最著名、最受尊敬的成員們的巨幅肖像，個個都以極其嚴肅的表情凝視著他們。當然，這些人都是男性，而且似乎都喜愛戴著單片眼鏡，並蓄著看起來陰鬱的鬍鬚。

地板也是白色大理石材質，上面鋪著厚實溫暖的地毯，這些地毯以銀色與藍色的線精巧縫製而成。不過，其中有一塊並不是人造地毯：史黛拉與菲利克斯看到一張巨大的北極熊地毯鋪在大廳中央，兩人都畏縮了一下，牠的頭部仍完整，嘴巴被打開以展示牙齒，玻璃製的假眼珠盲目的盯著前方。史黛拉想到了葛拉夫，

想到牠喜愛擁抱與魚餅乾，熱愛在雪地打滾，於是她轉頭不再看著地上讓人悲傷的熊皮。

她的目光隨即落在壁爐上方一對巨大的雪麋鹿角上，那是過去某一次探險帶回來的另一個戰利品。動物的皮毛、地毯、鹿角讓史黛拉感到難過，她覺得自己可能更喜歡叢林貓探險家俱樂部的入口大廳，據說那裡裝飾著上千成百的食人魚牙齒。

那位僕人拿著他們的斗篷說：「請跟我來，我會通報主席。」史黛拉與菲利克斯跟隨他沿著走廊前進，厚厚的地毯掩住了腳步聲，但幸好不再出現北極熊毛皮了。最後，他們在一扇紅色大門前停了下來，這扇門通往俱樂部主席的書房，門上有一塊黃銅名牌寫著：**俱樂部主席阿爾吉儂・奧古斯都・福格**。

菲利克斯指著一些看起來很難坐的華麗椅子說：「史黛拉，你最好在這裡等。這個老傢伙有點頑固守舊，如果我能讓他慢慢接受你會比較好。」

史黛拉嘆口氣，但乖乖坐在其中一張椅子上。這位男僕正式通報菲利克斯到訪，菲利克斯對史黛拉微笑，然後消失在門後方的房間裡。男僕表情憂慮地朝史黛拉的方向投來最後一眼，接著也離開了，留她獨自待在走廊。

她坐立不安了一會兒，設法讓自己坐得舒服一點，但椅子凹凸不平，聞起來還有股怪味，彷彿有隻濕漉漉的北極熊正在椅子上磨蹭毛皮。在這段史黛拉覺得史上最漫長的時光裡，她側耳聆聽，想聽出那個房間的談話，結果只聽到一個不是菲利克斯的聲音大喊：「絕對不可能！」

她感到畏懼，知道他們一定是在談論她。

一小時過去了，菲利克斯還沒出來。史黛拉起身來回踱步了一會兒，四處張望，然後終於下定決心，她無法繼續坐在那張凹凸不平的舊椅子上，現在她人在北極熊探險家俱樂部，所以如果菲利克斯不夠有說服力，主席將會把她趕出去，那麼她至少得趁離開前去看一下地圖室。

她認為應該不會太難找，所以她以愧疚的眼神看了俱樂部主席書房的門最後一眼，然後轉身沿著走廊離開。

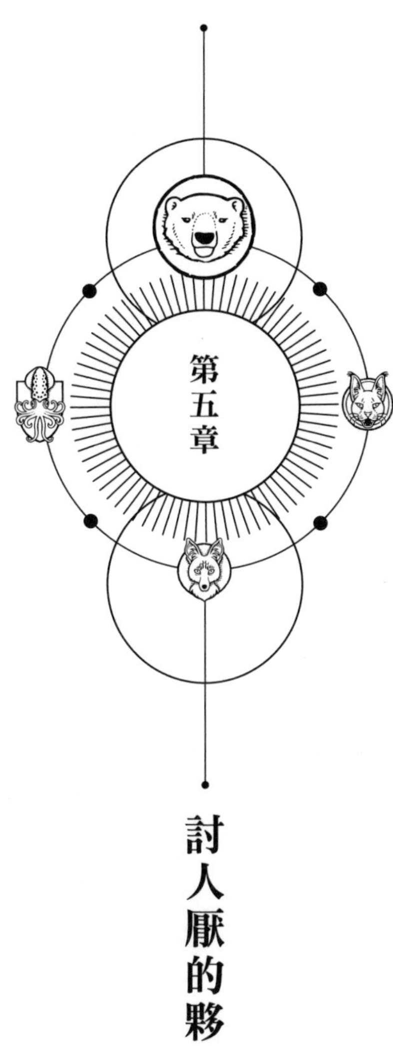

第五章 討人厭的夥伴

結果證明，地圖室並不像史黛拉預期的那樣好找，首先，這裡沒有任何路標，更沒有附上「您現在位置」紅點來標示方向的簡便地圖。她別無選擇，只能隨意閒逛。她發現了圖書館，這間甚至比他們家的圖書館來得大，她也偶然發現幾間看起來很舒適的起居室，裡面有許多墊得又軟又厚的扶手椅與在椅子上打盹的探險家，還有大量的雪茄煙霧。她打開的下一扇門通往一座熱氣騰騰的鹽水池，這個池子位在一個巨大房間裡，房裡有著空蕩蕩的天花板與裝飾著北極熊圖案與俱樂部徽章的漂亮牆磚；奇怪的是，角落的按摩浴缸擠滿了快樂泡水的企鵝，牠們因為被打擾而一臉憤怒。

沒多久，史黛拉就完全迷路了，就算她想回到主席的書房也沒辦法。當她意識到菲利克斯不得不來尋找她時，她感到內疚，但現在也無法改變這個狀況了。

最後，她拐過一個轉角，發現自己站在富麗堂皇的巨大雙門外面，她希望這裡會通往地圖室。史黛拉推開雙門，悄悄走進裡頭，但她發現自己不在地圖室裡，而是在旗幟廳。

旗幟廳裡有個大寫的H，這絕對是一間大廳，她頭頂上方的天花板挑得很高，還畫著冰天雪地的風景，散布著北極熊探險家俱樂部成員聲稱的一些重要發現。在天花板的其中一端，史黛拉認出了六十年前拯救寒門免於饑荒的極地豆，另一端畫著一大批寒霜野兔與一群唱歌的冰鯨，畫面的正中央是一隻兇猛露出牙齒的巨大雪怪，而手無寸鐵的雪怪溝通者（最稀有的極地探險家）獨自站在牠的下方，只靠著言語讓那隻巨大的野獸平靜下來。

房間牆上排列的鍍金框裡是一系列古舊的探險隊旗幟，這些旗幟的邊緣有著磨損破洞的痕跡，或不明的污漬或齒痕，明確表明它們曾出現在世界各地，而人們在各種探險之旅中也一直得意的展示這些旗幟。

史黛拉走到第一面旗幟，仔細檢視縫在中央的探險者徽章：它結合了世界四大探險家俱樂部的四個標誌：北極熊、海魷魚、叢林貓、沙漠豺，但因為這些是北極熊探險家俱樂部的旗幟，所以其中的北極熊標誌是以金線縫製，而其他的標誌則以黑線縫製。這面旗幟下方的牆上有一塊標示牌，宣稱這面旗幟曾參與過「冰凍瀑布探險」、「窄峽探險」、「雪鯊探險」等，如今這面旗幟收藏於旗幟廳。史黛拉猜測「雪鯊探險」一定是它的最後一趟探險之旅，因為旗幟上有個驚人的咬痕，甚至旗幟上有一些地方已被咬碎。

史黛拉非常專注的看著那面旗幟，想著那隻破壞它的野獸，沒注意到大廳裡還有其他人在，直到她身後傳來一道冷酷的聲音說：「你不該出現在這裡。」

史黛拉驚訝大叫，立刻轉身。一開始，廣闊大廳裡並沒有看見任何人，但接著她發現有一名男孩坐在角落，他背靠著牆，兩腿屈起，雙臂放在膝蓋上。他慢慢伸展四肢，露出極瘦的身體，接著站起來，朝她向前走了一步。

他可能比史黛拉大一歲，臉龐蒼白清瘦，頭髮是閃亮的金色，亮得近乎白色。當史黛拉看到他穿著海魷魚探險家俱樂部的黑色長袍時，就瞇起了眼睛。那件長袍的風格與北極熊探險家俱樂部的長袍相似，不同之處在於海魷魚俱樂部的長袍材質是蠟油布，讓穿著的人能抵擋風雨，長袍的胸前飾有一個小魷魚徽章。男孩的白色領子相當直挺，看起來好像上過漿了，他的頭髮往後梳得很整齊，史黛拉認為他一定用了一整條髮蠟來固定頭髮。

那位男孩再度開口：「女孩子不得進入探險家俱樂部，你不應該在這裡。」

史黛拉雙臂抱在胸前，「嗯，你也不該在這裡，這裡是北極熊探險家俱樂部，不是海魷魚探險家俱樂部。」

男孩不理會她的話，反而進一步質問：「你是怎麼進來的？偷偷溜進大門嗎？」

史黛拉反擊：「你是從下水道爬上來的嗎？」

男孩瞪著她，「我來這裡是為了探險，海魷魚探險家俱樂部將成為史上第一批到達冰凍群島最寒冷地區的探險家。」

史黛拉也瞪著他，「你們做不到，那是我們**北極熊探險隊**即將會完成的事！」

男孩說：「不可能。」

史黛拉討厭他不加掩飾的盯著她紮成長馬尾的頭髮。人們第一次見到她時，往往會對她的外表感到好奇，這不罕見，尤其當他們從未見過像她一樣的白髮時，但儘管如此，他這樣盯著看還是很無禮。

史黛拉略微抬高下巴，鎮定的撫平白色旅遊服上想像的皺紋，然後才開口說：「你不是北極熊俱樂部的成員，我還是不明白你為什麼會出現在這裡。」

那名男孩以傲慢的眼神看了她一眼，「你什麼都不知道？我們是特邀的探險家，我們的兩支探險隊將要搭同一艘船前往冰凍群島，這種方式比較便宜。」

史黛拉問：「那你的角色是什麼？你是魷魚學家嗎？你看起來像魷魚學家。」

男孩挺直身子，「我才**不是**魷魚學家！我叫伊森·愛德華·盧克，我是巫師。」

「那你施一些魔法吧。」

伊森看起來嚇了一跳，但隨即恢復鎮定，說道：「好，如果你希望我這麼做的話。女孩，伸出你的手。」

「別叫我『女孩』，我的名字是史黛拉，史黛拉·星芒·玻爾。」

伊森鄙視的看著她，她則回瞪以最凶狠的眼神。

她說：「只有探險家的姓名是由三個名字組成，那表示我天生就是要當探險家。」

伊森聳聳肩，不耐煩的示意她伸出手。史黛拉伸手，掌心朝上，伊森撇著嘴，半笑不笑，然後以雙手握住她的手說：「我希望你不會怕蛇。」

史黛拉有點不確定自己怕不怕蛇，但她咬緊牙關，並暗自發誓，如果一條蛇神奇的出現在她的手中，她也絕對**不會**退縮。伊森非常專注的瞇起眼睛，兩人雙手之間的空氣閃著微光，弄得史黛拉的皮膚刺痛。不過，也許伊森的心中仍想著上方天花板畫的極地豆，因為當閃閃發光的空氣形成實體時，可怕的蛇沒出現，但有五粒極地豆在史黛拉的掌心跳上跳下，它們拍著小手，咯咯的笑。

史黛拉噗哧一笑，瞥了伊森一眼，看到他蒼白的臉龐因為尷尬而脹紅。他握緊拳頭，用力捶牆，掛在牆上的裱框旗幟隨之哐啷作響。

他大聲說：「可惡！」

史黛拉笑了，「你不需要因為輸了就發火。」她彎身將極地豆放在地上，它們在大廳裡蹦蹦跳跳，翻著筋斗，快樂嬉戲，「魷魚學家無法憑空變出豆子，所以現在我相信你至少是巫師，只不過不是很厲害的那種。」

伊森的灰色眼睛冰冷的盯著她，史黛拉清楚看到他的鼻孔發紅，他說：「我是優秀的巫師，你只是愚蠢的女孩，不知道自己在說什麼。」

史黛拉正準備用她想得到的最惡毒侮辱反擊，這時他們後方的門打開了，菲利克斯走了進來，他說：「啊，你在這裡，我一直到處找你。」

他並沒提高音量，但史黛拉聽得出來他的語氣中帶著失望，這樣更糟糕。突然之間，她覺得自己跟那些在擦亮的大廳地板上快樂溜來溜去的極地豆差不多。

她說：「菲利克斯，對不起，我只是想看看地圖室。」

菲利克斯微微揚起一邊的眉毛，「這裡是旗幟廳。」

史黛拉坦承：「我迷路了。」她身旁的伊森哼了一聲。

菲利克斯說：「好吧，至少我很高興見到你在交朋友。」他走到他們身邊，朝著伊森伸出手說：「我是菲利克斯．艾福林．玻爾，很高興認識你。」

伊森以厭惡的表情看著菲利克斯伸出的手，史黛拉當場立刻決定如果伊森在接下來的五秒內沒與菲利克斯握手，她就會揍他的鼻子一拳，而且會非常用力。幸好伊森在最後握了菲利克斯的手，並說：「我是伊森．愛德華．盧克。」

菲利克斯說：「你好啊，我剛剛在走廊上遇到你爸爸。」

伊森立刻露出有點心虛的表情，史黛拉很好奇他是否也不聽爸爸的話，到處閒逛。

菲利克斯轉向她，說道：「你聽到這個消息一定會很開心，主席同意你可以和我們一起去探險。你得許下探險家的承諾，然後我們就離開。」他再度轉身面對伊森，說道：「盧克少爺，船上見。」

伊森吃驚的表情讓史黛拉感到得意，她跟著菲利克斯走出大廳時，忍不住朝伊森吐舌頭。她真的要去探險了！主席終究沒禁止這件事，伊森．愛德華．盧克或任何人都無法做任何事來阻止她。

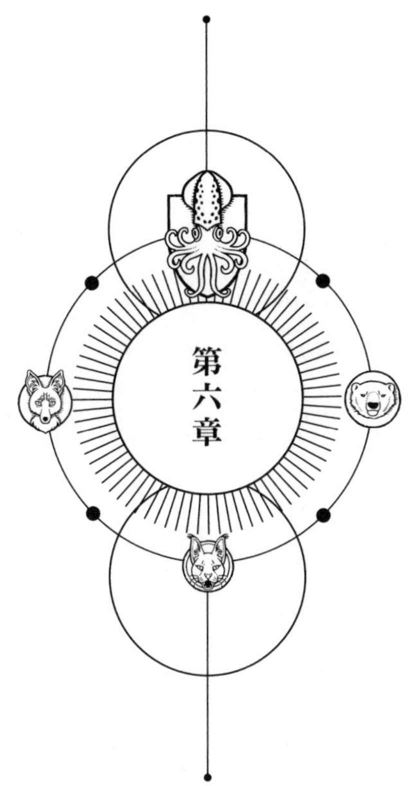

第六章

探險家的誓言

史黛拉與菲利克斯沿著走廊前進，她對菲利克斯說：「我真的很抱歉。」

他問：「史黛拉，你為了什麼原因道歉？」

「嗯，因為我沒照你的要求待在辦公室外面，還……讓你失望。」

菲利克斯停下來，轉身面對她說：「聽我說，這是你第一次探險，所以一切看起來都很新奇，讓人興奮。不過，史黛拉，從現在開始，你**必須**完全照我的話做。我好不容易才讓主席同意你參加，如果探險因此發生任何問題，那我一定會失去北極熊探險家俱樂部的會員資格，你明白嗎？」

史黛拉點點頭。她最不希望發生的事就是菲利克斯後悔帶她去探險，如果她害他被逐出他深愛的俱樂部，她會永遠痛恨自己。「菲利克斯，我明白，我保證我會很乖，會照你的話做，不會讓你失望。」

「太棒了，事實上，既然我們在討論這個話題，現在你就可以答應為我做一件事。」

史黛拉說：「任何事都行，我願意做你希望我做的任何事。」

「在我們航行前往冰凍群島的途中，我希望你友善對待伊森．愛德華．盧克。」

史黛拉忍不住扮起鬼臉，她說：「我覺得他似乎不是很友善。」

菲利克斯回答：「嗯，你幾乎不認識他。我們未必會在第一次與別人見面時，就向對方展現真實的自我，對吧？」

史黛拉說：「他說話的方式很冷酷，一臉不屑，還有，他看你的樣子也很討人厭，好像認為你比他卑微。」

菲利克斯堅持：「給他一個機會，太急著去評斷別人沒有好處。有時人們正為某些事奮戰，而我們根本不知道。而且，我們和善對待別人會有什麼損失嗎？」

史黛拉乖乖的說：「沒有。」雖然她認為有時善待別人**確實**要付出一些東西，例如一開始要有耐心，還要有自尊心與意志力。「不過你提到的『奮戰』是什麼意思？伊森正在為了什麼奮戰？」

「我怎麼會知道？」菲利克斯問，「我才剛認識那個男孩。」

史黛拉說：「你確實知道一些事。」她瞇起眼睛看著他，「我看得出來。」

菲利克斯溫和的回答：「說真的，史黛拉，別這麼八卦。你唯一必須煩惱的是友善對待伊森，要做到這一點，你並不需要了解他的人生故事，就能做到這一點。」

史黛拉說：「好吧。」她試著不嘆氣，「下次見到他，我會試著友善對待他。」

「乖女孩。」菲利克斯捏捏她的肩膀，然後沿著走廊繼續前進。

他們到達主席辦公室時，菲利克斯沉穩有力的敲門，一道聲音請他們進去。他們走進一間大辦公室，房間的一端擺著巨大的木桌，史黛拉看到它雕刻得精細複雜，桌腳是咆哮的雪怪像，支撐著巨大的桌面。書櫃沿著牆壁排列，放滿了地圖集、年鑑、旅行日記。巨大壁爐裡的火焰劈啪作響。壁爐上方掛著北極熊的巨大畫像，牠蹲坐著，頭向後仰，對著周圍的冷空氣及旋轉的雪花咆哮。

「啊，玻爾先生，」辦公室的另一端傳來一道低沉有力的聲音，「我看到了，你找到了這個女孩。」

北極熊探險家俱樂部的主席站了起來，從桌子後方走了過來。阿爾吉儂．奧古斯都·福格身材很魁梧，還留著史黛拉見過最讓人印象深刻的八字鬍：它捲曲纏繞，末端還上蠟，這讓史黛拉立刻聯想到海象。

這位主席厲聲說：「孩子，這非常不合常規。」他的聲音聽起來也有點像海象，「北極熊探險家俱樂部從未有女性探險家，更不用說是女孩探險家了。天知道其他俱樂部會怎麼看我們，他們一定認為我們是一群不合常規的瘋子，我毫不懷疑。這非常不合常規，從來沒聽過這種事。」他嘆了口氣，手伸進背心口袋裡，拿出裝著鬍蠟的圓罐，開始為那讓人印象深刻的鬍子末端上蠟。等他最後一次捻著已經很尖的鬍子末端後，就繼續說：「但是你的，呃……」他遲疑了，看了菲利克斯一眼，顯然不確定如何稱呼他，「你的監護人……」

菲利克斯立刻說：「爸爸。」他的雙手插進口袋，忽然對壁爐上方的北極熊畫感興趣。

「對，你的爸爸，」福格主席改口，「你的爸爸很有說服力，非常會說服別人。」他繃著臉，「而且，因為他為這次探險提供了大部分資金，所以這一次我決定准許他的請求，這是特殊優待，你將獲准成為北極熊探險家俱樂部的臨時初級會員。之後的事，以後再說。」他示意史黛拉走向前，「我知道你們要趕去搭船，所以我們不要再浪費時間了。」

史黛拉走到桌邊，盯著一塊閃閃發亮的巨大雪怪紙鎮，它是由一塊巨大的水晶切割而成，壓著一堆旅行證件。她這輩子不曾看過如此華麗的紙鎮，很想知道她能不能說服菲利克斯買一個當她明年的生日禮物。

主席拿起一本皮革裝訂的巨大地圖集，遞向史黛拉，並說道：「把你的右手放在地圖集上，然後跟著我唸。」

她乖乖照著他的話做，開始朗誦如下的探險家誓言：

「我，史黛拉．星芒．玻爾莊嚴宣誓，我將探索遙遠的土地、陌生的海洋、異國的叢林、禁忌的沙漠。我將勇敢面對凶猛的怪物、嗜血的海盜、野蠻的野獸、惡劣的天氣。我將力圖擴展人類理解的極限，發現新的奇蹟，採取讓人驚訝的英勇行動。我以女王、國家、北極熊探險家俱樂部備受尊敬之榮譽的名義完成科學發現或其他發現。無論狂風、冰雹、冰霙、白雪，我會堅定不移，保持冷靜，繼續前進。我將時時刻刻表現得像紳士，確保衣領乾淨平整，鬍子保養得宜，即使千鈞一髮與死裡逃生是全球勇敢的紳士探險家無法避免的經歷。」

史黛拉認為，由於她是女孩，他原本可能要省略最後一句話，但最終還是唸了。她暗中發誓，除了男性版本的誓言之外，總有一天會有女性版本的誓言，並且絕對不會提到修剪整齊的鬍子這種虛榮無用的東西。

女性版本的誓言將發誓把襯裙變成船帆，或勇敢地揮舞陽傘當作武器，或學會丟扇子，讓扇子擊倒五十英尺外的強盜。史黛拉敢說，她能想到很多可以放進女性版本誓言的事物，而且那些事物遠比壓平衣領與修整鬍子來得有用。

福格主席說：「這是你的探險家斗篷。」他把菲利克斯淡藍色斗篷的縮小版交給史黛拉，一隻小小的北極熊縫在胸前。「還有你的探險家背包。」他遞給她一個藍色背包，上面也印著俱樂部的北極熊圖案。接著，他們握了握手，菲利克斯說他們必須走了，否則會錯過那艘船。

史黛拉感到強烈的幸福，她將保暖的探險家斗篷披在肩上，跟著菲利克斯走向外頭等候的雪橇車。他們坐定後，車門關閉，耳邊傳來獨角獸以腳蹄前進的輕快嗒嗒聲，史黛拉立刻查看探險家背包裡的東西。

她有點失望的發現背包裡主要放了鬍蠟與鬍油，以及各種藥膏、油膏、軟膏，還有一把袖珍的折疊式鬍子梳，這把梳子相當漂亮，但無論如何，它對史黛拉來說沒什麼用。

史黛拉抱怨時，菲利克斯說：「別擔心那些東西，這些東西都沒有用處。我們一回到船上，就會幫你挑選適當的用品。」

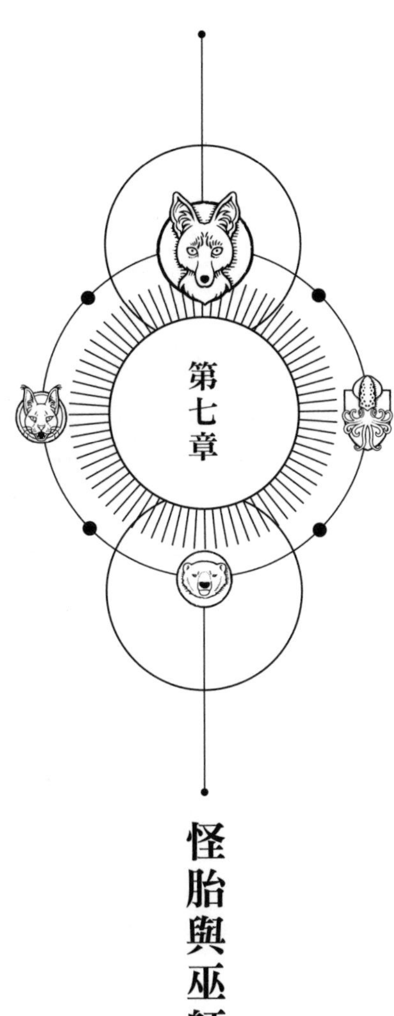

第七章

怪胎與巫師

接下來幾天，待在英勇冒險家號上的時間，似乎一眨眼就過了。船一啟航，菲利克斯再度暈船，史黛拉幾乎是隨心所欲自行活動。她大部分時間都與謝伊待在一起，幫他照顧狼群、犛牛、獨角獸，或者看著他練習回力鏢。回力鏢是史黛拉最熱切想要的美妙東西：謝伊站在甲板上，柯亞在他的腳邊，他把回力鏢扔向大海，不知怎的，它總會回到他等待的手上。史黛拉問自己能不能試試看，但謝伊帶著歉意告訴她，這需要大量練習才能做得正確，如果她從船上往外扔，它很可能就會掉入海中，再也見不到。

第三天的早晨，菲利克斯的身體狀況終於好轉，可以起床而不會立刻需要一個水桶。

「過去幾天你都在做什麼？」他一邊問史黛拉，一邊站在鏡子前仔細拉直領結，「我幾乎沒看到你。」

她回答：「嗯，你不能期望我整天閒坐著聽你呻吟，那會讓人發瘋。」

菲利克斯回答：「就算這樣，但你也應該不時向我報平安。」

「我**確實**有啊，但每次回來你不是在睡覺就是在浴室裡，或者把頭埋在枕頭底下發出呻吟。」

菲利克斯彎腰，在床鋪下方仔細翻找一隻丟失的鞋子，史黛拉清楚的聽到他低聲嘀咕著下次要搭飛船旅行。

史黛拉說：「我一直想搭飛船旅行。」

「找到了。」菲利克斯找到那隻丟失的鞋子，「來吧，我們去吃早餐吧。」

史黛拉一直沒看到她的朋友豆豆，直到航行幾天後，在他的叔叔堅持之下，豆豆才放開書本，到甲板上呼吸新鮮空氣。豆豆正學習成為醫生，並且全心投入，他可以連續好幾個小時坐著閱讀一本教科書。然而，他的叔叔班尼迪克．博斯科姆．史密斯教授不太喜愛閱讀，而且認為最好的學習方式是動手做（即使你不是很確定該做什麼）。史密斯教授嗓門很大，個性活潑爽朗，不幸的是，他似乎期望其他人也像他一樣活潑愛鬧；有一次他來拜訪菲利克斯時，史黛拉曾聽過他抱怨侄子。

教授說：「那孩子就是不喜歡跟別的孩子玩，也不讓別人抱他，就連他媽媽也不行。毫無疑問，這是精靈血統讓他有了這些奇怪的想法、幻想和行為。他在餐桌上會以過度講究的方式吃紅蘿蔔，會把食物按照大小排列，再吃掉它們。這實在太不**正常**了。」

「親愛的班尼迪克，我不知道『正常』究竟是什麼意思。不過，這個男孩選擇要怎麼吃蘿蔔真的很重要嗎？」菲利克斯問道。

「這就是他得到那個荒謬綽號的原因，」史密斯教授接著說，彷彿菲利克斯剛剛並沒有說話，「他超愛果凍豆，根本是為它們瘋狂，所以他媽媽每天都在他的午餐盒裡放一小包果凍豆。不過，他不只是吃掉它們，還按照顏色分組，這是你見過最荒謬的事，現在他們都稱他為豆豆。」

「嗯，他們沒用更難聽的綽號稱呼他，此外，我真的認為你太重視……」

史密斯教授說：「另外，他還有個瘋狂的想法，那就是他將成為第一位到達黑暗冰橋另一頭的探險家，即使每個人都知道這是不可能的事，每一位嘗試過的探險家都消失得無影無蹤，包括他的爸爸。這是他媽媽的錯，精靈就是會有這些奇怪的想法，但她讓班傑明相信他可以做正常孩子能做的任何事。」豆豆的本名是班傑明．桑普森．史密斯。

菲利克斯說：「聽起來她像個好女人。」

史密斯教授繃著臉：「應該說，是受騙的女人。除了這些怪癖，班傑明太內向了，他無法成為探險家的。」

菲利克斯帶著一絲責備的語氣回答：「內向是一種人格特質，不是錯誤。」

史密斯教授大聲說：「玻爾，你聽說過內向的男人成為探險家嗎？當然沒有。內向的男人只會在室內玩大拇指。」

菲利克斯高聲說：「玩大拇指！這是清單的第一百三十五號！」

史密斯教授厲聲說：「清單？什麼清單？」

菲利克斯開始解釋：「我正在編列一份清單，列出我更願意消磨時間的方式，而不是修整鬍子以及為鬍子上油膏。」

但史密斯教授不耐煩的搖搖頭：「菲利克斯，請不要離題！就像我剛剛說的，探險家必須大膽、勇敢、英勇，讓人敬畏……」

菲利克斯嘆口氣說：「勇敢與英勇的意思相同，至於敬畏，我見過讓人敬畏的人多數也讓人難以忍受，甚至是討人厭。喔不，我很抱歉，班尼迪克，但你說的話完全是胡扯，比起細心謹慎的人，什麼都不怕的人更可能在探險時死亡。豆豆本身就很棒了。」

場景拉回到船上。史黛拉走上甲板，發現豆豆站在欄杆的一側，眺望冰冷的海洋，手裡拿著捕蟲網。他與史黛拉一樣高，黑髮經常都亂翹，因為豆豆根本受不了梳頭髮這件事，也不喜歡剪頭髮，就算用果凍豆收買，他也不要。每次叔叔把他拖到理髮店時，他總會大吵大鬧。不過，豆豆的頭髮一向很乾淨，他非常在意個人衛生。

正如史密斯教授說的，豆豆的家族確實有精靈血統，你可以從這些地方看出來：他身材修長苗條，耳朵頂端略尖，而且如果你仔細觀察，他的黑髮夾雜著一絡藍髮。

豆豆的捕蟲網裡有三、四隻海蝴蝶，牠們似乎已經在網中待了一段時間，因為牠們全都可憐巴巴的側躺，翅膀微微顫抖。正如史黛拉所看到的，豆豆舉起空著的那隻手，一道閃閃發光的金色光芒似乎正從他的指尖流出，圍繞著海蝴蝶，下一刻，牠們拍打著翅膀，使得那頂端沾著鹽的綠色翅膀在陽光下閃閃發光。豆豆打開網子，釋放牠們，看著牠們飛越水面，在白沫與浪花中飛舞。

史黛拉和豆豆曾試著爬上花園裡的貝果樹（因為深紅色種子只生長在最頂端），結果史黛拉摔倒，手肘擦傷。她看見手臂上滲出鮮血，立刻覺得不安，但豆豆隨即從樹上滑下來，輕輕握住她的手臂，這是他第一次觸碰她，他的手指發出溫暖的金色光芒。史黛拉倒抽一口氣，為朋友的神奇力量感到高興，而手臂的割傷下一刻就完全消失了，這是史黛拉首次意識到豆豆的治療能力。

史黛拉說：「嗨，豆豆。」她走到欄杆旁，與他站在一起。她指著他仍緊握的捕蟲網，「如果你叔叔發現牠們飛走了，會氣瘋嗎？」

豆豆回答：「我想會吧，但他今天早上已經拿到殺蟲劑了，我必須採取行動。」史黛拉很高興豆豆拯救了蝴蝶，她本來想擁抱他，但她知道他不喜歡，所以只是輕輕拍了拍他的背，並提議一起在甲板上用雪堆一個企鵝家庭。今天海上風平浪靜，但昨天夜裡下過雪，有許多的雪可以堆企鵝。

他們走過冰凍的甲板時，豆豆對她說：「我很高興你在這裡，這一定會讓探險變得比較容易。」

史黛拉注意到他從口袋裡拿出一個小小的獨角鯨木雕，焦慮的擺弄它。她說：「哦，你把奧布瑞帶來了。」她並不驚訝，豆豆的爸爸在最後的黑暗冰橋探險之旅時，看到半海豹、半獨角獸的奇特動物獨角鯨後，刻了獨角鯨木雕給豆豆。黑暗冰橋極為巨大，橫跨整片海洋，橋的另一端沒入冰冷的霧中，雖然許多探險家試圖跨越它，但沒有人知道它是如何出現或通往何處。

八年前，豆豆的爸爸參加跨越黑暗冰橋的探險之旅，再也沒回來，人們從來沒查明他究竟出了什麼事，史黛拉了解豆豆一直掛懷這件事。他爸爸……死了，探險隊其他成員也是如此，也許他們凍死在冰上，或者食物吃光而餓死，或是被巨大的雪怪吃掉了，也可能到達橋的另一頭並發現了可怕的東西。

搜查的救援隊發現了他們的營地殘跡，帳篷結凍並遭到廢棄，沒有任何探險家的跡象，雖然他們找到豆豆父親的背包，裡面包括獨角鯨木雕與日記，其中幾篇日記提到他正在做這種動物的木雕，當作兒子班傑明的禮物。它立刻成為豆豆最珍貴的財產，每當他感到焦慮就會擺弄它，而他大多數時候都很焦慮。

他對於探險家死亡或自我傷害的各種可能方式了解得太多，其實，了解這些可能並沒有什麼幫助，但自從他爸爸失蹤以來，他就有點沉迷於這個主題。不幸的是，他似乎有無窮的記憶力記起可怕的事實、人物、數字。當他們上學的第一天，豆豆走到史黛拉身邊說：「人們可能會因為吃了太多鰻魚而死。」

史黛拉說：「哦，是嗎？」

豆豆點了點頭說：「是的，三十一年前，海魷魚探險家俱樂部的史考特博士在鹽脊港盡情大吃鰻魚後死了。我覺得最好把這件事告訴大家，媽媽說，對別人友善是交朋友的方式。」

遺憾的是，他們的同學大多覺得豆豆有點古怪，雖然史黛拉認為他很友善，也承認他是滿奇怪的，不過，菲利克斯曾說過，那些有趣的人都一定有點古怪。

史黛拉與豆豆找到一塊收拾乾淨的甲板，這裡還沒被太多水手踩踏過，上面的積雪潔白，踩起來咯吱作響，而且閃閃發亮，所以他們開始動手，很快就堆出了一個好看的雪企鵝家庭。當史黛拉剛堆完表情特別快樂的企鵝媽媽來搭配豆豆的企鵝寶寶，這時一道熟悉的冰冷聲音說：「那些東西到底是什麼？」

史黛拉轉過身，看到伊森倚靠在欄杆邊，看著他們。他穿著海魷魚探險隊的黑色長袍，清瘦的臉龐帶著和先前一樣的高傲表情，淺金色的頭髮直接往後梳，硬挺的衣領還上了漿，他就連在船上也看起來完美無暇。史黛拉再度感受到先前的那種厭惡感，但她記得自己對菲利克斯的承諾，她說：「它們是雪企鵝，你想加入我們嗎？」

伊森撇嘴，「你們這個年紀堆雪企鵝是不是有點太老？除此之外，它們看起來更像雪塊。」他用一隻戴著手套的手朝豆豆的方向揮了揮，問：「他是誰？」

「這是我的朋友豆豆。」

伊森回答：「你不會是說真的吧？」他輕蔑的撇嘴，「你的本名是什麼？」

豆豆說：「班傑明．桑普森．史密斯。」但他聲音很小，那些話幾乎被風吹散了，史黛拉覺得必須再說一遍，她看得出來豆豆感到焦慮，因為他再度從口袋裡拿出奧布瑞，開始擺弄著這個木製獨角鯨。

伊森說：「我是伊森．愛德華．盧克，」他看起來十分得意，「我是巫師。」

豆豆說：「我喜歡果凍豆。」他渴望對這段談話有所貢獻，但不太確定應該怎麼做。

伊森對他露出困惑的表情，「大家都喜歡，不是嗎？」

豆豆說：「我表妹莫伊拉就不喜歡，但史黛拉說那只是因為她是討厭鬼。」

史黛拉只見過莫伊拉一次，那是在豆豆上一次的生日派對上。豆豆樂觀的邀請了全班的人，而一如往常，每個人不是找藉口不參加，就是突然改變計畫，或是根本懶得回覆邀請；因此，豆豆十二歲生日派對的嘉賓就是這兩位：史黛拉與莫伊拉。莫伊拉對果凍豆生日蛋糕不屑一顧，說那很幼稚，還說豆豆很奇怪，她甚至不想來，所以史黛拉宣稱她是討厭鬼，並說她與豆豆會把蛋糕吃光，而他們也真的吃光了，雖然後來兩人都覺得有點不舒服。

豆豆說：「我把一些果凍豆放在某個地方。」他在骯髒的斗篷口袋裡摸找著，「我出發前，媽媽把這些拿給我。」他掏出一把果凍豆遞給伊森，「你要不要吃一些？」

這位巫師往後縮，「天啊，不要！誰知道它們曾經放在哪裡。」

豆豆一臉困惑，「它們一直都在我的口袋裡啊。」

史黛拉非常想叫伊森走開，但覺得應該最後一次試著表現友善，無論他是否想要她的善意。豆豆捧著一堆果凍豆，她從中拿了一顆說：「我們應該會在一星期內到達冰凍群島，你期待這次探險嗎？」

伊森聳聳肩，「有什麼好期待的？冰凍群島就只有冰而已，不可能和大海的祕密相比。儘管如此，我認為這趟旅程將非常危險，所有的雪怪四處踩踏，我們之中有許多人很可能根本回不來，即使你想辦法不被雪怪吃掉，但我們之前已有許多探險家在雪中迷路餓死。」

豆豆往後縮了一下，剩下的果凍豆掉落，散在他腳邊的雪裡。史黛拉知道他想到了爸爸，他爸爸在黑暗冰橋的某個地方失蹤。豆豆緊張的說：「你不該在探險開始時提到餓死，我爸爸總是說這會有惡運。」

伊森回答：「我不在乎你爸爸的想法，巫師不在意那種愚蠢的迷信，你不知道你在和誰說話嗎？」

豆豆皺眉，看起來更加困惑了。他說：「你是伊森．愛德華．盧克，是巫師，你在四分半鐘前告訴過我們，你不記得了嗎？也許你的記性有問題，這種情況有時會發生，雖然通常是年紀很大才會發生，老人晚上得拿下嘴裡的假牙，把它們放在床邊的小玻璃杯裡。」他看著伊森說道：「你晚上得把假牙拿出來，把它們放在床邊的玻璃杯裡嗎？或許我能幫你，因為我正受訓成為醫師。」

伊森瞪著眼說：「天啊。」他轉向史黛拉，「他是怪胎嗎？或者就只是個白痴？」

怪胎、白痴、怪人、瘋子……豆豆一向被冠上這些稱號，而且在學校時情況更糟，每次都讓史黛拉非常激動憤怒。豆豆無疑是班上最聰明的孩子，或許是全校最聰明的小孩，他也是史黛拉所認識的人中極為善良的一位，他只是與眾不同，人們總是因為這樣而對他說些殘酷的話。

她彎腰捧起身邊的雪企鵝，然後挺直身子走向伊森，雪企鵝仍維持得很完整。她的表情讓這位巫師突然感到驚慌，他試著退離一步，但身後的欄杆緊緊壓著他的背部。

他質問：「你想做什麼？」

史黛拉的回應是將雪企鵝倒在他頭上。

它以最讓人滿意的方式裂開了，巨大的冰塊滑下伊森的衣領後面，浸濕他的頭髮，他大吼大叫；白雪在他的黑色長袍留下一道道痕跡，冰水從他的臉龐流下。

史黛拉很滿意的看到他的外表不再完美無瑕。

史黛拉說：「我不在意菲利克斯說了什麼，」她用力戳著伊森瘦弱的胸膛，「你很壞，我不喜歡你，如果你再一次對豆豆說刻薄的話，我會揍扁你。」

「你會揍扁**我**？」伊森氣急敗壞的說，「**我**是這裡的巫師。哼，我應該立刻把你變成瞎眼小鼴鼠，再把你扔進海裡！」

他舉起一隻手，有某個可怕的瞬間，史黛拉擔心他是否真的會把她變成鼴鼠。她的想像很可怕：她想像自己變成瞎眼的粉紅色小鼴鼠，在海浪中拚命掙扎，看著船越開越遠；也說不定伊森的魔法再次搞砸，於是把她變成跳舞的小小極地豆。說真的，這兩者差不多同樣糟糕。

伊森開口：「我會讓你學會你永遠不……。」

有個聲音問：「嘿，這聽起來很有趣欸。任何人都可以一起上課嗎？」

史黛拉轉過身，看見謝伊在她身後。這是她第一次看到他穿著北極熊探險家的藍色長袍，而不是照顧狼群時穿的舊襯衫與褲子。四隻遠征狼陪在他旁邊，三隻是灰狼，一隻是棕狼，牠們在他的腳邊繞圈，緊緊貼著他的腿。

伊森指著謝伊說：「這跟你沒關係！所以不管你是誰，都快滾開。」其中一隻狼立刻對他露出了牙齒，這位巫師急忙放下手。

謝伊說：「喲，喲，」他上下打量著伊森，「你不就是一個高傲的小蝦子嗎？」

伊森氣急敗壞的說：「我比你還高！沒有人叫我蝦子！我也不高傲。我要直接向船長報告北極熊探險家俱樂部的一名成員攻擊我！」

史黛拉的心一沉，菲利克斯絕對不會喜歡那種情況，絕對不會。

「我的名字叫謝伊．史佛頓．吉卜林，我應該自己去找船長。」謝伊伸手往下搔抓一隻狼的耳朵背後，「你一定早就知道了，如果你在海上用魔法威脅別人，這是違反了海事法的。」

伊森說：「哼，你們這些人不值得我浪費時間！」他沿著甲板跺腳離開，後方留下了一條雪融的濕痕。

史黛拉對謝伊說：「我不需要你幫忙。」雖然她不確定這麼說是否完全正確，畢竟她真的不想變成鼴鼠，「不過還是謝謝你。」

謝伊微微點頭，「別客氣，小火花。」

史黛拉轉身向豆豆介紹謝伊，但豆豆的注意力完全放在獨角鯨木雕上，幾乎沒看著謝伊，而是咕噥著說：「你好，我是豆豆，我喜歡果凍豆與獨角鯨，現在我要回船艙去研究醫書，並閱讀關於牙齒的內容。」說完這段話後，他轉身匆匆走過甲板。

史黛拉說：「噢，天啊……，他不是故意無禮的。」她真的不希望謝伊也討厭豆豆，「他只是覺得跟人聊天很困難，有時他需要獨處，就是這樣。」

謝伊親切友善的說：「聽起來很合理，狼也會這樣，有時牠們想成為團體的一分子，有時只希望不被打擾，那樣完全沒有錯。」

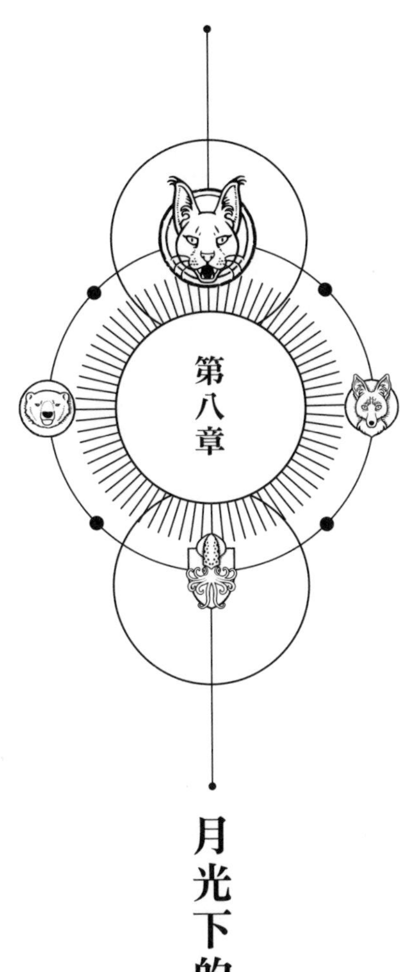

第八章 月光下的雪怪

航行的最後一天，斐茲洛伊船長在他住的船艙為兩個探險家俱樂部舉行餞別晚宴，甚至連資淺的會員也受邀了。對於探險者來說，餞別晚宴是傳統，等之後他們到了**冰上**，就不得不依靠口糧或自己尋找食物。餞別晚宴總是在長桌上擺放豐盛的食物。菲利克斯告訴史黛拉，這將是她接下來一段時間內最後一頓豐盛餐宴，所以應該盡量大吃大喝。

這場晚宴從一開始就氣氛火爆，問題在於，北極熊探險家俱樂部及海魷魚探險家俱樂部因為多年前所發生的雪鯊探險而彼此怨恨，兩個俱樂部也一直互別苗頭：雙方都互告作弊與犯規，各自至少有一位探險家被雪鯊吃掉了，有些人在冰上受到重傷，而且雙方都不曾正式道過歉。這兩個俱樂部從那時開始一直提防對方，雙方都因為損失與傷亡而責備對方，也都聲稱發現雪鯊是自己的功勞。

這兩個俱樂部面對面坐在桌子的兩邊，一臉提防的看著對方。晚宴剛開始的時候，大家都很有禮貌，但沒過多久，北極熊探險家俱樂部的一位動物學家就與海魷魚探險家俱樂部的一名獵人爭吵起來，這兩人都希望成為殺死雪怪的第一人，並將它帶回來當戰利品（從未有人成功過，而他們都想為俱樂部達到這個成就）。

菲利克斯突然加入對話，他問：「拿著長矛追逐雪怪，這不是有點危險嗎？聽起來像是會被吃掉。」

那位獵人撇著嘴說：「我並不指望研究小仙子的人能了解這些事，但我打算用步槍殺死牠，而不是用長矛。」

斐茲洛伊船長插嘴：「你根本沒法將它運回大陸，雪怪平均身高十八公尺，沒有一艘船可以運送那種大小的野獸。」

那位動物學家宣布：「我會切斷牠的頭，然後把牠帶回來。北極熊探險家俱樂部裡應該要有一個雪怪標本。老實說，那裡沒有那種標本很丟臉。」

「我必須承認，我很驚訝，沒看到任何雪妖精或冰仙子，」桌子另一端傳來另一個聲音，這是伊森的父親，巫師柴克里．文森．盧克，「我們在海魷魚俱樂部展示一整套的海仙子，它們的翅膀被釘成蝴蝶的樣子，活著的海仙子則放在罐子裡。」他轉向菲利克斯，「說真的，我以為它們很好抓，人們甚至不需要用長矛去抓，只要捕蟲網就行了，這件事其實輕而易舉。」

菲利克斯淡淡一笑，「北極熊探險家俱樂部曾有一個小仙子櫃，經過我強力要求，不久前他們將它移除了。把小仙子釘住這些行為是野蠻做法，不應該被鼓勵或容忍。」

冰冷的沉默持續了片刻，然後柴克里·文森·盧克站了起來，「先生，你是不是說我是野蠻人？」

豆豆對史黛拉說：「野蠻人是什麼？」他的聲音大到全桌的人都聽到。

史黛拉回答：「不文明的人。」

菲利克斯教史黛拉拼寫時，他避免教「服從」、「捲心菜」、「粉筆」這種無聊的單字，反而喜歡教「野蠻人」、「蠢事」、「遊歷」這種有趣的單字，他說這讓教學變得更有趣；一旦史黛拉學會拼寫一個單字，他會教她這個單字的意思做為獎勵。這一刻，史黛拉的視線越過船長的桌子，瞥了菲利克斯一眼；他朝她微微一笑，認可她的敘述正確。

巫師盧克大聲說：「不文明！如果你想看**真正**不文明的東西，那我……」

海魷魚俱樂部的探險隊隊長打著呵欠說：「柴克里，別當個討厭鬼，坐下來吧，在船長的餐桌上吵架不禮貌，而且你正破壞我的胃口，吵架讓這裡變得太熱了。」

他說得沒錯，房間裡很熱，這裡人多，加上保溫的食物烤盤，造成讓人不舒服的高溫。此刻，每個人都脫掉了外套，捲起襯衫袖子，除了伊森之外，他的外表一如往常，衣著筆挺，儀容整潔，一臉傲慢，領子如常的翹起來，袖子扣到手腕處，襯衫扣到衣領。不過，史黛拉看得出來，他也覺得很熱，因為他一直用餐巾紙對著臉搧風。她認為他很蠢，幹麼不像其他人一樣捲起袖子。

柴克里·文森·盧克坐了下來，但因為在大家面前被訓斥，所以他一臉不高興。為了彌補這一點，他轉向那位獵人說：「傑羅姆，如果我可以幫助你殺掉雪怪，請務必告訴我。我很贊同雪怪的腦袋會成為我們戰利品室的優秀展示品，它可以掛在我們上次帶回來的尖叫紅魔鬼魷魚觸手旁邊。我們要證明自己是探險家時，最重要的就是戰利品了，伊森，對不對？」

柴克里用力在兒子的背上一捶，但伊森沒回答。事實上，史黛拉注意到他看起來真的很不舒服，下一刻，他推開盤子，站了起來。

他低聲說：「失陪一下。」接著，不發一語的離開了房間。或許他終究覺得穿著長袖太熱了，於是出去呼吸一些新鮮空氣，也或許是到船的一側嘔吐，史黛拉暗中希望是後者，即使菲利克斯會因為這種刻薄的想法而責備她。

她瞥了菲利克斯一眼，驚訝的發現他皺眉看著伊森的背影。菲利克斯以前很少皺眉，他的反應很不尋常。

幸好，就在這時，廚師端出一個雪怪造型的冰淇淋蛋糕，全部的人立刻開心起來，火爆的氣氛也冷靜下來。雪怪的眼睛由薄荷巧克力碎片製成，而蓬亂的皮毛則是用香草冰淇淋裝點出來的，冰淇淋雪怪的一隻大拳頭抓住某個死去的探險家（史黛拉覺得這樣好像有點不妥，但這位探險家是用加糖的杏仁膏製成的，所以某種程度上彌補了缺點），史黛拉熱愛加糖的杏仁膏。

不過，當他們聽到上方傳來「陸地，啊嘿！」喊叫聲時，這頓晚宴就突然結束了。所有的探險家同時將椅子往後推，爭先恐後衝上甲板上，結果所有人幾乎摔成一團。

史黛拉走到室外時，冰冷的空氣讓她驚訝得倒抽一口氣，她的家鄉與寒門都很冷，但那只是正常的寒冷——那種會帶來霜雪的寒冷。然而，這裡的寒冷，是會帶來雪妖精與冰風暴的那種寒冷，冰雪堅硬銳利，並不鬆軟；這種寒冷可以穿透一個人。整艘船因為籠罩著一層閃著微光的冰霜而閃閃發亮，看起來比一般的星星多了十倍，數百個微小的冰冷白光，彷彿有人在黑暗夜空中灑落一大片閃光。史黛拉吐出白煙，牙齒打顫，但她立刻跟其他人一起擠向欄杆，睜大眼睛，第一次看見月光下的冰凍群島。

巨大的冰塊漂浮在海面上，史黛拉可以聽見它們彼此碰撞，並用力撞擊這艘船。如果有人碰巧掉落海裡，並且被困在兩塊碰撞的冰塊之間，那人一定會被壓成爛泥。

在他們的前方，被雪覆蓋的景色隱約發出了淡藍色光芒，史黛拉好奇這是不是因為上方有許多星星在閃爍著。她依稀能辨認出那些隱約出現的尖峰輪廓像巨大的雪鯊牙齒一樣刺穿空氣。當她凝視著這個景色時，內心似乎有些東西在騷動，那是因為記憶而產生的激動，彷彿心底記得她來自哪裡；有那麼一刻，史黛拉覺得自己能抓住那段記憶，但是當她伸手向前的時候，它卻像煙霧一樣飄散了。

船上一片冰冷靜默，所有的探險家們望著遼闊的陌生景觀，夢想著他們可能經歷的冒險與故事，例如那位獵人，他正夢想著帶回雪怪的頭。

史黛拉是第一個發現陸地上有動靜的人，那個東西太巨大了，一開始還以為自己看到了一座山，然後她的目光辨識出一隻手臂與一條腿，那景象讓她大受震撼，原來那是一隻巨大的雪怪拖著笨重的腳步在冰面上移動。

她大喊：「雪怪！」她指著大海的對面，她的聲音打破冰冷的空氣。「那裡有雪怪！」

大家紛紛大喊：「哪裡？」、「我沒看到！」接著又有人叫嚷：「天啊！」、

「好驚人！」、「看看那個傢伙！」然後，這些探險家紛紛從長袍裡找出望遠鏡仔細觀察，史黛拉也立刻伸手拿出望遠鏡。她的望遠鏡是由純黃銅製成的，外表則用柔軟的舊皮革包覆。當她以菲利克斯教導過的方式調整鏡頭對焦，她的雙手興奮得顫抖。

第一眼看到雪怪的臉時，她猛的倒抽一口氣。雪怪臉上的毛覆滿凝結的白雪，白色閃亮的彎曲犬齒凸出嘴唇。目測起來，光是頭部的長度就有史黛拉身高的十倍，而那些可怕的牙齒每一根可能都跟她一樣高。她放下望遠鏡（手指摸到的黃銅表面非常冰冷），凝視那隻野獸，難以理解牠的大小。這是一隻巨獸，遠遠大於史黛拉見過的任何建築，包括北極熊探險家俱樂部。

下一刻，雪怪越過懸崖，從大家的視線中消失。由於外面實在太冷了，大家都沒穿防雪斗篷，無法繼續待在甲板上，所以這些探險家又回到了溫暖的留聲機室，那裡很快就瀰漫著白蘭地的味道與雪茄的煙霧，而且空氣中還充滿興奮的激動感受。

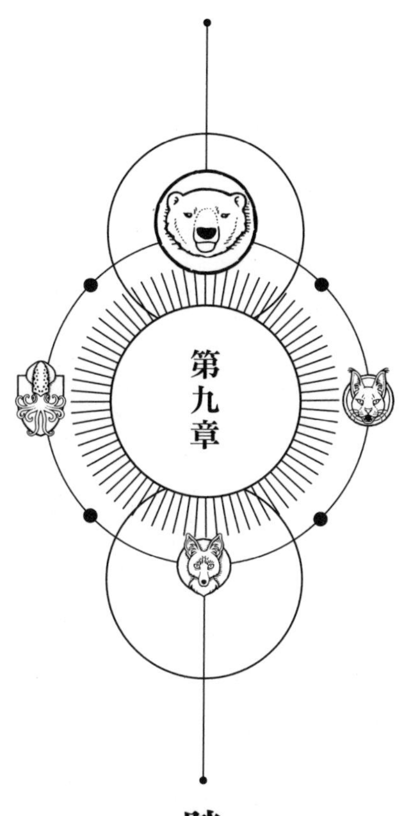

踏上冰凍群島

隔天，史黛拉在甲板上看著一些船員搭著救生艇前往冰凍群島，首先是將巨大的釘子插入雪裡，然後將那些與史黛拉手臂一樣粗的繩索拋過去，讓這些繩子繞在釘子上，好方便船的停泊。

他們花了近一小時卸下日用物資，這些物資包括獨角獸、狼、犛牛。史黛拉一再檢查口袋與探險包（沒放鬍蠟與鬍油），確保自己帶了望遠鏡、羅盤、放大鏡、口袋地圖、應急用的薄荷蛋糕、火柴、線球。菲利克斯說，人們永遠不知道線球何時會派上用場，從史黛拉有記憶以來，她幾乎是隨身帶著一個線球。她也決定帶著袖珍的折疊式鬍子梳，因為她發現它很適合用來搔背。

某些場合很合適穿洋裝與襯裙，但探索冰凍群島絕對不適合這樣的裝扮，所以史黛拉換上和菲利克斯以及其他探險家類似的穿著，包括塞進耐穿雪靴中的褲子、多層背心、縫上北極熊徽章的羊毛衫、穿在探險家斗篷裡的防水毛衣。史黛拉愛穿裙子，但也很喜歡穿褲子（當她想騎獨角獸出門時，通常都會穿著褲子）。最後，她把雪白的長髮綁成辮子，避免它礙手礙腳，並用亮紫色緞帶綁住頭髮。

大約在他們抵達後的一小時，所有日用物資已全部卸下船，探險家輪流走下跳板，他們的雪靴踏在冰霜上，嘎吱作響，這些冰霜已在厚木板上形成一層純淨閃亮的冰。船長下船為他們送別，並差人將這艘船的一面旗幟插進雪地裡，標示出「英勇冒險家號」兩星期後回來接他們的地點，這艘船在這段期間將到外海捕鯨。攝影師在三腳架上安裝相機，兩個探險隊的人聚集在旗幟周圍拍照。

他們必須靜靜站著很長一段時間，等待相機運作。史黛拉並不善於站著不動，所以在錯誤的時刻搔了鼻子，導致相機印出的黑白照片中，她的臉模糊不清。她忍不住想，那些成年探險家看起來都有點像海象，因為他們很多人的嘴唇上都留有上了蠟的八字鬍，或者在下巴上有精心修剪的鬍，又或者兩頰的蓬亂連鬢鬍。不管是鬍、鬚，還是鬢，史黛拉都不太喜歡，她很高興菲利克斯沒留鬍子。

拍照結束後，斐茲洛伊船長告訴他們：「我們將在十二天後的日出時刻回到這裡，等候一天一夜，之後無論各位是否回到這裡，我們都得起航，鯨油恐怕無法在甲板下保存太久。救援船一定會回來尋找失蹤的探險隊員，但說不準能多快安排船隻，或者船隻何時能到達。所以，如果你們不想長時間待在冰屋裡，請務必準時回到這裡。」

他祝大家一切順利，然後就回到船上。他搖搖頭，彷彿無法理解為什麼有人會瘋狂到自願前往冰凍的荒野。

接著，這艘船揚起了輔助的風帆，並沿著來時的路線回航，留下探險家們獨自與冰雪及雪怪待在一起。史黛拉原本希望兩個俱樂部在這裡向彼此告別，但雙方決定一起旅行到之前從船上發現的巨大冰橋，等到抵達那裡以後，一個俱樂部將會跨越冰橋，探索另一側，另一個俱樂部將會探索這一側。畢竟，冰凍群島應該夠大，可以讓兩個俱樂部分開探險。如果讓兩個俱樂部探索同個地區的話，只會導致爭吵口角、大聲抱怨，以及不可避免的決鬥。

為了節省時間，他們決定卸下雪橇車上的東西，讓雪橇車先出發，等到抵達冰橋後，再平分物資。正因為如此，史黛拉發現自己和謝伊、豆豆共搭一輛雪橇車，讓她厭惡的是，伊森也搭同一輛，而他是最大聲抱怨這個安排的人。不幸的是，由於重量分布的原因，這些孩子似乎得搭同一輛雪橇車，因此他們擠進一大堆毛皮底下，然後由一位成年的海魷魚俱樂部探險家跳上雪橇車後面控制狼群。所有人都在冰冷的空氣中興奮噴著氣，渴望出發。他們將一隻獨角獸綁在雪橇車後面，接著那位探險家一聲令下，他們出發了，在雪地上前進。其他雪橇車則排成整齊的隊伍，跟在他們後方。

史黛拉非常高興，因此忘了對身旁伊森的一切不滿（包括他的手肘頂著她的肋骨）。當冷風從他們身邊呼嘯而過時，她把鋪毛的帽兜拉高到頭上保護耳朵。狼奔馳的速度比她想像得要快，她覺得很興奮，就像一次過十個生日一樣。當白色的風景閃過，除了雪橇車的刀刃劃過雪地發出嗖嗖聲，以及車旁狼群的喘氣聲外，四下一片寂靜。

放眼望去，四面的景色皆是一片白色，史黛拉認為這種風景十分美麗迷人，但她旁邊的伊森哼了一聲，「冰，根本只有冰。」

史黛拉不理會他，一任自己的思緒飛翔，想像著雪鯊、毛茸茸的長毛象、可惡的雪怪。她轉過身，向後方雪橇車上的菲利克斯揮手。他對她咧嘴一笑，揮了揮手。史黛拉慶幸自己運氣好，終究能成功踏上探險之旅，當時她暗中發誓會向大家證明，女孩可以與男孩一樣成為優秀的探險家；事實上，女孩可能會表現得更優秀，因為她不必費心照顧鬍子。

約莫一小時後，他們到達冰橋，這是一個巨大的物體，橫跨寬廣的深淵。在望遠鏡裡看起來，這座冰橋十分龐大，但現在他們靠得比較近了，立刻發現這座橋其實頗為狹窄，無法讓探險隊穿越。這座冰橋僅有四英尺寬，只能容納狼群拉的雪橇車通過，只要踏錯一步，整輛車都會從邊緣翻落。大家很快就決定，這座橋無法通行，兩個俱樂部應該分開，各自尋找通向橋另一頭的路。

如果一切按照計畫進行，那麼他們會平分糧食與物資，並在此刻分道揚鑣，史黛拉、謝伊、豆豆將重新加入北極熊探險家俱樂部的行列，伊森會回到海魷魚探險家俱樂部。然而，探索未知事物的無畏探險未必能按照計畫進行。很不幸的，就在探險家決定從橋上離開時，一整群毛茸茸的長毛象恰巧選在這時從下方的山谷狂奔而過。

北極熊探險家俱樂部的狼都是訓練有素的遠征狼，並未對長毛象喧鬧的踩踏聲與吼叫聲有所反應。但是，海魷魚探險家俱樂部的狼，當初是以低價草率購入，沒受過同樣全面的訓練，也不曾參加探險，於是當牠們聽見二十隻六噸重的長毛象從下方轟隆隆經過的聲音後，立刻驚慌失措；四輛雪橇車的狼（包括史黛拉所搭的那輛在內）因為盲目的恐慌而向前衝，拴在後面的獨角獸也被迫前進。大多數的雪橇車轉頭沿著剛剛過來的方向回去，但史黛拉搭的那輛繼續前進，直接衝往冰橋的方向。

坐在他們雪橇車後方的海魷魚俱樂部探險家看到這番情景，立刻跳到雪地裡，伊森爬了起來，打算做同樣的事，但謝伊抓住他的袖子，將他拖回去。他大喊：「不要這樣！」但為時已晚。

他是對的。雪橇已經在冰橋上了，橋太窄了，不能冒險跳下去，而如果狼的一隻腳踩在不合適的地方，那麼他們會從邊緣翻落，必死無疑。雪橇後面的幾個袋子鬆了，直接從邊緣掉落，不斷翻滾，直到在下方的岩石上爆開。午餐的肉罐頭因為衝擊而摔爛了。

史黛拉聽見獨角獸在後方慢慢跑著，心裡祈禱著牠不會突然剎住腳步停下來，導致他們全被拉到一側，從邊緣翻落。這四位菜鳥探險家除了努力保持靜止不動之外，其他什麼也做不了，他們只能驚恐的俯看雪橇車的刀片危險的逼近橋邊。

當他們奔向橋的中央時，狼群驚慌的喘氣、流口水。牠們很清楚的看見下方的長毛象：雪在牠們蓬亂的長毛表面結成一層冰，巨大的長象牙向上彎，準備刺穿任何落在牠們身上的人。對於探險家來說，這似乎是高尚可敬的死法：從一座冰橋上滾落，被長毛象的象牙刺穿，但史黛拉仍然非常不希望這種情況發生。

她身旁的豆豆緊閉著眼睛，開始低聲喃喃自語，史黛拉驚恐的意識到他正在背誦探險家的死法。豆豆有時會藉由背誦事實讓自己冷靜下來，但史黛拉寧可他這時背誦一些不同種類的海參、各種巨型蝴蝶，或任何東西都好，事實上，只要不是冒險家的慘烈死法就好。

「詹姆斯．康拉德．卡波史東船長在冰河圈被毛茸茸的長毛象踩死，」豆豆上氣不接下氣說著：「中士亞瑟．普林羅斯．波在阿祖利安叢林中被劍齒虎的獠牙刺死，哈米胥．漢弗萊．史密特爵士……」

伊森憤怒大喊：「閉嘴，閉嘴！你是有什麼毛病？現在沒有人想聽那些事！」

接著，除了狼的喘氣聲、長毛象的吼叫聲、獨角獸轟隆隆移動的蹄聲、豆豆喃喃自語的聲音、後方探險家的吼叫聲，史黛拉還聽到一種可怕的微弱聲音，那是冰塊裂開時微弱又致命的爆裂聲。她冒險的往後瞥了一眼，只看到雪橇車的刀片在雪地上留下的凹痕，導致縱橫交錯的極細裂痕，這個蜘蛛網狀的致命裂痕發出嘎吱聲時，噴出一陣碎冰。

豆豆的頭埋在雙手之間，呻吟著說：「哈米胥．漢弗萊．史密特爵士遭到偷獵老虎的人埋伏……」

不過，他還來不及講完這一句話，他們後方的一部分冰橋就啪的一聲斷裂，冰塊掉到下面的山谷，摔得粉碎。史黛拉發現自己無法呼吸，他們不會就這麼死

掉吧？她不要在第一次探險的第一天死掉！要是事實證明阿嘉莎姑姑說得對，探險對女孩來說太危險，那就太糟糕了，而且她敢說對菲利克斯來說，這一定會讓他痛心疾首。

不過，這時狂奔的狼群已經到達橋的另一頭，雪橇車的刀片深深陷入雪中，而冰橋的最後一部分也倒塌了。史黛拉再度往後瞧，並且嚇呆了：她看見後方一片空曠，而僅僅幾秒鐘之前，那裡曾經是冰橋所在之處，而且**他們**剛剛才在上面。受驚的獨角獸激動的噴氣，牠們在吐出一陣冰冷的氣息後，慢跑跟上雪橇車。史黛拉的視線越過獨角獸流淌著汗水的側腹，看到另一頭的探險家跑來跑去，揮舞著手臂，追趕著狼群，並在無濟於事的混亂狀態下大吼大叫。她拚命尋找菲利克斯的身影，卻無法在人群中辨認出他，儘管她有聽到他正大喊著她的名字。

接著，狼群飛快衝進一個通向山腰深處的洞穴入口。當雪橇車進入巨大的冰凍隧道裡，迎向一個靜得嚇人的寒冷世界，成年探險家消失在視線中，他們越來越遠離其他探險隊的成員，並更接近前方的危險未知事物。

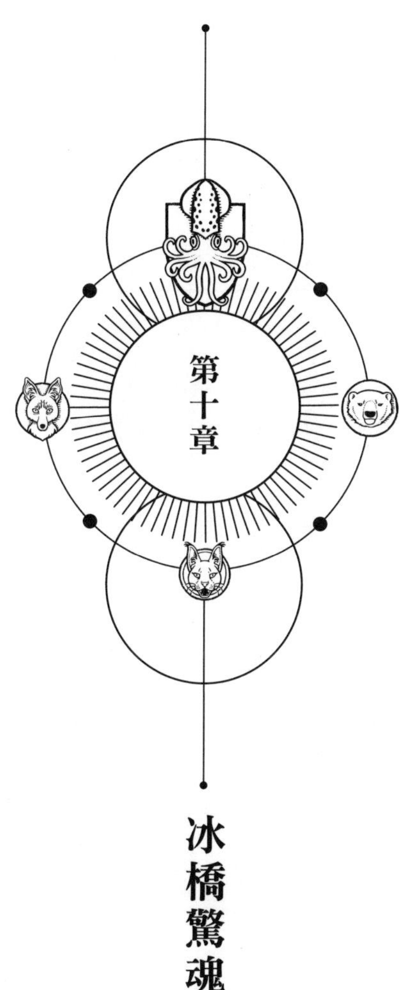

第十章

冰橋驚魂

狼群嚇壞了，雖然謝伊一直大聲命令牠們停下來，但牠們完全不理會，繼續全速奔過曲折蜿蜒的冰凍隧道。

史黛拉喘著氣：「我們必須採取行動！我們得阻止牠們！」

如果他們在露天的雪地上，那就可以任由狼群一直奔跑，直到牠們耗光所有的恐懼與腎上腺素，可現在他們正在一條狹窄曲折的冰凍隧道中，越來越深入山的一側，前方可能出現各種東西，像是一個巨坑、一道岩壁、一隻飢餓的雪怪，他們必須趕快讓狼群停下來。

謝伊用力咬著下唇，接著他忽然猛的抬頭，看著史黛拉說：「小火花，我剛剛想到一個辦法！你會溜冰嗎？」

「我在家時每天都會在結冰的湖上溜冰！」

他伸手到雪橇車的底部拿出一堆溜冰鞋說：「我們得趕上前方的狼群，這是唯一的辦法。」

豆豆繼續低聲喃喃自語，而伊森則大聲說：「你瘋了！你會害死自己！沒人

溜冰能溜得比奔跑的狼還要快！」

謝伊不理會伊森，只管對史黛拉說：「我們得抓住挽具，才能趕上前方的領頭狼，如果我們能讓牠們冷靜下來，其他狼就會跟著照做。」

這些溜冰鞋對史黛拉來說太大了，但她拿出她能找到的最小一雙，把一些手套塞進腳尖處，盡可能綁緊鞋帶。史黛拉沒時間思考，她與謝伊移身來到雪橇車的兩側，爬了出去。她用盡全力抓住雪橇車的側邊，接著抓住了狼的挽具，拖著自己前進，雙手交替，確保溜冰鞋始終朝著前方；另一方面，她看到謝伊也做著同樣的事。

他們到達了前面。史黛拉知道謝伊正在對他身旁的那頭狼低語，因為她可以看到他喉嚨附近的狼形墜子睜開眼，閃現紅色光芒。史黛拉也試著對另一隻狼說話，她知道牠是凱柯，她從暴風雨中救出來的紅色母狼，她盡量以讓人平靜的嗓音，低聲對凱柯說話。她從眼角餘光看到一團模糊黑影，意識到謝伊的影子狼柯亞出現了，並且正跟著她快速前進；柯亞的存在讓她感到平靜，其他的狼也一定也有同樣的感受，因為牠們狂奔的速度慢了下來，變成小跑，接著變成散步，最後完全停了下來，伸出長長的舌頭用力喘氣。

史黛拉的雙手埋在領頭狼的軟毛裡，忍不住顫抖。她說：「乖女孩。」那隻狼試圖舔她的臉，「乖女孩。」

伊森爬出雪橇車時，重複了一遍：「**乖女孩**？牠們差一點害死我們！」謝伊厲聲說：「我倒想知道這是誰的錯？這些狼沒受過適當的訓練，牠們還沒準備好進行極地探險！」

伊森瞪著他，「你怎麼知道牠們是海魷魚俱樂部的狼？」

「看看牠們的挽具，你這個笨蛋！」

果然，挽具是代表海魷魚俱樂部的黑色，皮革上壓著該俱樂部的魷魚徽章。

史黛拉不理會他們的爭論，低聲對柯亞道謝，柯亞冷靜的蹲坐，以平靜的表情凝視眼前的年輕探險家。史黛拉溜冰過去看看後面的獨角獸。

這隻獨角獸從鼻子到尾巴都是白色的，珍珠般的蹄子上方有一層厚毛及羽毛般的絲質毛髮。牠向史黛拉噴吐鼻息，當作打招呼，而且似乎沒受到太大的驚嚇。淡藍色的籠頭表明牠是北極熊俱樂部的獨角獸，所以牠原本就為了這種探險而接受了合適的訓練。牠的名字「葛蕾希爾」以銀線縫在挽具的邊緣。史黛拉在口袋裡翻找，找到一些糖霜餅乾，並把它們放在平攤的手掌上。葛蕾希爾輕輕取走餅乾，咯吱咯吱的快樂咀嚼，還噴出多種顏色的餅乾屑到下方的冰面上。

豆豆已經停止背誦那些恐怖的事實，但他的雙手抓住雪橇車的邊緣，彷彿永遠不會放手。史黛拉繞過雪橇車的一側，看著他說：「嘿，你還好嗎？」

他朝她沉默點頭，但史黛拉不禁注意到他臉色發青。史黛拉溜到了謝伊與伊森所在之處，他們仍在爭論狼群的事。她說：「你們兩個可以別再吵了嗎？我快煩死了，我們得弄清楚接下來要做的事。」

豆豆抬頭說：「我們必須掉頭，回到其他人身邊。」

謝伊回答：「沒辦法，橋塌了。」

豆豆臉色發白。當狼群狂奔的期間，他的眼睛一直緊閉，所以他對這個重要事實毫不知情，直到現在。

史黛拉說：「我們必須照著原計畫進行，如果我們前往冰凍群島最寒冷的地方，那就有機會在路上遇見其他人。」

他們都盯著冰凍隧道前方的一處轉彎，史黛拉第一次注意到這條隧道並不像它該有的那樣黑暗，反而整個空間充滿藍色寒光，彷彿上方的陽光以某種方式灑了進來。

伊森大聲說：「我無法和你們繼續前進！我不是你們俱樂部的成員，我有自己的俱樂部！」

謝伊拍了拍他的背，然後說：「嗯，小蝦子，我認為我們都運氣不好。探險的第一條規則是不要獨自亂逛，除非你想跌進深谷或被湍急的瀑布等沖走，從此消失無蹤，不然，從現在起我們必須緊跟著彼此。」

伊森搖搖頭，踢了一下雪橇車的側邊，「這是有史以來最爛的探險！」

史黛拉對他說：「我們也不是很興奮。」

豆豆說：「如果我們是唯一越過冰橋的探險家，那麼，要不要探索這個地區，看看是否有值得發現的東西，都取決於我們。媽媽說，我得向班尼迪克叔叔證明我可以成為探險家，而那正是我要做的事。」

謝伊興高采烈的說：「這樣就對了。」

伊森咕噥說：「我希望我在海上。」

史黛拉告訴他：「如果這有幫助的話，我們也希望你在海上。事實上，我希望你在海底。」

伊森的海魷魚俱樂部斗篷也幫不上忙，雖然其他三個人都穿著淡藍色斗篷，與冰雪融為一體，但伊森的黑色斗篷讓他非常顯眼，任何經過的雪怪都會在一英里外發現他們，最後他們可能全被吃掉。

史黛拉嘆口氣說：「來看看我們有什麼物資。」

雖然他們在冰橋上損失了幾個袋子，但還有一堆綁在雪橇車上，葛蕾希爾也載了幾個。這些探險家先掏出口袋裡的所有東西，清點他們所擁有的東西，包括各種望遠鏡、史黛拉的羅盤、一些手套與毯子、一本旅行日記、一個三腳架與相機、一個禮帽盒、一個氣味難聞、裡面裝滿了菲利巴斯特隊長「探險力量」鬍蠟的圓罐。

他們還有一袋糖霜餅乾、一些鹽醃牛肉、一盒薄荷蛋糕、一些午餐肉罐頭、一個烹飪鍋、一把小刀，還有一台留聲機，這很值得（探險家們喜歡在晚上聽音樂）。此外，還有一個華麗的柳條編織野餐籃，裡面裝滿了銀色餐具、印著北極熊探險家俱樂部徽章的精美瓷盤、幾瓶香檳、香檳酒杯，香檳無疑是為了舉杯祝賀一個特別了不起的發現或驚人的科學發現。不過，武器與大部分食物都放在其他雪橇車上或在他們失去的那兩個袋子裡。他們發現有一個薄薄的長袋綁在雪橇車後方，起初他們以為那個袋子可能裝著箭，但它其實是裝地圖的管子，裡面裝滿了捲起來的地圖。

史黛拉陰鬱的向伊森提議：「或許你可以對更多極地豆施加魔法。」儘管如此，她不認為自己喜歡吃那些仍在傻笑與翻筋斗的食物。

伊森回答：「或許我們應該殺掉這些無用的狼，這樣的話，至少牠們對我們有點幫助。」

謝伊突然一動也不動，並以危險的輕柔嗓音說：「要是你敢動任何一隻狼頭上的一根毛，我保證你會看到我不太和善的一面，你不會喜歡那一面的。」

伊森厲聲說：「哦，你冷靜點，我不是那個意思，誰想吃狼肉啊？噁心！我剛剛的意思是說，我有責任避免我們在這片冰凍荒地餓死；你們很幸運，有我在這裡，否則你們在一小時內就死了。」

豆豆急忙向他保證：「哦，人類要過一個多小時才會餓，甚至更久。」

這位巫師瞥了豆豆一眼，然後看著史黛拉說：「你有羅盤，可能會派上用場。」他指著謝伊說：「我想，他可以照顧他熱愛的狼群。但對大家來說，這位有什麼用處？」他指著豆豆，「他受訓要當什麼？誘餌嗎？」

史黛拉厲聲說：「他是醫生。所以從現在起你最好對他尊敬點，因為探險期間如果有一隻雪怪咬掉你的手臂，豆豆將會是那個將它縫回去的人。」

豆豆皺著眉說：「史黛拉，我不能把手臂重新縫上，也許可以縫回一根手指，但絕對無法縫回手臂。但如果有人失去任何手指或腳趾，那麼我願意把它們重新縫上，我很樂意。」

伊森搖搖頭說：「當醫生必須非常聰明，大家都知道的。如果他是醫生，那我就是芭蕾舞者！」

「哦！」豆豆突然一臉興奮。他喜愛果凍豆與獨角鯨，更熱愛芭蕾舞。「太棒了！不過，真奇怪，舞蹈學院竟然沒試著糾正你的駝背？駝背的芭蕾舞者很少見，而你駝背得很嚴重。」

史黛拉默默嘆了口氣。可憐的豆豆，他從沒想過掩藏內心真正的想法，從沒停下來把他的話修飾得更溫和好聽。史黛拉曾試著和他談這件事，但他說：「但這就像說謊，說謊不對。」

伊森挺直身子，「我才沒駝背，而且我也不是芭蕾舞者！」

豆豆看起來比以往更困惑，「但你剛剛說……」

史黛拉插嘴：「你這麼沒用，倒不如當個芭蕾舞者。豆豆是個年輕的醫生，而且有治療的神奇力量，這遠比憑空創造極地豆來得有用。他一直在家鄉的醫院幫助他媽媽，她說豆豆比大多數醫生更有用，綁繃帶綁得跟護理人員一樣好。」

伊森嘲笑道：「我不相信他會綁自己的鞋帶！」

史黛拉緊握拳頭，以免自己做出不該做的事情，例如戳這位巫師的眼睛，或者用盡全力揍他的尖鼻子。

伊森指著豆豆的包包說：「你的包包裡有什麼東西？如果你真的受訓要當醫生，那麼你的俱樂部會給你醫療包，我們來看看。」

豆豆很樂意的打開包包，裡面看起來有許多按照顏色存放的玻璃罐裝果凍豆。在翻找後，他拿出了醫療包，那是一個淡藍色的包裝，正面印有北極熊探險家俱樂部的徽章。史黛拉以前從未見過這種醫療包，當豆豆拉開包包的拉鍊時，她好奇的湊近前看。

她不太確定自己原本期望看到什麼東西，也許是成捲的繃帶或各種藥膏及軟膏，但是當豆豆推開蓋子時，醫療包內只有兩個看起來像是迷你狗窩的東西，約莫與史黛拉的手一樣大，每個人都皺眉看著它們。

伊森質問：「天啊，它們是什麼東西？」

豆豆敲了敲每個狗窩的屋頂，立刻就有兩隻迷你小狗蹦跳出來，牠們身長僅十幾公分，有著蓬鬆的厚毛，還興奮的伸出粉紅色舌頭。牠們的大臉充滿感情，頸圈上繫著一個標誌著紅色十字架的小木桶。

「那隻是墨菲。」豆豆指著其中一隻狗，「這隻叫蒙提，牠們是白蘭地救援犬。北極熊探險家俱樂部派牠們參加探險，因為他們說如果你在雪中迷路，一杯白蘭地會讓你暖和起來，而桶子裡裝的就是白蘭地。」他皺著眉繼續說：「事實上，我的醫學書說如果你被困在雪中，喝酒是最糟的辦法，但我不希望這些狗兒難過，所以我想最好帶牠們一起來。」

豆豆再度拉起拉鍊，讓狗兒回到醫療包裡。伊森質問：「這就是你帶來的**所有一切**嗎？」

豆豆舉起一個小包，「不，我也帶了膏藥。」史黛拉很高興看到這個小包是藍色的，上面印著北極熊的圖案。

巫師說：「哦，很好，如果我們其中一人**真的**被雪怪咬斷一隻手臂，那麼我就有機會見識你完全掌控局面。」

「哦，嗯，事實上，如果你的手臂被咬斷了，那麼膏藥根本就沒用……」豆豆還來不及說完，伊森就誇張的伸出手指大聲說：「天啊，**那個**像惡魔一樣的生物到底是什麼？」

他們全部轉過身，看到了柯亞，它坐在不遠處，好看的臉龐正冷靜的凝視他們。

謝伊咬牙切齒的說：「那，是我的影子狼柯亞。」

伊森一臉輕蔑的問：「牠有狂犬病嗎？我覺得牠看起來像是有狂犬病。」

謝伊厲聲說：「它當然沒有狂犬病！它是影子動物，你這個大白痴。」

巫師以懷疑的語氣回答：「我以為影子動物是編來嚇唬小孩的童話故事。」

謝伊回答：「嗯，你猜錯了，因為有一隻就坐在你面前。」他搖了搖頭，一隻手撥著長髮說：「我們浪費夠多時間爭吵了。趕快把東西搬上車，繼續前進，」他看了伊森一眼，「以免某個人可能會說出後悔的話。」

巫師說：「我們必須先修好這面旗幟。」他固執的將雙臂抱在胸前。

直到現在，史黛拉才意識到他們帶著北極熊探險家俱樂部的旗幟。之前他們的雪橇車是在隊伍的最前方，而旗幟就繫在這輛雪橇車上，如今它鬆垮垮的掛在後面的桿子上。

她質問：「你說『修好』是什麼意思？」

伊森指著探險家俱樂部的徽章說：「這是北極熊俱樂部的旗幟。」旗幟上顯示了四個探險家俱樂部的徽章，但其中只有北極熊探險家俱樂部的徽章是以金線縫製，非常醒目。「嗯，我是海魷魚探險家俱樂部的成員。」他脫下手套，手指一彈，旗幟上多觸手的魷魚圖案周圍的黑線慢慢變成金色。

謝伊說：「這是史上第一次聯合探險。」雖然他聽起來不是很開心。

他們盡力重新打包了所有東西，伊森、豆豆、史黛拉將東西堆在雪橇上，謝伊跳到後面控制狼群。然後他們就出發了，這次更緩慢，更深入山中。

數小時後，他們到達隧道的盡頭，月光下的雪景向遠處延伸，但夜幕早已降臨，所以這群探險家決定在隧道裡紮營過夜，然後明天一大早再度出發。他們都有點不安，史黛拉不禁希望菲利克斯和他們在一起。豆豆清空了一個果凍豆的罐子，想提供空罐子給伊森裝假牙，兩人發生了短暫的爭吵，不過史黛拉讓豆豆知道伊森其實沒有假牙，等到伊森不再因為這個提議而生悶氣時，這些菜鳥探險家裹著毯子與睡袋，最後終於睡著了。

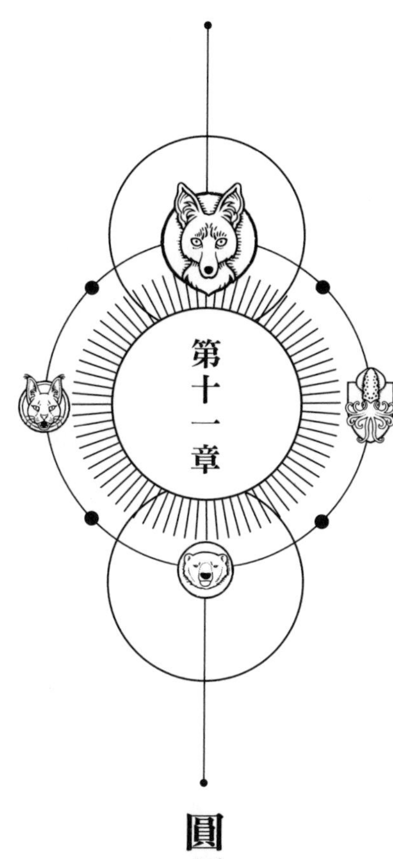

圓頂冰屋的居民

那天晚上，史黛拉再度做了夢。

她坐在一張巨大的床上，玩著一頂漂亮的頭冠。它鑲滿水晶、珠寶和冰白色的寶石，在她手中閃閃發光，這是史黛拉見過最漂亮的東西。

但隨後夢境改變了，變成一場惡夢。頭冠消失了，史黛拉躲在床底下，盯著一雙嚴重燒傷的腳。這雙腳在房間裡緩慢走來走去，尋找她。這雙被燒毀的腳皺縮，皮膚發黑，還有外露的紅色潰瘍傷口。每一次的拖行，腳步一定很痛苦，原本應該是腳趾甲的地方現在是發炎的巨大水泡與硬皮舊痂，那是史黛拉見過最可怕的腳。

史黛拉告訴自己：**不要哭，不要哭。她會聽到你的聲音……**

接著，她在屋外的雪地裡，周圍都是駭人的鮮紅色血滴。剛剛發生了一件糟糕的事，那件事真的非常、非常糟糕……

史黛拉急促喘氣坐起身來，發現自己與柯亞面對面，牠正以擔憂的眼神凝視著她。謝伊就站在這隻影子狼的後方，他說：「哇，那一定是惡夢，你全身激烈扭動，腳都穿過毯子了。」

史黛拉往下瞥了一眼，發現毯子確實嚴重糾結，亂成一團。豆豆與伊森仍然躺在毯子堆裡睡覺，滿足的打鼾。

謝伊問：「你還好嗎？」他仍專注看著她。

史黛拉立刻說：「我還好，那只是一場夢。」

她忍不住發抖，因為她記得那場夢，那雙燒傷的腳以前從未出現在夢中，那是新的片段，而且非常可怕。出於某種原因，她無法用言語表達，也不希望其他人知道她的惡夢，她從來沒向任何人提起這件事，甚至沒告訴過菲利克斯。她不確定原因，就只是覺得不應該讓別人知道。

因此，當謝伊聳了聳肩說：「好，小火花，你怎麼說都沒關係。我們叫醒其他人吧，總之，我們應該繼續前進了。」史黛拉鬆了一口氣。

這四位菜鳥探險家匆匆吃了讓人不滿意的罐裝午餐肉當早餐後，就從隧道出來，周圍雪地所反射的耀眼陽光，讓他們瞇起眼睛，打著噴嚏。

「雪，」伊森抱怨，「放眼望去只有雪，我就知道極地探險是浪費時間，我們在這裡不會有任何了不起的發現，絕對不會有。」

其他人不理會他，拿出綁在雪橇車後面的地圖。不幸的是，當初打包地圖的人顯然很匆忙，或者只是拿了手邊有的地圖。無論是哪種情況，反正大多數地圖都派不上用場。

史黛拉厭惡的皺皺鼻子說：「這張是蠍子叢林的地圖，離這裡非常遠。這張是金字塔之地的地圖，距離這裡更遠。」

當史黛拉抽出了藍寶石沙漠、火山島以及「失落之城」穆加─穆加的地圖以後，開始認為他們根本沒帶冰凍群島的地圖。不過，後來她終於找到了一張，就在管子底部：北極熊探險家俱樂部的徽章印在地圖的頂端，而右下角畫著一隻咆哮的雪怪，牠拿著一個盒子，裡面裝著解開所有不同符號的關鍵。只有一小部分的地圖已填寫，其餘尚未發現的區域則保留空白。

史黛拉說：「好，我們來看。」她將地圖放在一盒鬍蠟上攤平，很喜歡厚厚的紙張在手指下面皺起的感覺，「英勇冒險家號是在這裡讓我們下船的，」她指著已填寫區域的邊緣，「然後我們向北走向冰橋，這意味著我們可能是在這裡附近。」她指著一塊空白處，然後把鉛筆遞給豆豆；豆豆對美術很在行，他迅速的將破裂的冰橋與山脈畫在羊皮紙上。

他們試著決定接下來應該朝哪個方向前進，行程短暫耽擱了。他們都同意最重要的問題是食物，鹽醃牛肉與糖霜餅乾要留給獨角獸與狼群，所以這群年輕的探險家將只剩午餐肉與薄荷蛋糕，而且就像伊森指出的那樣，這些食物不會永遠存在；此外，也沒有人想要早餐、午餐、晚餐統統都吃午餐肉。

史黛拉將羅盤設定在「食物」，然後等待。箭頭旋轉了幾圈，最後指向前方。伊森顯然仍在生氣，他拒絕與他們一同搭雪橇車，說要騎獨角獸；史黛拉覺得這樣很好，因為她已經受夠了這位巫師用乾瘦的手肘戳她的肋骨。

他們出發，穿過雪地，狼群按照史黛拉的羅盤方向，拉著雪橇車領隊前進。伊森騎著葛蕾希爾跟在後方的幾公尺外。前進時冷空氣刺痛了他們的臉，逼得他們將圍巾拉上臉龐，幾乎裹住眼睛。史黛拉將帽兜拉起來罩住頭，豆豆拿出媽媽為他做的條紋針織帽，將它拉下，罩住他尖尖的耳朵。針織帽的正面縫著一隻獨角鯨的圖案，帽頂有一個絨球，與他的服裝非常不搭，但這是他在世界上最喜歡的帽子，他拒絕與它分開。

伊森說得沒錯，這裡確實沒有什麼可看的東西，至少目前為止，除了冰雪之外，這裡看起來確實空蕩蕩的。史黛拉希望前方將出現更有趣的景物。如果她第一次獨自探險卻沒有發現任何奇妙的景象，或者沒收集任何奇珍異品或稀有物品，擺在菲利克斯專門製作的木櫃裡展示，那她將非常失望。

他們已經前進了一段時間，史黛拉忍不住開始覺得，從身旁一路呼嘯而過的冰天雪地景色，像是無止境而模糊的白。忽然間，謝伊驚恐的大喊一聲，狼群緊急煞住腳步，史黛拉與豆豆都從座位上滑下來，最後在腳踏板上跌成一團。

史黛拉抱怨：「你怎麼啦？」她努力與豆豆分開。

但是，謝伊充耳不聞，只管回頭看著伊森，大喊著要他停下來。那位巫師騎著獨角慢慢奔向他們，他皺著眉頭，一臉困惑，看起來他沒打算立刻放慢速度。史黛拉聽見謝伊低聲罵了一句髒話，然後從雪橇車的後方爬下來。他的靴子踩在雪地裡嘎吱作響，直衝向迎面而來的獨角獸。在那可怕的一刻，史黛拉覺得他會被撞倒，並被踩進雪地裡。原本這可能會是一團混亂，但伊森及時拉住韁繩，這隻獨角獸抬起前腳，一隻珍珠般的足蹄差點踩中謝伊的腦袋。

伊森喘著氣，驚恐的瞪著他，「你瘋了嗎？我差一點把你的腦袋踩扁！」

謝伊沒回答，反而伸手向上抓住伊森的斗篷，將他扯下鞍子，完全不理會伊森憤怒的大聲抗議。謝伊厲聲說：「你看！」他強迫這位巫師轉身面對他們前往的方向。

「除了冰，什麼東西都沒有，你這個笨蛋！」

「**看仔細！**」

史黛拉倒吸一口氣，因為她注意到之前沒看見的東西：在他們前方，散布著數十間圓頂小冰屋，這些冰屋偽裝得很好，在無止境的白雪中很難看到它們。史黛拉一開始並沒看到它們，但如果狼群拉的雪橇車與獨角獸繼續前進的話，一定會將這些迷你冰屋踩碎。

伊森甩開謝伊，並說道：「哼，我怎麼會知道？我是巫師，不是靈媒，還有，不要再碰我了！」

謝伊轉身離開他，厭惡的搖了搖頭。當他一路走回雪橇車時，黑色長髮來回掃著斗篷的肩膀部分。

史黛拉問：「你們覺得，裡面可能住了什麼？」這些小冰屋比菲利克斯送她的企鵝冰屋大一點，但仍然比正常尺寸的冰屋小了許多。

豆豆說：「可能是雪妖精、冷螃蟹、霜蝙蝠、或是冰蠍子，可能是……」

史黛拉說：「冰蠍子不會住在圓頂冰屋裡吧？」

豆豆說：「班尼迪克叔叔說冰蠍子非常聰明，我敢說，如果牠們願意的話，是有能力自行蓋出圓頂冰屋的。」

史黛拉用懷疑的語氣問：「用螯蓋嗎？」

謝伊說：「只有一種方法可以知道是誰住在冰屋裡。走吧！我們去自我介紹。」他在斗篷口袋裡翻找，拿出一本經常翻閱的破舊書籍，書名是《菲利巴斯特隊長的探險與探索指南》。史黛拉記得謝伊的爸爸是吉卜林隊長，她領悟到謝伊可能也在受訓成為隊長。

史黛拉與豆豆爬出雪橇車，跟在謝伊後頭，伊森在後面無精打采的走著。當他們到達最接近的冰屋後停了下來，謝伊在雪地裡蹲下，翻查著這本書的索引，喃喃自語：「與當地人初次接觸。」他翻到正確的那一頁，並且開口演練說：「你好，我們是北極熊探險家俱樂部的成員……」

伊森在後方大聲清著嗓子。

謝伊翻個白眼，說：「**以及**海魷魚探險家俱樂部的成員。我們走了很長一段路，為的是認識這片土地的當地人，我們想正式自我介紹，藉此與你們建立友誼，培養尊重。」

伊森抱怨：「真的需要這麼囉唆嗎？請他們走出冰屋有什麼不妥嗎？」

豆豆指出：「如果牠們是冰蠍子，那麼牠們就無法理解你說的話，我很確定裡面是冰蠍子。在已知的世界裡，總共有一百八十三種毒蠍子，我敢說在未發現的世界中，毒蠍子的種類是這個數字的兩倍，或許甚至是三倍。」

伊森不理會豆豆，提出建議：「拿一根棍子從冰屋的前門戳進去，稍微攪動一下，不管裡面是什麼，那都會把它們逼出來。」

史黛拉驚恐的說：「絕對不行！我們是客人，必須有禮貌，拿棍子戳進別人的房子絕對不禮貌。」

就在她準備提議大家跪下來，仔細凝視其中一個冰屋內部的時候，她忽然想到這樣做真的很無禮，而且**如果**冰屋裡有雪妖精，那麼這一定會讓某個人的眼睛被棍子、爪子或其他尖銳物品戳出來。

不過，這時豆豆忽然說：「史黛拉，快看，你的肩膀上有一隻蝴蝶！」

史黛拉抬頭瞥見美麗的藍色翅膀，那幾乎和她的手掌一樣大。她大喊：「這不是蝴蝶！這是……」

她正準備說「小仙子」，但因為不確定，所以聲音漸漸低了下來。史黛拉從小在小仙子身邊長大，從她有記憶以來，小仙子就住在花園的底部，受到菲利克斯為他們蓋的美麗童話屋吸引，住了進來。不過，這與她見過的任何小仙子都不同，它的藍色翅膀就像蕾絲一樣，身體看起來像許多碎冰片黏在一起，臉龐稜角分明，眼睛是兩片淺藍色碎片，長髮像史黛拉的頭髮一樣雪白。它的長髮讓史黛拉認定，它一定是小仙女，但也很難說。史黛拉習慣了穿著蓬蓬裙洋裝、頭髮插著花朵的小仙女，以及戴著閃亮大禮帽、穿著大禮服的小仙童。不過，眼前這個生物根本沒穿任何衣服，身體看起來幾乎都是由冰製成，它的指尖是爪子嗎？史黛拉之前沒聽過任何小仙子有爪子。

緊接著，數十隻有翅膀的生物從圓頂冰屋中飛了出來，空氣中充滿揮動的藍色翅膀與一團團閃閃發光的某種仙塵。史黛拉聽到豆豆在她後方打噴嚏，不幸的是，豆豆對仙塵、倉鼠、雛菊、鴨子、角蛙、斑點蛙、藍蛙過敏，事實上，他對大多數青蛙過敏。不久後，史黛拉的雙肩與手臂上面都是這種生物，有的在她的指尖晃來晃去，有的停在她的帽兜上。她注意到，有些小仙子留著上了蠟的鬍鬚，非常像她家鄉的大多數男人。

史黛拉對那些用冷藍色眼睛凝視她的生物說：「哈囉，你們是……你們是某種小仙子嗎？」

其中一位說：「我們是小霜子，小仙子是我們的遠親。很高興認識你與你勇敢的探險家朋友，你們有時間暫停一下，與我們一起喝茶嗎？我們喜歡舉辦茶會，但不常有客人來到這裡。」

史黛拉認為在雪中舉行一場小霜子茶會是她所能想到最棒的事，所以當伊森以不友善的冷酷聲音說：「為什麼？你們想要什麼回報？」她很驚訝，也很憤怒。

小霜子驚呼：「什麼都不要！」

伊森懷疑的說：「所以你們只是想對人好？」彷彿他想不出任何更不可能或更荒謬的事情，「對那些你們從未見過的陌生人？」

「當然！我們認為好客很重要，請從這邊走。」

當小霜子離開時，史黛拉怒聲對伊森說：「你是故意要得罪他們嗎？你之前沒聽說過友善的陌生人嗎？」

這位巫師雙臂抱胸，說道：「我的經驗不是如此，我不想多說，反正我是我們之中唯一參加過探險隊的人。你們根本不了解，我可以跟你們說一些故事，會讓你們……」

謝伊說：「小蝦子，或許冰凍群島比南方諸海或你去的任何地方更有禮貌。」他接著瞥了一眼突然出現在身旁的柯亞，這隻影子狼正盯著離去的小霜子，它的耳朵向後平貼著頭。謝伊皺著眉說：「不過，我認為小心一點也無妨。」

伊森聳聳肩，低聲嘀咕：「不要說我沒警告你們。」但他還是跟在他們後面。

小霜子帶路穿過他們的冰屋，然後全都飛了下來，並拂去一層雪，露出嵌在地上的一扇大門，這扇門呈現明亮發光的金色，帶有閃閃發亮的門把。五個小霜子「砰」的一聲拉開了門。探險家伸長脖子，看到綿延的階梯通向黑暗中。

也許是伊森讓史黛拉起了疑心，她也突然感覺到不確定，畢竟，盲目走進地

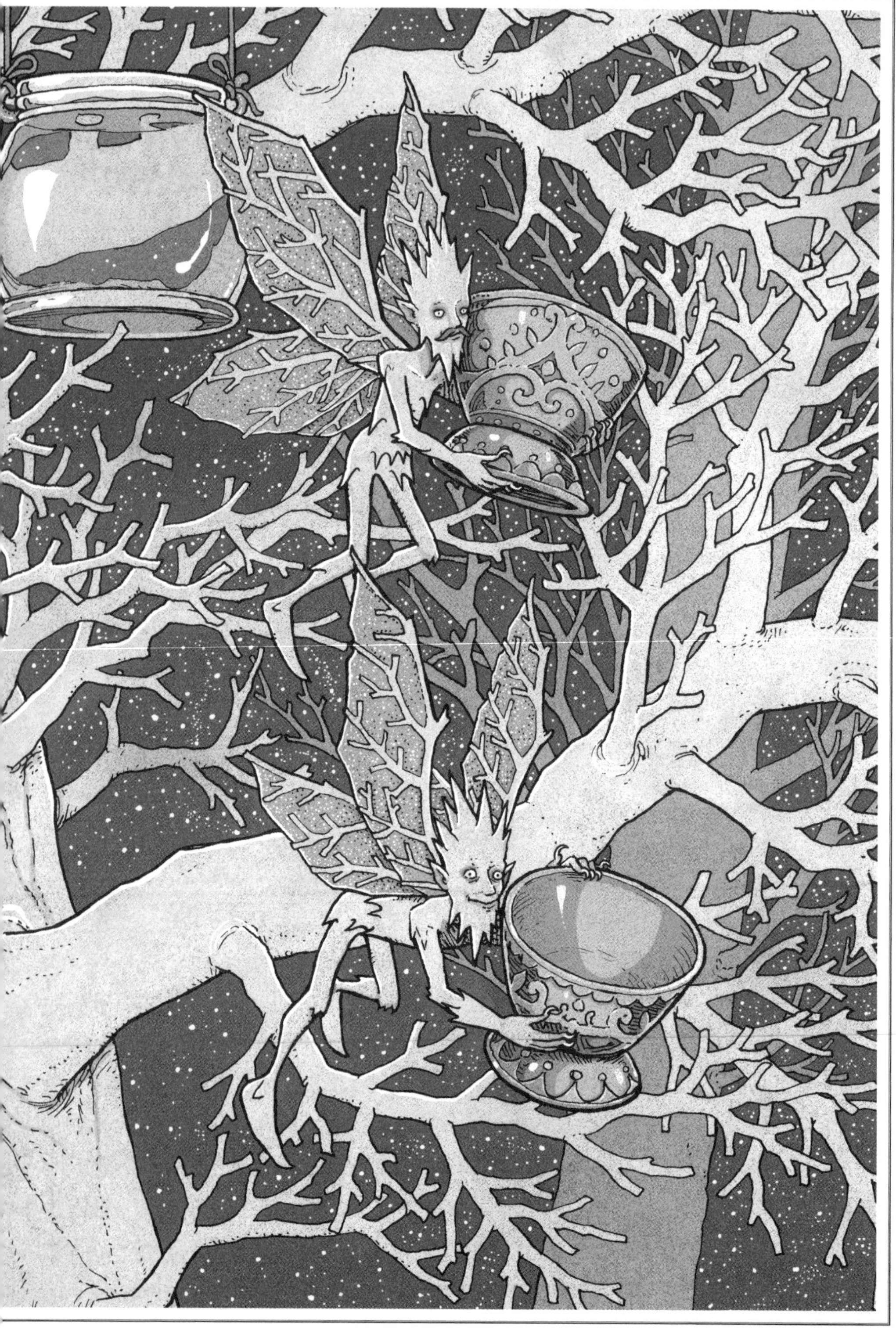

下的洞穴似乎有點冒險。

伊森以懷疑的語氣說：「下面是什麼？」

小霜子回答：「一座地牢。」

「**一座什麼？**」

小霜子說：「我是開玩笑的！其實沒有地牢，誰聽說過有金色大門的地牢？這些階梯通往鵝園。」

伊森說：「這是地牢的代號嗎？」

「不是，那是我們養鵝的地方。你們一定要看看牠們，牠們無比非凡。」

伊森用平淡的聲音重複道：「非凡的鵝。」他搖了搖頭，「我會被嘲笑到離開海魷魚探險家俱樂部，他們可能會狂笑。」

史黛拉也暗自懷疑，這些鵝不可能非凡到什麼程度。之前當她想像著自己可能在冰凍群島發現什麼時，她心中想像的是更了不起的奇蹟或奇觀，像是冰凍在一塊冰裡的巨大恐龍、一座失落的城市，或者之前從未有人聽過的一隻奇怪野獸。

不過，有時候探險家就是得接受他們能找到的任何發現，史黛拉認為鵝園總比什麼都沒有來得好，而且他們回到俱樂部時，至少這能讓他們寫進「旗幟報告」裡。此外，他們發現了一種新的小仙子，這也一定會對他們的成績有利，即使史黛拉不打算將任何一隻小霜子帶回去釘在展示櫃的板子上。想到這裡，她決定密切注意伊森，以免他試圖將其中一隻小霜子塞進口袋裡，帶回到海魷魚探險家俱樂部的海仙子櫃。

她說：「非常感謝你們的提議。我們很想看看那些不可思議的鵝。」她走下地下階梯。

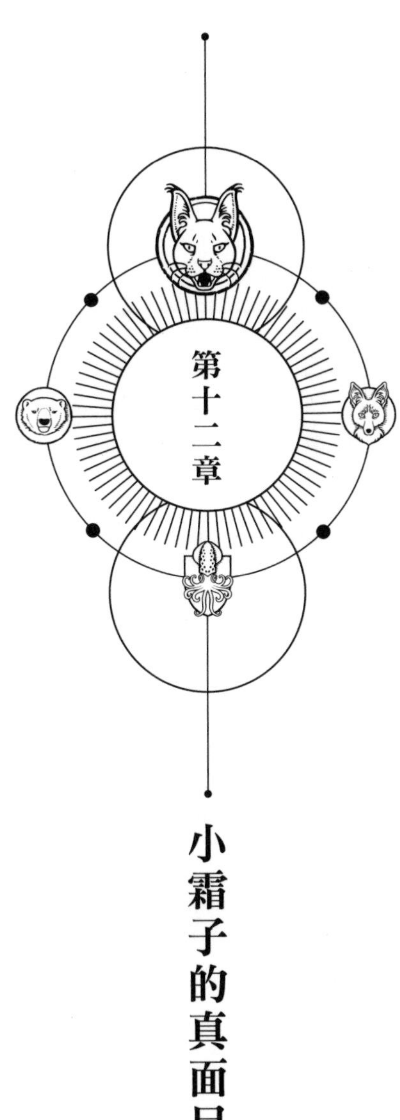

第十二章 小霜子的真面目

小霜子帶路，這群探險家與影子狼跟隨在後。伊森是最後一個跨過門的人，他刻意將門保持敞開。無論其他人說什麼，他仍然有不祥的預感，如果小霜子突然變得兇惡，他希望能快速逃走。

階梯呈現螺旋狀彎曲，這群探險家走了一會兒後就開始感到頭暈。這裡很潮濕，而且非常非常寒冷，當史黛拉將戴著手套的手靠在牆上穩住自己，她的指尖在覆蓋著石頭的冰霜上留下了痕跡。最後，他們來到了階梯的盡頭，史黛拉跨過一扇拱門，驚訝的發現自己再次在陽光下眨著眼睛。

她問：「我們怎麼最後回到地面上了？階梯一路向下呀。」

其中一隻小霜子聳聳肩說：「在冰凍群島，有時你如果往下的時間夠久，就會再度開始往上。」

這群探險家瞇著眼睛適應光線，接著史黛拉看見周圍的鵝園，她倒抽一口氣。他們正站在一塊圍了圍牆的空地上，地上沒有雪，但所有東西都因為一層銀霜而閃閃發亮。五顏六色的彩旗掛在光禿禿的樹枝上，他們前方的藍色池塘閃閃發光。

鵝群划著水，在池塘邊曬太陽，牠們搖搖擺擺的走在森林裡，但並不像一般的鵝那樣全身白色，而是布滿金色小斑點。

其中一位小霜子自豪的說：「牠們是不是很棒？」它可能是一開始停在史黛拉肩上的那隻小霜子，但小霜子們每一個看起來都很像，難以分辨，尤其是沒有衣服來區分它們。「去年我們在鵝節買下牠們，那裡有各種鵝，包括龍鵝、吠鵝、空心鵝、覆盆子鵝……」

「這裡沒有角鵝，對吧？」豆豆問，「因為牠們可能非常危險，非常危險。」

他旁邊的伊森哼了一聲，「不太可能。」

豆豆說：「過去的五十年間，叢林貓探險家俱樂部有七位探險家被角鵝頂傷。」

伊森輕蔑的聳了聳肩，說道：「叢林貓俱樂部的探險家是蠢蛋，他們大多數都很可能摔死在自己的長矛上。」

豆豆立刻說：「在過去一百年裡，叢林貓俱樂部有十二位探險家摔死在自己的長矛上，另外有六十三位受傷，包括哈米胥·漢弗萊·史密特爵士，他失去了一隻眼睛。」

伊森向他皺眉，「你怎麼知道這些東西？這不正常。」

豆豆回答：「我喜歡事實，知道事實能讓人辨別自己所處的情況。此外，如果我們不盡力了解過去探險家的錯誤，那麼我們更可能會犯同樣的錯誤。」

伊森露出壞笑，搖著頭說：「六十三位探險家用長矛戳進自己的眼睛，多麼無能的一群人。」

史黛拉有一位親戚是叢林貓探險家俱樂部的成員，她代表這位親戚感到受冒犯，於是她說：

「豆豆，你何不告訴我們，過去一百年來，有幾位海魷魚俱樂部的探險家因為吃了太多鰻魚而死？」

豆豆迅速回答：「四十三位。」

伊森的壞笑消失了，史黛拉朝他吐舌頭。

其中一隻小霜子插嘴：「請原諒我打斷你們，但如果我們能回到剛剛的話題，我可以向你們保證，這裡沒有角鵝。我們只有斑點鵝，牠們不能飛，因為翅膀太小了，但牠們以其他方式彌補了這一點。走吧，我們去喝茶。」

小霜子振翅離去，這群探險家跟著它們，他們的靴子嘎吱嘎吱的踩過蜿蜒的白色礫石路。這群鵝非常吵鬧，隱約的叫聲持續傳來。當史黛拉他們穿越森林，到了擺放幾張桌子的地方時，看見桌上鋪著乾淨的白色桌布與瓷製茶杯。桌子的大小各不相同，有些像人類一樣大，有些像一般小仙子那麼大。

史黛拉說：「我以為你說過你們的訪客不多？」

小霜子回答：「確實不多，但我們希望做好準備，以防萬一。」它指著最大的桌子，「請坐。」

這些探險家坐了下來，柯亞窩在謝伊的腳邊。史黛拉盯著附近的樹木看，覺得它們看起來很古怪，樹枝沒有葉子，樹幹潔白平滑，就像是漂白過的骨頭。五顏六色的玻璃罐子從樹枝垂下來，史黛拉一開始以為它們是燈籠，但後來一些小霜子飛起來，從罐子裡拉出蛋杯，放在探險家面前的桌上。

它們無疑是美麗的蛋杯，適合穿著金色與皇家藍色服裝的國王使用。這些蛋杯有著精細的蔓葉花紋與嵌入的水晶，讓史黛拉想起了菲利克斯從東方帶回來的寶石蛋。但即使如此，她還是忍不住有點失望。當小霜子提到茶會時，她想像會有小杯子蛋糕、糖霜麵包、果凍龍、黏糊糊的果醬蛋糕捲，甚至可能有一些奶油閃電泡芙與紫色馬卡龍，史黛拉非常喜愛紫色馬卡龍。不過，小霜子宣布他們的茶點是鵝蛋。

史黛拉不希望自己顯得忘恩負義，不感謝有鵝蛋吃，所以她再次感謝小霜子的熱情招待，然後問它們知不知道附近哪裡可以找到更多的食物。

她解釋：「我們與探險隊的其他隊員分開時，失去了大部分物資，所以我們得儲備食物。」

一隻小霜子坐在一個倒扣的茶杯上，捻著八字鬍說：「你們可以在『犛牛與雪怪』那裡獲取食物與其他物資。」

「犛牛與雪怪？」

小霜子說：「那是一家豪華旅館、你見過最豪華的旅館，那裡的人非常友善，而且很樂意幫忙。」

樹上有一隻小霜子咯咯笑著，但很快就被其他的小霜子噓了一聲。

史黛拉問：「我們要怎麼找到它？」

「它在彩虹的另一頭。」

伊森懷疑的瞇起眼睛，「這是謎語嗎？我討厭謎語。」

小霜子說：「這不是謎語，只要你跟著彩虹，就不會出錯，」

其他小霜子帶著鵝蛋回來，史黛拉立即看出這些不是普通的蛋，蛋殼完全是金色，並點綴著閃亮的銀色斑點。每位探險家都拿到一個鵝蛋。桌子中央放了一籃餐具，這些餐具不是史黛拉預期的茶匙；她看到的是一大堆用具，包括牛排刀、生蠔叉、蜂蜜攪拌棒，還看到一套木筷，以及爆米花夾、餅乾勾子、醃菜勺。

伊森拿起其中一個餐具，問道：「這個的用途是什麼？用來除疣嗎？」

那位留著八字鬍的小霜子禮貌的說：「那是朝鮮薊刮刀。」

豆豆拿起一隻銀色剪刀，問道：「你們什麼時候會需要用剪刀吃東西？」他懷疑的朝著他們皺眉。

小霜子回答：「那是葡萄剪刀。在你們發問之前，我先介紹：其他這些是骨髓勺、蘆筍鉗、切蛋糕器、口袋麵包撐開器、龍蝦鉗、螃蟹籤、折疊水果刀，當然那隻是鬍子湯匙。」

史黛拉好奇的拿起它，「鬍子湯匙？但它的用途是什麼？」

小霜子說：「當然是紳士喝湯時用來保護鬍子，說真的，難道你們的家鄉沒有精緻美食嗎？」

伊森戳著餐具說：「但你們真的需要這些餐具吃鵝蛋嗎？我的意思是，那堆東西裡有沒有蛋匙，或者是像香蕉叉、歐洲防風草剪刀、培根叉一樣愚蠢的東西？」

一隻個子高的小霜子走到桌子中間，它微笑著說：「年輕朋友們，這些是神奇蛋，你們只要努力想著最想吃的食物，鵝蛋就會提供給你們。」

他們都目瞪口呆的看著它。

最後，史黛拉說：「你是說真的嗎？」

小霜子回答：「絕對不是開玩笑，每個鵝蛋將為您提供一道美味菜餚與一份甜點。你只要在腦中努力想像一下食物，就像幾乎可以聞到它的香味或嚐到它的味道，然後用湯匙把蛋敲開，就像敲開普通的鵝蛋一樣。」

史黛拉盯著她面前的鵝蛋，思考了各種選擇後，終於決定選湯，主要是因為她想用鬍子湯匙，也是因為它會讓身子溫暖起來。她閉上眼睛，努力想著她與菲利克斯在家享用的新鮮奶油番茄熱湯，小小的麵包丁漂浮在湯上。等她幾乎就像真的嚐到它的味道時，她睜開眼睛，用鬍子湯匙打破蛋的頂部。

金蛋殼很輕易就脫落，熱氣裊裊上升，伴隨著番茄熱湯的香氣。史黛拉開心大喊，其他人看到她成功後，很快就從籃子裡拿起餐具，想像著自己的餐點。

豆豆獲得魚柳三明治，謝伊拿到烤雞肉，伊森拿到牡蠣，其他人都覺得牡蠣聞起來很可怕，看起來像鼻涕；但這位巫師刻意忽略他們的話，並使用牡蠣鋸叉從鵝蛋中俐落優雅的挑出牡蠣。他們一吃完美味的餐點，就立刻想著一種甜點，它們神奇的出現在鵝蛋裡。史黛拉得到果醬蛋糕捲，謝伊獲得炸香蕉煎餅，伊森吃到巧克力蛋糕，豆豆得到果凍豆，當然，他在吃掉它們之前先按照顏色分堆。

史黛拉心滿意足的吃飽了，她正想著幸好他們相信小霜子，沒聽一直懷疑小霜子的伊森的話，這時其中一隻小霜子說：「我們已經在客房為你們鋪好了床。」

史黛拉重複道：「床？哦，嗯，謝謝你們，但我們不能留下來，我們是探險家，我們需要前進。」

小霜子堅持說：「但你不是說你們失去了所有的物資嗎？在溫暖的床上過夜，早上再離開不是更好嗎？」

謝伊說：「探險其實不是要在溫暖的床上過夜，而且現在睡覺還太早了。非常感謝你們的熱情招待，但我們恐怕真的得走了，我們還有很多冒險。」

謝伊站了起來，儘管他的語氣很輕鬆，但表情很警戒。這些小霜子似乎太安靜、太沉默了。突然間，柯亞站了起來，張嘴咆哮，史黛拉聽到這隻影子狼的喉嚨深處發出低沉的嗥叫聲。她與伊森都立刻站了起來，史黛拉用手肘輕輕推著豆豆，他正在整理最後一堆果凍豆。

她低聲說：「快點，豆豆，我們要走了。」

他回答：「我們還不能走，我還沒排完果凍豆。」

那隻女的小霜子說：「我們已經鋪好床了。」它的聲音忽然聽起來沒那麼友善了，「如果你們走了沒睡，那樣非常沒禮貌。」

史黛拉突然清楚意識到頭頂那些站在樹枝上的成排沉默小霜子，它們往下盯著看，表情看起來幾乎算是……飢餓。

謝伊說：「很抱歉，讓你們失望了，但我們真的不能留下來，我們還有地方要去，還有東西要看。」

那隻女的小霜子說：「那真遺憾，因為如果你們睡著了，就不會那麼痛苦了。」

豆豆問：「什麼？」他忽然從果凍豆堆裡抬起頭。

這隻小霜子笑了，這是從他們到達以來，它第一次露齒笑了，史黛拉驚恐的看見它的嘴裡上下排都是閃閃發亮、像針一樣尖銳的牙齒。它說：「凍傷。」

史黛拉當然聽過凍傷，她與極地探險家一起生活了十年，很難沒聽過凍傷。她知道有時探險家從冰凍群島回去，因為凍傷而失去了整根手指與腳趾，這可能非常危險，如果凍傷沒有治療而且導致體溫過低的話，甚至可能會讓人喪命。

她堅持說：「但凍傷不是真正的**咬傷**，而是因為暴露在極度寒冷的環境裡。」

這隻小霜子露出比之前更燦爛的笑容，它露出另一副牙齒，並說：「是嗎？」

接著，這隻小霜子一閃而過，飛向伊森，他碰巧是離它最近的探險家，或許這隻小霜子只是覺得他是這四個孩子中最討人厭的那一位。但巫師舉起雙手，一道藍色魔法光閃過。史黛拉不確定伊森原本打算做什麼，但她相當確定絕不是創造另一顆極地豆。

小霜子的尖牙刺穿極地豆時，豆子刺耳的咯咯笑聲變成尖叫聲，史黛拉看著那一咬讓冰的線條散開，豆子在幾秒鐘內冰凍了。小霜子抽出牙齒，厭惡的將豆子丟在地上，於是豆子迅速粉碎成數百個冰凍的碎片。

史黛拉看到謝伊震驚的睜大眼睛，他旁邊的柯亞凶狠的嗥叫，但柯亞沒有實際的身體，對小霜子構成不了威脅。謝伊掛在喉嚨附近的狼形鍊墜睜開閃閃發光的紅色眼睛，史黛拉真的希望這意味著他正在召喚狼群。他們必須離開那裡，立刻離開。

接著，一切都在一眨眼之間發生。樹上的小霜子全部向下朝他們俯衝，爪子彎曲，牙齒露了出來。鵝群驚慌的跑來跑去、鳴叫拍翅，總的來說，牠們擋了每個人的路。謝伊抽出斗篷裡的回力鏢，扔向一大群小霜子，像石頭一樣從空中打擊它們。伊森對它們施了更多魔法，包括非常有效阻止小霜子的小型箭與不太能阻止小霜子的極地豆。豆豆在紅色果凍豆與藍色果凍豆混合之前，一把抓起紅色果凍豆，扔向小霜子，但效果並沒有比伊森的極地豆好上多少。

與此同時，史黛拉抓起手邊唯一的武器，那正好是鬍子湯匙，它其實是很有用的武器，可以打擊任何靠近的小霜子。當湯匙擊中小霜子們發出的「砰」聲，能讓人有滿足感。不過，這裡肯定有上百隻小霜子，這四位年輕的探險家只有鬍子湯匙、回力鏢、一些果凍豆，以及不可靠的豆子與箭魔法，很難永遠抵擋它們。

史黛拉驚恐的注意到，謝伊伸手向上抓住飛回的回力鏢時，有一隻小霜子直接飛向他，嘴巴張大，牙齒閃閃發亮，即將咬人。

幸好，伊森也看到了，他大喊：「小心！」並把謝伊推開。那隻小霜子沒咬到謝伊，但咬到伊森，它的尖牙狠狠的戳進他的手指，牢牢不放。巫師大叫，將小霜子拉離他的手扔出去，但傷害已經造成了。

史黛拉嚇壞了，因此沒注意到另一隻飛向她的小霜子，直到豆豆大聲警告她（他用完了紅色果凍豆，接著用藍色果凍豆）。她舉起鬍子湯匙，但發現已經來不及應付，那隻小霜子幾乎快飛到她身上，尖牙也露了出來；不過，奇怪的事情發生了：當小霜子飛到她身上時，並不像她預期的那樣將尖銳的牙齒戳進她的手臂，而是倒抽一口氣，對史黛拉露出驚恐的表情，就像她剛剛做了一件特別可怕的事，接著它緊緊的夾緊下巴，盡快飛離史黛拉。

她沒有太多時間來思索它的古怪行為，因為就在這時，狼群來了。史黛拉在看到牠們之前就先聽到聲音，那聲音混合了凶狠的嗥叫聲、咆哮聲、吠叫聲，她的汗毛都豎了起來。掛在謝伊脖子上的狼形鍊墜仍睜著眼睛，閃動著血紅色的光芒，所以史黛拉猜測他一定正在與狼群說話，叫牠們去攻擊小霜子。狼群發動猛烈的攻擊，抓住這種空中的可怕生物，嘎吱作響的咬碎它們。狼群仍然綁在雪橇車的挽具上，事實上，牠們是帶著雪橇車一起下來，但此時似乎並不太受雪橇車的阻礙。

小霜子們為求安全，全聚集在最高的樹枝上，它們害怕的盯著下方咬得嘎吱作響的狼群。這群探險家全都衝向樓梯，只有伊森除外，他駝著背，抱著受傷的手呻吟。謝伊抓住他的手臂，拖著後方的他一起跑。史黛拉跑過池塘時，抓住機會搶走一隻金色斑點的鵝。

當然，史黛拉通常並不贊同偷竊，但如果對方咬了她的探險隊成員，想讓他的手指凍到斷掉，她當然能毫不客氣的偷走它們的魔鵝與鬍子湯匙來報復。

他們四個人摔出金色大門，跌到雪地裡，狼群與雪橇車就在他們的腳邊。史黛拉將那隻叫個不停的鵝夾在腋下，與豆豆一起跳進雪橇車，謝伊把伊森也塞進車裡，接著跳到後面，大喊要狼群盡速奔跑。他們在雪地上飛馳而過，葛蕾希爾在他們旁邊疾馳，後方的小霜子冰屋變得越來越小。

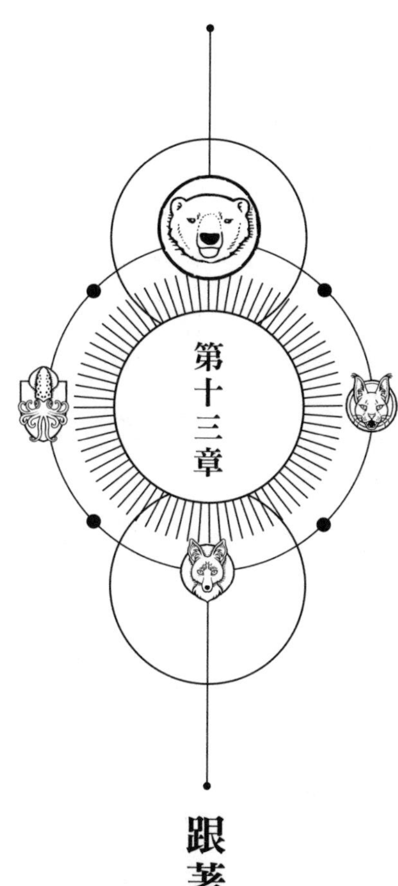

第十三章

跟著冰凍彩虹走

當他們飛速離開小霜子的冰屋時，外面開始下雪了，不久後，空氣中充滿了飛舞的雪花，讓他們很難看清前方的景象。最初的驚慌心情消失後，他們設法拉開與小霜子之間的距離，然後，就在他們從懸崖邊緣滾落之前，謝伊及時讓狼群的速度慢下來。

這時間抓得剛剛好，因為突然之間，一道充滿各種顏色的巨大牆壁從雪中陡然出現在他們面前，並直接升高到天空。史黛拉看見橙色、紅色、黃色、綠色、藍色、靛色、紫色，忽然意識到他們正在看什麼，並大喊：「這是彩虹！一道冰凍的彩虹！」

謝伊問：「剛才小霜子不是說犛牛與雪怪旅館在彩虹盡頭？」他從雪橇車後面跳下來，繞過來加入他們。

伊森呻吟著說：「為什麼我們應該相信它們說的話？」他原本就蒼白的臉龐如今變得慘白，他以防護的姿勢弓身抱著手，史黛拉可以看到他的金髮髮際線滲出汗珠。他說：「我**早就告訴過**你們，我們不該相信它們！我**告訴**過你們，事情不對勁。但是，不，不，你們非得去看看那些非凡的魔鵝，把我們所有人的生命置於危險中！」

史黛拉腋下的鵝自負的鳴叫，史黛拉迅速噓了一聲，要牠安靜。她對伊森說：「你的手怎麼樣了？」

巫師咆哮著說：「你覺得呢？它凍僵了！比你能想像的還要痛！」

謝伊說：「讓我看看。」

伊森小心翼翼的從斗篷的褶層裡抽出手，其他人倒抽一口氣。他的食指凍得僵硬，已經完全變成藍色，而且動彈不了，冰霜在皮膚表面閃閃發光，更糟糕的是，它旁邊的手指也開始變藍了。

史黛拉大喊：「它正在蔓延！」

伊森的牙齒開始打顫，他說：「這就是凍傷的作用，托你們的福，我最後會因為凍傷而失去所有手指，或許還會失去腳趾。」

豆豆說：「基蘭・賈思潘・卡特隊長死於凍傷，就在……」

史黛拉嚴厲的說：「豆豆，現在別說這些話！」

「抱歉，讓我看看能不能幫得上忙。」豆豆脫下一只手套，舉起手，把它放在伊森的手上方。他的指尖發出閃閃發亮的金色光芒，流洩過伊森冰凍的皮膚。

謝伊問：「你能治好它嗎？」

豆豆回答：「目前已知的療法都無法治好凍傷，我只能減緩它蔓延的速度。」

伊森抱怨：「如果治療的魔法無法治癒任何病，那有什麼用？」

「魔法有用，但幫助有限，其他的部分必須靠科學。」豆豆收回手，重新戴上手套，「此外，治療的魔法不可預測。有時它會有些脫線。我已經讓蔓延的速度慢下來，但凍傷很兇惡，說不準這能撐多久。」

謝伊說：「我們必須求助。」他的雙手耙過黑色長髮，「我們就跟著彩虹走向犛牛與雪怪旅館去吧，那裡可能有人知道該怎麼辦。」

豆豆說：「我們甚至不確定有沒有這樣的地方，也許小霜子是在說謊。」

史黛拉從口袋拿出羅盤，先設定在「食物」，再設定在「住宿」，兩者都指著冰凍彩虹的方向。

她拿起羅盤說：「羅盤指示走這個方向，如果大家沒有更好的點子的話。」

由於他們沒有更好的想法，因此把全部的毯子都堆在伊森身上，因為這似乎是對待凍傷者的辦法。接著，謝伊跳到雪橇車的後面，他們朝著冰凍彩虹的方向出發了。伊森的海魷魚俱樂部黑色斗篷不像北極熊俱樂部的斗篷一樣有鋪毛的帽兜，所以豆豆試著拿自己的條紋絨球帽給他，但伊森以嫌棄的表情嘲笑這頂讓他厭惡的帽子，於是豆豆匆匆將它戴回頭上。

他們前進時，雪變小了一些，史黛拉能清楚的看到彩虹，它飛到天空，多種顏色在陽光下閃閃發亮，並開始在雪中閃耀。史黛拉很確定自己在某篇文章（可能是菲利克斯散落在家中各處的其中一本科學期刊）讀到，彩虹不是實質物體，而是一種無法到達或觸及的幻覺；然而此刻，他們的確正在一道絕對可以到達的堅硬冰凍彩虹下方快速前進，而且可能摸得到它。史黛拉在心裡暗暗記著要試試看，如果她在這趟探險能摸到真正的彩虹，那會是很棒的事。

隨著雪花不再飄落，陽光越來越強，而周圍的雪也一直改變顏色，從藍色變成粉紅色，再變成綠色又變回藍色。史黛拉認為彩虹是她見過最華美的東西之一，如果不是那麼擔心伊森，她很可能會非常興奮。如果伊森失去所有的手指與腳趾，她真的會覺得很難過，而且她至少要負起一部分責任。此外，他的嘴唇變成藍色，這絕對不是好跡象，可是他太自負了，不願意戴上豆豆的獨角鯨帽。

那天下午的其餘時間，他們繼續前進，直到天空開始變成天鵝絨似的暗紫色，史黛拉可以清楚的看到彩虹的盡頭已經垂降到地面，但是看不到犛牛與雪怪旅館。有那麼一刻，她感到極度驚慌，或許根本沒有這間旅館，或許根本是小霜子編造的，畢竟，有誰聽說過冰凍群島上有豪華旅館？她越想越覺得不可能有這間旅館。

但接著她發現了一間小屋，它蜷縮在天寒地凍的景色裡。天色漸暗，一塊橘色標牌亮了起來，清楚拼出了「犛牛」與「雪怪」，只是「牛」與「怪」的燈泡不見了，所以事實上，招牌顯示的文字是「犛與雪」。這間屋子不大，但至少看起來有人居住，有幾架雪橇與雪橇車停在外面，光線從窗戶流出，煙囪噴出陣陣煙霧。

史黛拉指著那間屋子對謝伊說：「看，它就在那裡！」

謝伊回答：「那不是旅館。」他瞇起眼睛，懷疑的看著它，「看起來更像是簡陋的小屋。」

史黛拉說：「嗯，但顯然裡面有人，這樣就夠了。」伊森閉著眼睛蜷縮在角落裡，史黛拉用手肘輕輕推他，真的希望他沒死掉。她說：「伊森，我們到了。」她戳了他一下，努力讓聲音聽起來愉快安心，一點也不害怕，「我們到了。」

巫師呻吟著推開她的手，他張開冰冷的嘴唇，結結巴巴的說：「別……別戳……戳……戳我。」

雪橇車一停下來，史黛拉立刻爬出車子，匆匆繞到車子的另一側。伊森站起身來，但速度緩慢而且站立不穩。當他試著離開雪橇車，身體搖搖晃晃的向前，如果謝伊沒抓住他，他會臉朝下撲向雪地裡。

伊森的牙齒格格作響，他努力說出：「我的腳、腳……腳趾沒……沒……沒感覺了。」

謝伊回答：「我們帶你進去吧，小蝦子。」他把伊森的一隻手臂搭在自己的肩膀上，史黛拉抓住伊森的另一隻手臂，半抬半拖的帶著他前進，豆豆匆匆跟在他們後方。

史黛拉穿著靴子的腳踢開犛牛與雪怪旅館的門，四個人站在門口遲疑了一會兒。這裡顯然是一間小酒館，內部有一個幾乎占據一整面牆壁的巨大壁爐，爐中火焰熊熊燃燒，搖搖晃晃的木桌上面放著蠟燭，但這裡沒有他們家鄉的電燈，室內瀰漫著松針的味道與燒木柴的煙霧，到處都是溢出的啤酒，但這裡乾燥溫暖，光是這一點，就讓它變得很吸引人。

坐在桌邊的人看見這幾位探險家的時候，立刻陷入沉默，空氣中只剩下隱約的火花爆裂聲。四周靜得可以聽到一根別針掉落的聲音，或者一隻鵝的叫聲。史黛拉原本已經忘了牠的存在，但牠不想被拋下，所以跟著他們進入酒館，並迅速搖搖擺擺的穿過房間，相當愉快的在壁爐前面安頓下來。牠抖開羽毛，讓自己舒服窩著。

大概有十到十五個人坐在犛牛與雪怪旅館的桌邊，他們外表都很嚇人，史黛拉看到他們臉上有許多傷疤、義眼、可怕的刺青，還看到四處放著許多武器。她大口吸氣，吸氣聲在這個安靜的空間裡聽起來格外響亮，她畏縮了一下，試著藉由盯著這些男人來掩飾。

他們之中的一人問：「你們是逃犯嗎？」他留著一大把濃厚的黑色鬍子，右臉頰有一個骷髏頭刺青。

謝伊說：「什麼？不是，當然不是！我們是探險家。」

骷髏頭刺青男說：「那就快離開，這裡是逃犯的藏身處，只收留強盜與歹徒。」

史黛拉無聲的呻吟，她就知道，哪會有這種好事！這裡怎麼可能有豪華旅館。小霜子將他們直接送到了逃犯的藏身處，這完全不意外。

謝伊說：「拜託，我們需要協助。」史黛拉可以清楚聽出他聲音中的絕望，「我們的朋友受傷了。」

其中一位強盜瞥了伊森一眼，一副事不關己的說：「被小霜子咬到凍傷，他完蛋了。」

謝伊嚇壞了，「**什麼**？你是說他會死嗎？」

這位強盜聳了聳肩，「砍掉他的手指與腳趾，也許他會活下來，但也可能不會，總之這是他最好的下場。」

骷髏頭刺青男熱心插嘴：「我有一把斧頭可以借你們，它有點鈍，但如果你一直砍，它應該還能派上用場。」

伊森倒抽一口氣：「你在開……開玩……玩笑！」史黛拉覺得他從頭到腳都在發抖，或者發抖的人是自己？這很難判斷。

骷髏頭刺青男聳聳肩，繼續說：「我主要是用它來砍木頭，但歡迎你們使用。當然，只要你們事後清乾淨就行，我不希望血沾滿刀刃或者弄髒斧柄。就算你們砍的是凍傷的手指，也會流很多血。就像我說的一樣，它有點鈍，所以你們必須用點力氣，否則無法砍斷骨頭，不過請在外面做，好嗎？我們不希望這裡到處都是鮮血、混亂、尖叫聲。」接著他從桌子下方拿出史黛拉這輩子見過最巨大的斧頭，熱心的遞給他們。

伊森忽然暈倒了，倒下的拉力幾乎將謝伊與史黛拉拖到地上。他們緊緊抓住這位不省人事的巫師，史黛拉努力撐住他，她可以感覺自己的肩膀發燙。

酒館角落的一把椅子突然「嘎」的一聲往後推，一位身材魁梧的男人走向他們，他一定剛從外面進來，因為史黛拉可以看到他淡紅色鬍鬚上的冰雪閃閃發光。他用友善慵懶的拖腔說：「嘿，你們這些孩子有鬍蠟嗎？探險家通常會帶鬍蠟。」

謝伊對他露出懷疑的表情：「**什麼**？老兄，難道你看不出來我們正在處理緊急情況嗎？」

「當然。這就是為什麼我……」

史黛拉厲聲說：「走開！現在我們有更重要的事要處理。」

「我看起來像是那種為鬍子上蠟或上油的人嗎？」

史黛拉不得不承認他看起來不像，事實上，他看起來更像是有奇怪生物住在鬍子裡，或是在鬍子裡存了一些糧食的人。

豆豆試著提供協助，他說：「你看起來不像會為鬍子上蠟，但如果你這麼做，可能會大大改善你的外表，我有一些鬍蠟，來，你可以拿走。」

史黛拉不知道為什麼豆豆特地帶了味道很臭的鬍蠟，但此時伊森全部的手指與腳趾可能得被砍斷，她害怕極了，根本無心去管鬍蠟。

這名男子念出罐子上的字：「菲利巴斯特隊長探險力量鬍蠟，」然後他接著說：「好，這足以發揮作用了。」他手指一彈，說道：「把你們的朋友抬到桌上，我來幫你們處理他。」

史黛拉緊緊抓住伊森。這不能發生，絕對不能。她沒說想要濺血和砍斷手指，她**根本**不想要那樣。

謝伊絕望的說：「一定有其他辦法，我們不能讓你砍斷他的手指！我的意思是，我們辦不到！」

紅鬍子男人回答：「我不會砍斷他的手指，冷靜點。我講的是另一種辦法，這種方法不會有鮮血、混亂、尖叫聲，這是我所知道治療凍傷最有效的方法，我會告訴你們，但有個條件。」他用堅定的手指指著他們，「你們必須承諾完全不在旗幟報告裡提到犛牛與雪怪旅館。」他們露出驚訝的表情，而紅鬍子男人說：「對，我知道這些東西。在我轉行運送罪犯之前，我的船上載過夠多的探險家。」

史黛拉皺眉，「你是說你是船長？」

紅鬍子男人回答：「曾經是。我是亞杰．阿賈克斯船長，聽候吩咐。」他朝他們微微鞠躬。「我最後一次航行時，困在這裡，當時是要帶這些人……」（他以手勢比著其他男人）「……到世界另一頭的流放地，該死的船被冰困住了，事情就是這樣。從那以後，我們就一直待在這裡，這個地方畢竟還不錯，所以我們最不希望的事就是因為你們這些孩子在報告裡提到我們的藏身處，導致一群立法者追捕我們。這些人不想被戴上鐐銬拖走，而我也不想再回去當船長，不想在充滿危險海怪的海洋上航行，尤其，這間酒館裡溫暖安全，這是我從小就夢寐以求的生活……」

史黛拉說：「好，好，我明白了，我們不會把你們的事告訴任何人。請告訴我們如何能幫助我朋友而不使用斧頭！」

阿賈克斯船長拿起裝著鬍蠟的罐子說：「這可以治癒凍傷。沒錯，這不是它原本的用途，不過，困在這裡時，我偶然發現了這件事。你們只要把它塗在第一個被咬到凍傷的地方，以及任何變成藍色的部位，到明天早上之前，他就會完全康復了。」

史黛拉不確定要不要相信。鬍蠟竟然能治癒凍傷?!但如果這意味著他們不必在外面雪地裡砍斷伊森的手指，她願意嘗試任何事。

離他們最近的那張桌子旁的逃犯移走了大啤酒杯，然後幫助這群探險家將伊森抬到桌子上，或許有太多人同時做這件事，導致在混亂中把伊森狠狠摔在桌子上，他的後腦勺用力撞上木桌，發出「砰」的一聲。史黛拉畏縮了一下。如果他醒來時，發現後腦勺有個腫塊，一定會認為他們故意摔他。

阿賈克斯船長說：「好，脫掉他的手套。小心，注意一點！如果你用力拉凍傷的手指，可能會扯斷它們。」

史黛拉、謝伊、豆豆極其謹慎的脫下謝伊的手套，好像正在開刀一樣；史黛拉看到這位巫師的手，忍不住畏縮了一下。在他們前來犛牛與雪怪旅館的期間，伊森的凍傷惡化嚴重，他所有手指的表面結了一層堅硬冰霜，看起來很痛，一道藍色的凍傷也悄悄蔓延到他的手腕。她害怕的想著，如果沒有豆豆的魔法減緩擴散速度，那會發生什麼事？

阿賈克斯船長表示：「還來得及。」史黛拉祈禱他是對的。

他扭開鬍蠟罐的蓋子，檀香與黑胡椒形成的難聞氣味讓史黛拉皺起鼻子。

接下來的十分鐘左右，他們小心翼翼的將鬍蠟輕輕塗在伊森冰凍的手指上，史黛拉很高興看到它立刻開始發揮作用。也許是鬍蠟的其中一個成分或是全部成分的功效，這個氣味強烈的髮蠟似乎滲進冰霜，導致冰霜瓦解融化，讓下方的皮膚完好無損。

接著，他們拉下伊森的靴子，同樣將鬍蠟塗在他的腳上。一般來說，史黛拉會覺得處理腳的事情很噁心，但比起替代方案（斧頭、鮮血、冰雪、尖叫、鋸斷），這個容易多了。伊森的腳與他身體的其他部位一樣，非常乾淨整潔。阿賈克斯說：「好，只剩下手腕，然後就完成了。為了安全起見，脫掉那件斗篷，把他的袖子捲到手肘。」

因為伊森與其他人一樣，穿著一層又一層的衣服，所以他們花了好長一段時間才把他全部的袖子捲起來。起初史黛拉非常專注於他冰凍的藍色皮膚，所以沒注意到那些傷痕，直到阿賈克斯船長飆出嚴厲驚人的咒罵——那是非常有趣、非常粗魯的咒罵，史黛拉默默記著要寫下來，這樣之後才不會忘記。

她身旁的謝伊倒抽一口氣，史黛拉終於看見了其他人早已注意到的東西：伊森的兩隻前臂布滿外表猙獰的傷疤，它們都是完完整整的圓形，從皮膚鼓起來，顯眼又蒼白。

謝伊凝視著那些傷疤，說：「那些是……**魷魚**傷疤？」

阿賈克斯船長以嚴肅的聲音說：「對，叫聲尖銳的美洲大赤魷，牠們只住在毒觸手海的骨流中，是世上極危險的海洋裡一種極危險的怪物。」他搖了搖頭，喃喃自語：「探險家啊，只有探險家才會那麼瘋狂，**自願**前往那種地方，十足的瘋狂，你們這些人啊。這就是我最後不再載探險家的原因，」他繼續說，「太多人葬身海洋了，太多的生物試圖吃掉船，周圍的混亂太多了。」

他們在伊森最後一片冰凍的皮膚上塗抹鬍蠟後，阿賈克斯船長說廚房裡有一張長沙發，他們可以把伊森放在沙發上，直到他醒來。

他說：「我不能讓失去意識的巫師躺在這個地方，占掉桌子空間，還把裝飾品弄得亂七八糟。」

史黛拉問：「什麼裝飾品？」她環視毫無裝飾的木屋，這裡只擺了搖搖欲墜的老舊桌子。

阿賈克斯船長不理會她的話。他說：「我要做生意，你們可以待在這裡等他清醒，但是他醒來後，就必須離開。」

他們把伊森帶到屋子後方的廚房，將他放在破舊的長沙發上。當他們這麼做時，史黛拉注意到斗篷上方有幾個鈕扣解開了，他的喉嚨上也有魷魚傷痕。她想知道這是否就是他的襯衫釦子總是一路扣到衣領的原因，即使船上很悶熱，其他人都捲起袖子的時候。

史黛拉意識到很諷刺的是，她與菲利克斯以為沒有用處的鬍蠟其實對他們來說很重要，菲利克斯一定會說，這就說明了我們永遠不應該過於確信自己絕對正確，而別人一定錯了，有時我們是傻瓜，需要學習。

史黛拉不禁好奇，她與菲利克斯送給英勇冒險家號船員的鬍油是否也有不為人知的有益功用，例如加一滴鬍油在熱巧克力裡可治打嗝，或者讓你會說另一種語言，或者有隱形的能力。

阿賈克斯船長說：「你們這些孩子想喝杯酒嗎？」他轉向廚房的櫥櫃，「我們只有摻水的烈酒，這是外頭的獨眼比爾做的，它很難喝，但可以讓你們的身子暖和一點。」

史黛拉覺得可以做一些讓身子暖和的事，即使那種酒很難喝。遭到小霜子攻擊，接著被斧頭驚嚇，她的腎上腺素因而大量分泌，直到現在她的手還有一點顫抖。

他們坐在廚房的桌子旁邊，阿賈克斯船長把摻水烈酒裝在缺口馬克杯裡分送給大家。他說得對，它很難喝，但他也說得沒錯，它讓他們的身子變暖了，沒過多久，他們甚至能脫下斗篷與一、兩件穿在外頭的毛衣。史黛拉特別高興能露出第三件毛衣，因為這豆豆的媽媽為她織的毛衣，這件她極喜愛的粉藍色毛衣，正面縫著一隻大大的北極熊。史黛拉注意到豆豆也穿著他媽媽做的亮綠色毛衣，上面縫著獨角鯨。

賈克斯船長愉快的說：「所以你們遇到了一個小霜子的營地，是嗎？我猜它們用茶和蛋糕之類的承諾誘惑你們，接著想叫你們去睡覺？」

謝伊問：「對，但為什麼它們要那麼做呢？為什麼它們要費那麼大的力氣假裝友善，就為了幾分鐘後攻擊我們？」

阿賈克斯船長搖了搖頭，「你們什麼都不知道嗎？小霜子會趁你們睡著的時候咬人，因為這時你們感覺不到。直到早上，你們已經嚴重凍傷，不久後，手指就會掉下來，而這就是小霜子想要的東西。」

史黛拉說：「但為什麼呢？」她將白色的長辮子撥到背後，「它們想要手指做什麼？」

阿賈克斯船長一臉驚訝，「當然是拿來吃，手指是它們的食物。」

史黛拉嚇壞了，她問道：「它們不能讓魔法蛋變出手指嗎？小霜子說那種蛋可以創造出我們想要的任何食物。」

阿賈克斯船長聳了聳肩，「也許對魔法蛋來說，手指並不是食物。」

謝伊最後說：「嗯，伊森變出的小型箭派上用場了，不是嗎？我的意思是，極地豆有點古怪，但小型箭很棒，或許我們還是應該帶他一起參加下一次探險，更確切的說，如果他能學會不要老是抱怨的話。」

阿賈克斯船長插嘴：「如果你問我，我認為他一定很擅長探險，我從來沒聽過任何人與叫聲尖銳的美洲大赤魷纏鬥之後，還能活著說出這個故事。更確切的說，牠們是漫遊在毒觸手海的最大怪物，我見過最大的一隻有二十英尺高！如果船員站的地方太接近船邊緣，美洲大赤魷會直接將船員從甲板上捲走。一旦你被牠的觸手捲住，那你就完了。」他彈了一下手指。

這個突如其來的聲音讓伊森猛的醒來，他從沙發上坐了起來，大聲喊：「不要砍斷它們！」

他舉起雙手放在臉的前方，直到看見自己的手指後，才放鬆的嘆了一口氣。所有的手指都還在，都完好無缺。不過，當他接著轉頭看見其他人與他們的表情，再度感到恐慌。

「怎麼了？為什麼你們這樣盯著我看？是我的腳趾，對嗎？喔，天啊，它們都不見了！你們把它們砍掉了！」

阿賈克斯船長：「孩子，冷靜下來，沒人什麼都沒砍掉。」

伊森瞇起眼睛說：「這是雙重否定句，所以你的意思是你把我所有的腳趾都砍掉了？或者你的文法很爛？因為『沒人什麼都沒砍掉』其實意味著每個人都砍掉了所有東西，所以……」

史黛拉說：「天啊，伊森，我們甚至沒碰到斧頭！」

「斧頭」這個詞顯然讓伊森再度恐慌，他臉色發白說：「拜託，我們不要談論那把斧頭了，再也不要。」

史黛拉說：「我們使用了鬍蠟，結果它可以治好凍傷。你很幸運，豆豆隨身帶了一些鬍蠟，他是我們之中唯一聽隊長話的人。」

阿賈克斯船長說：「記住你們的諾言，旗幟報告中絕對不能提到我們，你們可以說是偶然發現鬍蠟能治凍傷，我絕對不要回到那種生活方式。」現在輪到他驚慌了，「如果我只是必須載運小偷，那還不算太糟，但國王還希望我送還所有被偷的贓物。你懂嗎？全部的贓物！這意味著我得繞過半個地球，航行過十七海的每一片海域。你試試看，去把一張偷來的藏寶圖歸還給激動瘋狂的海盜船長，他們比較可能會用彎刀威脅你，而不是禮貌友善的道謝。」他對伊森皺眉，「但有些人你就是不能幫。」

伊森齜牙咧嘴的說：「為什麼我的頭很痛？」

史黛拉嘆氣：「哦，我們原本要把你放在桌子上。但這是意外、**真正的**意外，絕對不是看似無心，實則故意。」

史黛拉覺得自己好像越描越黑了，因為伊森對她露出懷疑的表情。不過這次他揉了揉頭，閉上了嘴。

阿賈克斯船長一邊收拾馬克杯，一邊說：「現在你們是時候上路了。我說過，你們可以待到這個瘦小子醒來，嗯，現在他醒了，不僅開口說話，還用無窮盡的感謝討我們開心呢，所以，這代表你們該走了。我只能制止外面那群人這麼久的時間，他們真的不是壞人，但不太能抵抗誘惑，如果你們再待久一點，他們可能會連你們的襯衫都脫掉拿走。」

這群探險家匆匆站起來，伸手拿斗篷。他們已經失去了一半的物資，現在最不需要的就是讓一群三教九流的盜賊與逃犯偷走其餘的東西。

當他們走出去時，阿賈克斯船長出聲問：「所以你是怎麼擺脫那隻叫聲尖銳的美洲大赤魷的呢？」

伊森僵住了，「你怎麼知道的？」

「我有眼睛，不是嗎？我們都看見傷疤了。」

伊森沉著臉，把袖子拉回到手腕處，「我的傷疤不關你的事。」

這位船長鎮定的繼續說：「我認為能逃過這樣的怪物，你要不是現存最幸運的傢伙，就是有史以來最可怕的巫師，我敢說是因為你很走運。」

伊森用冰冷的聲音說：「如果你一定要知道，那是因為我哥哥救了我的命。」

史黛拉驚訝的瞥了伊森一眼，她之前從沒聽過他提起哥哥的事。

阿賈克斯船長問：「怎麼做到的？」

伊森遲疑了一下，然後說：「他砍斷了魷魚的觸手，現在那隻觸手掛在海魷魚探險家俱樂部的入口大廳。」

阿賈克斯船長低聲吹了一聲口哨，但沒再說話。他們走回酒館，每個人都期待的看著他們。

骷髏頭刺青男看見伊森時，說道：「哎呀，真沒想到，鬍蠟終究有效！」他瞥了一眼同桌的其中一人，「看來你輸掉了賭注。」

阿賈克斯船長說：「探險家得回去探險了，所以快把鵝還給他們，他們就會上路。」

骷髏頭刺青男無辜的說：「什麼鵝？」

阿賈克斯船長堅定的指著他，「我看見在你外套下扭動的那隻，把牠還給他們，快點。」

骷髏頭刺青男嘆氣咕噥，但還是打開外套，讓鵝爬出來，獲得自由。牠的一些羽毛有點亂了，但看起來並無損傷。骷髏頭刺青男把牠放在地板上，牠奔向史黛拉，抬頭看著她，然後鳴叫著要她抱起來。

史黛拉急忙把牠抱進懷中。他們跟著阿賈克斯船長踏出溫暖的氂牛與雪怪旅館，走進冰天雪地裡。現在天色已經很暗了，月色與星光讓雪有了一種幽幽的藍色光澤。他們剛離開燒著木材爐火與閃著橘色燭光的地方，對比起來，眼前的這一切看起來很不宜人居。菲利克斯曾告訴史黛拉，儘管探險是全世界最奇妙美好的事，但有些時刻，你仍希望自己溫暖、安全、乾燥，待在家裡的床上。史黛拉認為現在就是那些時刻。

但冒險仍未完成。既然現在不用為了伊森感到驚慌，於是史黛拉直接走向冰凍的彩虹，將一隻手放在上面。它摸起來像雪酪一樣帶來刺痛感，並發出嘶嘶聲。她咧嘴笑了，非常開心，等她回家以後，就可以對別人說自己真的摸過彩虹，而且它摸起來就像嘶嘶作響的雪酪。探險的動力回來了，她突然發現自己渴望出發，很想知道接下來會發現什麼東西。

阿賈克斯船長說：「好吧，如果你們需要的話，我建議朝那個方向前進。」他指著藍色雪地的遠方，「我的船『雪之女王號』仍停在那裡，困在冰上。它狀況不好，正在腐壞，聞起來很臭，還可能有老鼠之類的東西，但它可以讓你們過一夜。」

史黛拉不確定是否想在一艘困在冰上、有大批老鼠出沒、注定會壞掉的臭船上過夜，但畢竟在這種困境裡，聊勝於無，而且他們帶的帳篷根本不夠。從小霜子那裡僥倖脫險後，史黛拉不希望其他人最後在夜裡也得了凍傷。

因此，他們向阿賈克斯船長道別與道謝，並擠進雪橇車裡。當他們穿過藍色的雪地，在閃閃發光的夜空下前進，他們後方的阿賈克斯船長突然大喊：「千萬不要吵醒捲心菜！」

史黛拉皺起眉頭，以為自己一定聽錯了。她瞥了一眼身邊的伊森，但他只是翻個白眼。

他喃喃說：「瘋了，徹底瘋了。」

史黛拉很贊同他的看法。雖然之前阿賈克斯船長幫上了忙，但畢竟他可能喝獨眼比爾做的難喝又摻水的烈酒喝得有點多了，超過有益的量。

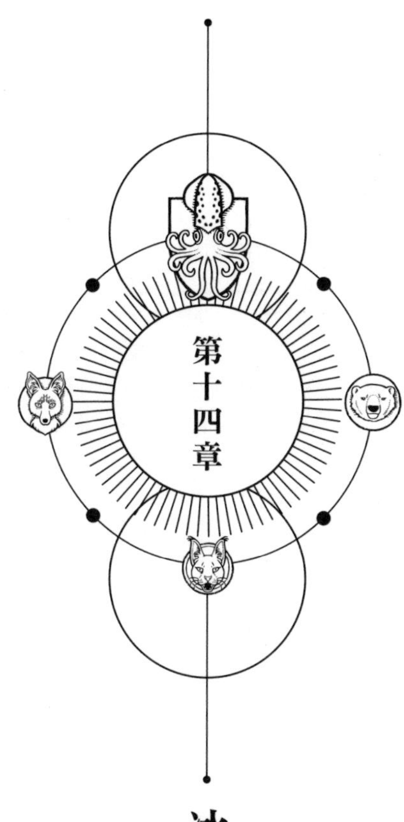

第十四章 冰封的幽靈船

那艘船距離不太遠，他們沒花多久的時間就找到它了。它以傾斜的姿勢凍結在冰面上，在月光下看起來蒼白而恐怖。它的船頭騰升到半空中，掛著破爛的船帆，逐漸崩塌的腐爛木頭露出大洞。在星光下，它冰冷而靜止，看起來像死物，一個空殼、一艘幽靈船。

謝伊說：「哇，這真是了不起。」他轉身對其他人露齒一笑，「當個探險家難道不是全世界最棒的事嗎？」

每個人都贊同這艘船很壯觀，但問題是，它不是如他們預期的那樣困在寬廣平坦的冰面上。起初，史黛拉以為它停在懸崖的邊緣，但她隨後發現那裡不是懸崖，而是騰空到最高點時凍結的波浪。一架梯子沿著船身向上延伸，但梯階上的冰閃閃發光，整體看起來有點不穩。

伊森問：「你覺得它安全嗎？」他懷疑的盯著它看。

謝伊回答：「波浪凍結了，沒問題的，而且這看起來是我們唯一的選擇。」

他們迅速搭好了帳篷，這個帳篷的大小只夠讓動物住。接著，這四位探險家拿起一條登山繩，一同綁在腰部，四人連成一排：謝伊在最前面，接著是史黛拉，然後是伊森，最後是豆豆。

史黛拉注意到豆豆的手中拿著那個木製獨角鯨，她說：「豆豆，把奧布瑞放好，如果你拿著那個，就爬不上梯子。」

等他們確認綁好的繩結都很牢固之後，就抓住冰凍的梯階，小心翼翼的沿著船身的側面向上爬。從地面上看起來，這艘船並不高，但現在史黛拉一面爬著，就覺得它似乎真的很高。事實上，它高得讓人頭昏眼花，而且她不得不強迫自己別在爬的時候往下看。她兩手交替動作，並祈禱自己不會在冰凍的梯階上滑倒，然後摔斷脖子。

歷經過像是永恆那麼漫長的時間後，謝伊到達了船身的頂部。他翻過船的側邊，當他的雪靴踩上甲板時，史黛拉聽到「砰」的一聲，接著他伸手協助她上船，她沒想過踩在堅固的地板上會讓她這麼高興。史黛拉與謝伊一起幫助伊森翻過船的側邊。

伊森開口：「嗯，這真是很漫長的……」但他還來不及說完，豆豆就從梯子滑下去，倏的扯緊了繩子，他的重量將巫師拖向欄杆，發出「砰」的一聲，接著把伊森往後拋出船的側邊。豆豆與伊森的重量將謝伊與史黛拉拖過甲板，狠狠撞上欄杆。史黛拉的靴子用力抵著欄杆，她抓住一根欄杆，手臂承受的巨大力量讓她咬緊牙關，謝伊也這麼做，他們使盡力氣才勉強沒被其他兩人拖下船的側邊。史黛拉聽見伊森與豆豆在繩子尾端來回擺動、緊張不安的亂踢。最後，他們無助的懸掛在空中，下方是一大片雪地。

豆豆喘著氣說：「魯伯特．蘭道夫．盧特里奇勛爵的隊友切斷繩子後，他就摔死了……」

伊森厲聲說：「如果你不閉嘴，我就把你上面的繩子剪斷！」接著，他對另外兩人大吼：「天啊，快把我們拉**上去**！」

謝伊大喊回應：「給我們一點時間！」

他與史黛拉一起小心翼翼的站起來，緊抓著繩子，直到再度把伊森拉上船身的頂部。謝伊抓住伊森的斗篷，將他拉過船的側邊，接著對豆豆做同樣的事情。木頭甲板在他們的靴子下面嘎吱作響，他們四人氣喘吁吁。

伊森立刻譴責豆豆，他咆哮著說：「你是怎麼回事？這算哪門子探險家？竟然連梯子都爬不上去？」

豆豆說：「我很抱歉。」他手中緊緊抓著那隻木製獨角鯨，「奧布瑞快滑出我的口袋了，所以我不得不鬆手放開梯子……」

伊森灰色的眼睛冰冷的盯著他，「你在開玩笑吧，你一定是在開玩笑。你不會是認真的吧？你是告訴我，你為了一個**木頭玩具**而害得你和我差點丟掉性命？」

豆豆抗議：「它不只是玩具，它是……」但他根本沒法講完，因為伊森從他的手中搶走了獨角鯨，大家還來不及阻止，伊森就將它扔出了船。前一刻它還在，下一刻它已經消失了，被下方的廣闊雪地吞沒了。

一時間，周圍一片靜默，豆豆木然的盯著獨角鯨消失的方向，然後解開腰部的繩子，一言不發的轉身走到有屋頂的艦橋，靜靜關上門。

下一刻，史黛拉撲向伊森，她就是無法克制自己，雙手雙腳狠狠踢他、揍他。巫師試著抵擋她，但繩子將他們綁在一起，他根本不可能逃離她。最後，謝伊抓住她的腰部，將她拖走，說：「史黛拉，冷靜下來！」

伊森喘著氣說：「你瘋了！你知道，對吧？你真是瘋子！」

她大吼：「你是我見過最惡劣的人！」

伊森回答：「我差點摔死，就因為你的白痴朋友與他的蠢玩具！」他看起來非常憤怒。

史黛拉說：「那個獨角鯨是豆豆的爸爸為他做的！」

伊森聳了聳肩，「那他可以叫他爸爸再做一個，這沒什麼大不了。」

史黛拉說：「他爸爸失蹤八年了！他參加横越黑暗冰橋的探險，再也沒回來！那個獨角鯨是豆豆最珍貴的財產！」

剎那間，伊森顯得很吃驚，然後他皺著眉頭說：「嗯，只有徹底的瘋子才會試著越過黑暗冰橋，大家都知道沒有人從那裡活著回來，而且只有傻瓜會帶著最珍貴的財產參加探險。我怎麼會知道？我又不是……」

史黛拉打斷他：「你是史上最爛的隊友！你自私又殘忍，我敢說這就是你哥哥沒參加這次探險的原因！我敢說他甚至無法忍受待在你身邊！」

所有的血色從伊森原本就蒼白的臉上消失，史黛拉以為他絕對不會開口說話，但最後他低聲說：「我哥哥不在這裡是因為他死在毒觸手海。」

那一刻，史黛拉覺得這比他打她一巴掌還要讓人難過，內疚感沖刷過她全身，她感到不安又難過。她意識到菲利克斯早就知道了伊森哥哥的事，所以才要求她對他友善，這就是他談到她完全不知情的奮戰的原因，如果菲利克斯聽到她剛剛說的話，一定會為她感到羞愧。史黛拉討厭自己，恨不得能把話收回來。

她開口：「伊森，我不是有意……」

但這位巫師轉身遠離她，雙手抓著頭，「天哪，拜你們所賜，我的頭真的痛得要命！」

謝伊輕聲問：「你還好吧？」

伊森用難以置信的口吻重複道：「『還好吧』？」他雙手放下，史黛拉清楚看到他的鼻孔張開，「你這個徹底的白痴，我怎麼可能**還好**？難道你剛剛沒聽到我說我哥哥死了嗎？如果你是我，**你**會覺得還好嗎？對我或我的家人來說，一切都不好了。」

謝伊開口：「我很難過……」他伸出一隻手，似乎要抓住伊森的肩膀，但這位巫師將他推開。

「你**不准**為我感到難過！」在冰冷的月光下，伊森的眼睛閃過一道光芒，一臉狂怒，「我不需要你的同情！我也不需要你的友誼！我只想活得夠久，完成這次探險，回到我的探險隊伍，就這樣而已！」

他解開腰間的繩子，轉過身，走向提供庇護的艦橋。史黛拉匆匆跟在他後方，她覺得需要說些話，緩和自己剛剛說的那些刻薄話語。

她開口：「伊森，聽我說……」

他厲聲說：「**能不能**別來煩我？你說得對，可以嗎？我很自私，我為此付出

的代價超乎你的想像。」

他氣沖沖的離開。除了跟著伊森穿過甲板到艦橋之外，他們似乎沒什麼話可說，沒什麼事可做。史黛拉瞥了夜空一眼，現在白雪紛飛，她知道這意味著他們明早根本沒機會找回豆豆的獨角鯨，到時候它就會深埋在雪中，他們無法知道去哪裡找它。史黛拉知道伊森說得對，豆豆根本不該帶著這麼特別的東西參加探險，但她仍為豆豆感到難過，也為伊森感到難過。

巫師打開通往艦橋的門，三人加入豆豆的行列，他已經窩在角落，正冷靜的將一罐綠色果凍豆分成相同的堆。艦橋中間有個巨大的黃銅導航輪，上面布滿一片片的紅色銅鏽，幾乎完全崩塌的牆壁上有張地圖。這個房間有一股潮濕封閉的氣味，但至少它有四面牆與一個屋頂，他們能在夜裡保持乾燥。

謝伊拉開包包的拉鍊，分發毯子，大家都安靜收下。史黛拉正要轉身走開時，謝伊拿出別的東西給她，那是由數十顆小珠子與寶石製成的一隻小鳥，閃著翡翠色與綠色的微光。

史黛拉大聲說：「哦，這是一隻蜂鳥！」她從謝伊的手上拿走了它。

謝伊回答：「它其實是奪夢者，」。他用力的敲了一下這隻鳥的頭，這隻小鳥突然活了起來，迅速拍著翅膀，圍著史黛拉飛來飛去。謝伊壓低聲音，只有史黛拉聽得見，他說：「我認為這或許能幫助你不再做惡夢。」

史黛拉想否認自己做過惡夢，但她從謝伊的表情看得出來，這麼說沒有任何意義。

他溫柔的說：「小火花，沒事的。我們每個人的夜晚都充滿了美夢與惡夢，我小時候做過可怕的惡夢，所以我的奶奶為我做了這個。奪夢者不喜歡美夢的味道，對它來說，美夢太甜了，但它熱愛惡夢。惡夢一出現，奪夢者就把它們一口吞掉，這代表惡夢甚至沒機會碰到你。」

史黛拉抬頭看著那個小小的奪夢者，它快速振動著翅膀，因此像蜂鳥一樣在她的頭上徘徊。史黛拉把目光轉向謝伊，她問道：「你的惡夢是什麼？」接著她立刻希望謝伊不會認為她愛管閒事。

然而，他似乎並不介意，說道：「我夢見自己是陷入陷阱的狼，我長大的村莊與野狼之間不和。當個狼語者並不是一直都很好玩，事實上，有時這件事一點都不有趣。把它掛在你睡覺的地方附近，這樣它會保護你。」

史黛拉低聲道謝，然後走向角落，和豆豆窩在一起。他一言不發的將其中一堆果凍豆推向她，他們坐在一起默默吃著，然後史黛拉把奪夢者掛在附近的導航輪上，再躺在她的朋友旁邊。

北極熊俱樂部的探險家都拉上了斗篷的帽子，鋪毛的帽兒內襯讓人覺得溫暖舒服，暖和的貼著他們的耳朵。史黛拉看著伊森露在空氣中的金髮，很想知道他是否後悔沒接受豆豆出借帽子的提議，但就算後悔了，他也沒說任何話。事實上，大家根本沒有閒聊的心情。這是漫長的一天，這群探險家沒對彼此說任何話，就躺下睡著了。

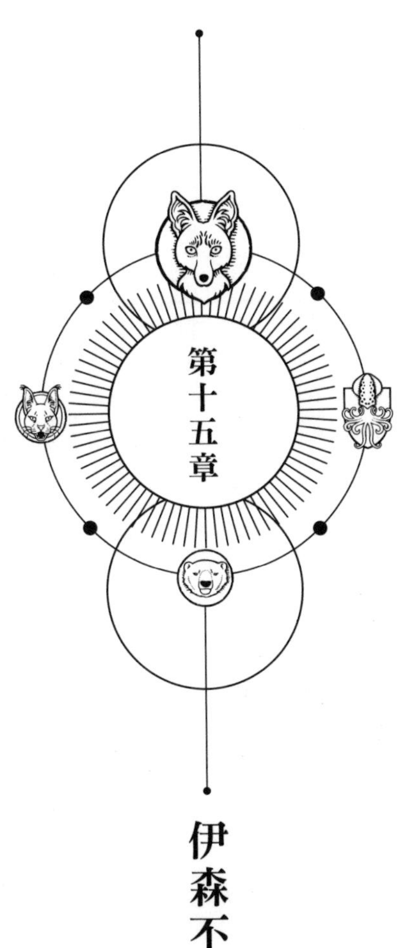

伊森不見了

那天晚上，史黛拉做了有記憶以來最美好的夢。她裹在舒服的被窩裡，有個人正讀床邊故事給她聽。起初，史黛拉認為這個人是菲利克斯，但她隨即意識到這不是他的聲音，那個人捧著巨大的書掩住了臉龐，那其實是女人的聲音，一條精緻的銀手鍊掛在她的手腕上晃來晃去，手鍊上有個獨角獸吊飾及史黛拉無法正確辨認的其他掛飾；每當這位女人動手翻頁，它們就會發出叮叮噹噹的聲音。

她朗讀道：「第一隻獨角獸來到冰凍群島的時候，牠到處尋找一個安全的家、一個不會被雪怪攻擊的家。」

她手指一彈，史黛拉的床上憑空出現一隻白雪做的迷你獨角獸，牠在被子上興奮的四處騰跳，沿路留下小小的冰凍蹄痕，史黛拉開心鼓掌。

那聲音繼續說：「獨角獸很快就發現自己置身在美麗的冰雪花園裡……」史黛拉看著雪花與冰樹從毯子裡長大，空氣中瀰漫著魔法與花瓣的香味……

不過，就在這時，忽然出事了。史黛拉聽到另一道憤怒的聲音響起，那位女子手上的書掉了下來，白雪獨角獸、樹木、花朵立刻消失。

那女人的聲音喘著氣說：「快！親愛的，藏在床底下！別發出聲音！」

史黛拉發現自己被包在柔軟溫暖的毯子裡，躺在床底下冰冷堅硬的地板。她的雙手張開平貼在打蠟的木頭地板上，所以感覺得到地板顫動的確切時刻。

那道憤怒的聲音再次從樓下傳來，史黛拉盯著地板，害怕潛伏在下方、她看不見的那個東西。樓下有邪惡的東西，而它正在尋找她，她可以感覺到它的怒氣透過地板向上敲擊，像一個萎縮的黑色心臟一樣砰砰的跳。史黛拉感到越來越恐懼，但她知道絕對不能發出聲音；突然之間，走廊傳來碰撞聲，史黛拉屏住呼吸，驚恐的看著房間另一邊的門把開始慢慢轉動……

有隻手抓住史黛拉的手臂，她尖叫著坐起來，卻看見謝伊緊握住她的肩膀。她意識到自己仍在船裡，窗外一片黑暗，可知現在還是半夜，豆豆與伊森正舒服的裹著毯子睡覺，但謝伊正低頭盯著她看。他的長髮在睡覺時弄亂了，一臉驚嚇。

他說：「你還好嗎？」

史黛拉點頭，「如果是我把你吵醒的話，我很抱歉。」

謝伊回答：「別在意。史黛拉，你到底夢到什麼？」

「那……那只是我有時會做的惡夢。」

謝伊抬起手，史黛拉這時才意識到奪夢者蜷縮在他的手心。它的翅膀無力的顫動，串珠做的羽毛扭曲發黑，長長的模糊煙霧旋轉糾結，直到羽毛突然裂開。奪夢者在這個過程中解體了，碎片從謝伊的指縫飄落，綠色珠子飛過地板，惡夢的陰影像霧一樣散去了。

謝伊與史黛拉看著彼此。

謝伊說：「沒有任何正常的夢能做到這種程度。」

他看著她，好像期待她解釋剛剛發生的事，但史黛拉不知道要說些什麼。這一刻，柯亞從陰影中穿出來，輕步靠近她，躺了下來，緊偎在她身邊。史黛拉希望它是一隻真正的狼，這樣她就可以摟著牠，溫暖柔軟的毛皮能讓她感到安慰。

她說：「你奶奶的奪夢者壞了，我真的很抱歉。」

謝伊搖了搖頭，「這不是你的錯，」他瞥了窗外一眼，「我們應該回去睡覺。」

他停頓了一下，然後補充說：「如果你想要的話，今晚柯亞可以守著你。」

史黛拉看著這隻影子狼，它沉著的黑色眼睛回望著她，這讓她感到安慰。不過，即使如此，當她再度窩進毯子裡，她還是害怕再度進入夢鄉，擔心又做那個夢。

*

幸好，那晚史黛拉沒再繼續做惡夢。第二天早上她醒來時，柯亞已經不在了，謝伊與伊森也不見了。她坐起身來，這個動作吵醒了身邊的豆豆，他用手肘撐著自己起身，黑髮亂翹。他眨了幾下眼，接著皺眉問：「昨晚它在那裡嗎？」

史黛拉回答：「什麼？」

豆豆指著房間的角落，「那把椅子。」

史黛拉轉身看，然後倒抽一口氣說：「那不是椅子，那是王座。」

他們一起盯著它看，它確實是宏偉的王座，完全由雪打造而成，背面刻著小霜子、雪怪、北極熊的圖案。

豆豆很好奇，「會是誰打造的呢？」

史黛拉站了起來。她知道這很愚蠢，但她確切的覺得是自己的夢以某種方式打造了這個王座，她有種強烈的衝動想摸它，覺得它正在呼喚著她，要她坐在上面。她開始向前走，但豆豆突然出現在身旁。

他說：「我認為我們不該碰它。」

史黛拉回答：「為什麼不該碰？這只是一把椅子。」

豆豆堅持說：「我不知道，它讓我有種不祥的感覺。」

史黛拉深受這個王座吸引，覺得它很熟悉。她伸出手指，沿著王座頂部輕輕撫摸，但王座融化了，兩個孩子盯著那灘水在冰冷的地上蔓延時迅速凍結。

豆豆說：「我就說，我們不該碰它。總之，其他人去哪裡了？」

豆豆阻止史黛拉摸那張椅子，史黛拉忍不住對他感到惱怒，但她試著拋開那種感覺。片刻之後，她感到有些慚愧，豆豆做事謹慎，他這樣做沒錯，不是嗎？

史黛拉搖搖頭，「我不知道。」她的手伸進包包裡，拿出袖珍的折疊式鬍子梳，「我希望他們不是在決鬥之類的。」她鬆開長長的髮辮，拿梳子用力梳過打結的頭髮，接著迅速重新綁了辮子。她把梳子塞回包包裡，說道：「好，我們最好去找他們。」

他們走到甲板上，外頭陽光燦爛，但氣溫仍然嚴寒，史黛拉很高興呼吸到新鮮空氣。這兩位探險家將厚厚的藍色斗篷裹得更緊，戴著手套的手指在笨拙的扣好鈕扣時，忍不住發抖。

他們立刻看見謝伊，這位狼語者用一條皮繩將黑髮繫在背後，並利用在船內發現的一些碎木塊在甲板中間生火。柯亞躺在他身邊的甲板上，抬頭嗅著清晨的空氣。他們走過去時，謝伊點燃了火，乾燥的木頭立刻開始燃燒，散發出一絲鹹味與濕氣的煙霧，但火焰的溫暖大大彌補了這一點，史黛拉與豆豆迅速走到火堆旁邊，坐了下來。

謝伊向他們打招呼：「嗨，兩位。我剛剛下去餵動物，還幫我們拿到一些早餐。」

他指著旁邊甲板上一小堆有斑點的鵝蛋。他說：「謝謝你，魔鵝。」他把鵝蛋分別遞給他們。

史黛拉問：「伊森在哪裡？」

謝伊聳聳肩，「我醒來時，他就不見了，那大約是一小時前。當時我原本要去找他，但沒時間。」

儘管史黛拉仍在氣伊森，但仍然忍不住有點擔心，隨後響起的摩擦聲讓他們全都轉過身，正好看到伊森從船的側邊翻過來。他看起來就像剛剛在雪地裡滾過，黑色袖子濕了，探險用的斗篷正面沾滿白雪，淺金色頭髮上甚至還有雪塊。

謝伊說：「我們以為你走了，讓自己在某個地方安詳平靜的死去。」

伊森不理會他，直接走向豆豆，「我很抱歉把你的獨角鯨扔掉，也很抱歉說你是誘餌，那樣……不必要而且殘忍，我有時很殘忍，對不起。」

他們瞪著他看了一會兒，不相信伊森是那種會道歉的人，但幸好豆豆絕對會原諒別人，所以當他說：「沒關係，總之你說得對，我一開始就不該放開梯子，把你拖下去。」史黛拉並不驚訝。豆豆停頓了一會兒，接著又說：「聽我說，我知道我不像其他人一樣，我知道你可能覺得我做的一些事有點奇怪。班尼迪克叔叔說我會把所有人都逼瘋，難怪我在世界上只有一位朋友，而且沒有人想參加我的生日派對，就連我的表妹莫伊拉也說，無論她爸媽怎麼說，她絕對不會再參加，因為我是怪胎，她不喜歡我，她希望我們不是親戚。」

史黛拉說：「莫伊拉真的是討厭鬼！」她再度討厭起豆豆的表妹，「總之那是她的損失，豆豆，這樣我們可以吃更多蛋糕。」

她提到那塊蛋糕時，兩人同時想到當時吃了許多果凍豆，立刻皺著臉。

有那麼一刻，伊森看起來很吃驚，他說：「嗯，儘管如此，我不該做那樣的事，或許這可以彌補。」

他伸出一隻手，張開戴著手套的手指，露出一塊木製獨角鯨，它凍得很結實，但除此之外沒受到損壞。

「喔！」豆豆爬了起來，從伊森的手中搶走獨角鯨，「喔，你找到它了！」他低頭凝視獨角鯨一會兒，再小心翼翼的把它放進口袋裡，接著一隻手放在伊森的手臂上，這讓史黛拉感到驚訝，因為豆豆自願觸碰另一個人是很不尋常的事。豆豆說：「非常感謝你。」

「沒事。」

豆豆移開手，一臉困惑，「怎麼會沒事？它才剛剛發生而已。」

伊森嘆了口氣，「我的意思是，不客氣。」

他脫下潮濕的手套，轉身拿著手套朝甲板外的方向抖一抖，但他還沒完成這件事，史黛拉已經站了起來，抱住這位巫師。

伊森咕噥著說：「喔，請不要抱我。」他試著掙脫她的懷抱。

史黛拉咧著嘴笑，放開了他，她問：「你怎麼找到它的？」

伊森回答：「我試著用定位咒語，只是它沒效，所以我只得在雪地裡挖掘。」

謝伊說：「但那一定得花好幾個小時！」

伊森承認：「幾乎一整晚。」他看著豆豆，說道：「聽我說，我哥哥朱利安……嗯……他也死了，所以我知道探險時失去一個人的感受。我為你父親的事感到難過，黑暗冰橋已經奪去許多優秀探險家的生命。」

豆豆點點頭，「謝謝，我為你哥哥的事感到難過。」

史黛拉說：「我也是，你先前應該把他的事告訴我們。」

伊森說：「為什麼？你們根本不認識他，這對你們來說不重要。」

史黛拉說：「但我們認識**你**，所以這很重要。而且每當你表現得討人厭，我們就會諒解你。」

「討人厭」是菲利克斯教她拼寫的另一個詞，史黛拉很喜歡這個詞，只要有機會就開心的使用它。她記得菲利克斯告訴過她，悲傷有時會讓人變得討人厭，哎，阿嘉莎姑姑在她父親去世後的那一年特別討人厭。然而，史黛拉不希望伊森認為她又對他不友善，所以再度抱住他。

伊森說：「可以請你不要這樣做嗎？」史黛拉最後用力抱了他一下，接著放手，她不禁注意到他的臉變成粉紅色，表情尷尬，或許也有點開心。

謝伊開口：「伊森……」

這位巫師伸出手指，警告的指著這位狼語者，「不准擁抱我，想都別想。一切都沒變，我依舊討人厭。」

謝伊咧嘴一笑，說道：「別擔心，我仍然覺得你很高傲，事實上，你還是小蝦子。我只是要說『接住』。」

他丟了一個鵝蛋給伊森，不幸的是，伊森不太擅長接住拋飛的東西，他沒接好，最後蛋掉到地上，他不得不以丟臉的方式到處摸找。不過，那顆蛋沒破，他立刻把它捧起來。

謝伊說：「別再玩那顆蛋了，快坐下來吃早餐。」

伊森坐了下來，他們四人專心想像著希望在蛋中得到的早餐。不久後，空氣中瀰漫著燕麥粥、吐司、培根的香氣。這群探險家在友善的氣氛下，安靜享用第一頓的冰上早餐。

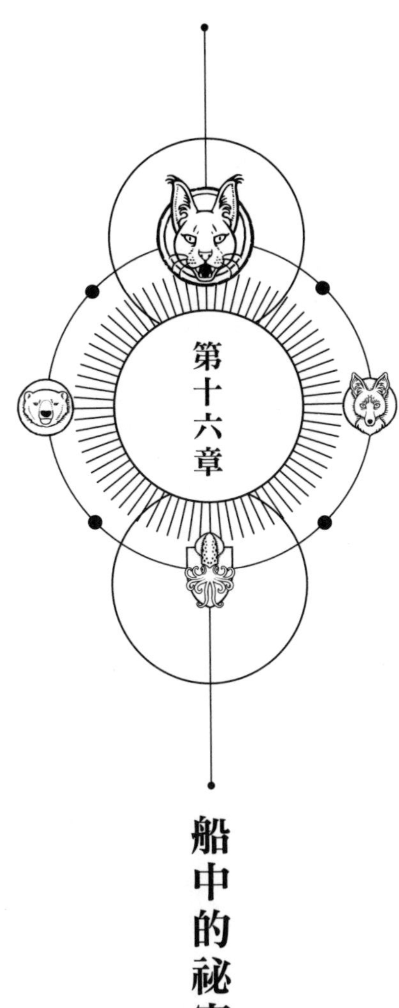

第十六章 船中的祕密

他們吃完早餐後，史黛拉說：「我們應該在離開之前探索這艘船。」

謝伊說：「當然，下面可能有物資，我們還需要另一頂帳篷和一些武器。」

伊森問：「這裡有人知道怎麼使用武器嗎？」

史黛拉聳了聳肩，「使用長矛能有多難？你只要將尖端指著敵人，戳向他們。如果長矛很重，就用鬍子湯匙之類的東西，狠狠揍他們。它其實是很棒的武器。」她拍了拍口袋，確保鬍子湯匙還在，以防她遇到任何試圖為她帶來麻煩的東西。

謝伊說：「阿賈克斯船長與那些逃犯可能沒把任何值得擁有的東西留在船上，但既然我們在這裡了，不妨快速翻找一下。」

他們四人迅速找到一個附了梯子的活板門，然後靠著它走進了陰暗的船身內部。阿賈克斯船長說得對，船的下方散發可怕的臭味，那是混合了腐爛、霉味、黏滑海藻之類的惡臭。

史黛拉在其中一面牆上注意到皇家皇冠輪船公司的頂部，並意識到雪之女王號與英勇冒險家號其實是由同一家公司製造的，但是，那艘把他們帶到冰凍群島

的船很豪華，有著地毯、燈具、精美的銀器，而雪之女王號卻是黑暗潮濕的空殼。船內的走廊狹長且充滿暗影，他們腳下的木頭發出讓人深感不安的嘎吱聲，木板被薄薄一層灰塵覆蓋，這群探險家不得不拉起斗篷的下襬，以免變得黏答答。

史黛拉原本有點擔心他們可能會在某個時刻突然看見骷髏，但結果並沒有，這讓她鬆了一口氣，同時也感到失望。不過，他們確實看見了一、兩隻老鼠在角落裡蹦蹦跳跳，在黑暗中奔跑越過舊鍊子；牠們的體型大得驚人，毫無疑問是因為大啖那些被留在船上、不適合食用的壓縮餅乾[5]而變胖。

這艘船上任何有一丁點用途的東西似乎都被拿走了：廚房裡沒有剩下的食物，藏書室裡沒有書，舊牢房裡沒有帳篷、毯子或繩索，只有長得像沒有盡頭的生鏽鍊子。

---

5 壓縮餅乾是餅乾的一種，一般由麵粉、白糖、花生油、食鹽、芝麻、水等製作，多用於緊急情況下的救急之用。壓縮餅乾熱量很高，能有效補充體力和礦物質。

謝伊說：「我們應該回去動物那邊，繼續前進，這裡沒有值得興奮的東西。」

史黛拉指著前方說：「我們就走完這最後的走廊吧，如果那裡沒有任何東西，那麼我們就離開。」

如果他們冒險進入黑暗荒廢的船隻，卻沒發現任何會招來麻煩的東西，這樣似乎不對。他們用盡努力，卻甚至沒看到骷髏，這似乎是讓人極度失望的事。

於是，他們冒險進入最後的走廊。他們越往前走，走廊越來越黑。牆上有舷窗，但一點也不透光，史黛拉猜測他們現在一定來到了靠近船底的位置，因為窗戶覆滿了雪。謝伊從包包裡拿出一盞燈點亮，帶領大家前進，直到碰觸到走廊盡頭的門；木門上面刻著一些字，謝伊把燈拿高一些，照亮那些字，史黛拉看到那些字後，咧嘴笑了。這才像話嘛。

任何情況皆禁開此門！

上面寫著「任何」情況！普通孩子一定會立刻轉身離開那扇門，絕不回頭，但這些孩子都是菜鳥探險家，他們根本無法抗拒這樣的標誌。

豆豆試著理智的說：「或許我們不該打開門，他們把那個標誌放在那裡一定有原因。」

史黛拉回答：「現在裡面不可能有任何危險的東西，這艘船一定擱淺在這裡的冰上很多年了。」

伊森說：「裡面可能有海盜的成箱金子！」

謝伊說：「或者是迷人野獸與怪物的骨頭。」

豆豆說：「或者是一整箱異國風味的果凍豆！」

史黛拉高興的搓著雙手，「或是禁區的禁忌地圖，我們去看看吧。」

一條沉重的鏈子纏繞在門把周圍，但鎖已經鏽蝕、彈開了，他們只需要解開鏈子即可。

他們合力將它拉開，長長的沉重鏈子落在地上繞成長長的圈。接著，他們再瞥了對方一眼，然後打開了門。

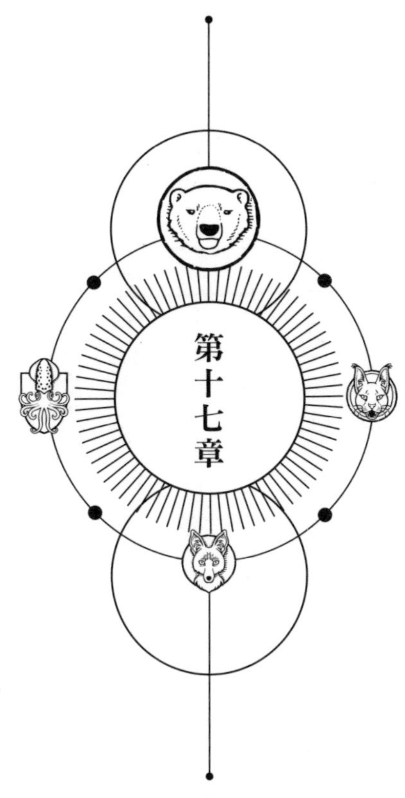

第十七章

被詛咒的房間

史黛拉並不是很清楚自己期待這間上鎖的房間裡有些什麼，但謝伊拿起提燈時，它照亮了一個放滿櫃子、行李箱、箱子的大型儲物區，全都覆上一層厚厚的灰塵，每樣東西上面都蓋著「危險品」、「贓物」、「竊盜物品」的戳章。

這群探險家小心翼翼的走進房間，凝視著櫃子內部。它們按照種類分類，第一個櫃子專門放「詛咒物品」，史黛拉看到一個小小的玉製真理神像、一幅風格怪異的畫，畫中有個一臉瘋狂的孩子拿著一把刀，還有一個鬣狗標本看起來好像隨時會開始咯咯的笑。每樣物品都附有一張小卡，上面寫明物品名稱與竊取者的姓名。史黛拉盯著離她最近的標籤，看見上面寫著「會笑的鬣狗」，偷走它的人是「失落之城」穆加—穆加的里洛伊．利文斯頓。

史黛拉的餘光瞄到一道暗影，瞥見柯亞出現在她旁邊。這個影子狼正專注的盯著鬣狗標本。

史黛拉告訴它：「我也不喜歡它的樣子。」

謝伊凝視著其中一個櫃子的內部，說道：「這一定是阿賈克斯船長之前說的，他說這艘囚犯船要帶那些小偷到流放地，然後返航歸還所有被偷的贓物。」

史黛拉說：「我猜這艘船在冰上受困時，他決定把所有東西都留在這裡，這些東西大多看起來無法在冰凍群島派上多大的用場。難怪這艘船注定毀滅，我從來沒在一個地方看過這麼多受詛咒的物品。」一個破碎的石棺裡甚至還有一具裹在骯髒繃帶裡的小木乃伊，它太小了，只有幾英寸長，不可能是人類的。

謝伊驚呼道：「嘿，看看這個！」

史黛拉轉身加入其他人的行列，他們彎腰看著史黛拉這輩子看過的最小火山。

謝伊說：「這是火山島上的小火山！我們應該把它帶在身邊，比起用濕木頭升火容易多了，我們只要搖搖它就行了。」

它看起來很重，但謝伊勉強設法用雙手抬起小火山，接著用力搖晃它，再把它放回地板上。瞬間它發出熾熱的紅光，熔岩細流從頂部溢出，小小的紅色火花像迷你煙火一樣射出。

豆豆說：「但你們覺得我們應該拿走東西嗎？這樣算不算偷竊嗎？」

伊森回答：「不算是，這個東西已被丟棄，總之現在不可能把它歸還給它的主人。我認為如果有任何東西可能在探險中派上用場，我們就應該拿走。」

史黛拉說：「但不要拿被詛咒的東西。」她不喜歡那隻鬣狗咆哮的表情，並且相信牠會趁她睡著時咬她。

謝伊同意：「對，絕對不能拿被詛咒物品，誰都不希望醒來發現一個鬣狗標本試圖咬他們的靴子。」

他們翻找了這個房間的其他地方，發現一本用鏈子拴在桌子上的書、一顆巨大的鑽石，甚至還有一個裝滿牙齒的行李箱。

豆豆看著行李箱內部，非常困惑，「為什麼有人會偷牙齒？」

史黛拉說：「也許他們從牙仙子那裡偷了錢，而那些錢都變回牙齒？」

伊森不太認真的建議帶走鑽石，因為它真的很大，而且對他們的俱樂部都是很棒的戰利品。不過，謝伊指出，兩個俱樂部不可能分享這顆鑽石，更重要的是，它放在「詛咒物品」的櫃子裡，這或許意味著他們甚至不應該看著它。大家都知道，鑽石這種珍貴珠寶一旦受到詛咒，是極度致命的，所以他們把這顆閃閃發亮的東西留在原處。

該走了。

「豆豆，快點。」史黛拉向他大喊，不知什麼原因，豆豆正翻找著角落的衣櫃，「我們要走了。」

豆豆直起身子，拿起一件洋裝轉身，那是史黛拉這輩子見過最醜的衣服，它是奇怪的棕色，上面印滿難看的巨大花朵圖案。他問道：「你們覺得莫伊拉會喜歡這件嗎？」

「你的表妹？」史黛拉做了個鬼臉，「管她呢。」

豆豆說：「媽媽說去冒險的時候，帶禮物回來給家人是很棒的事。我想如果我為莫伊拉挑選一件漂亮的禮服，那麼她或許會改變想法，參加我下一次的生日派對？」

「豆豆，忘了莫伊拉吧，她真的很刻薄，總之她不來參加你的生日派對最好。」

「哦。」豆豆皺起眉頭，但還是把那件洋裝放回去了。接著他又從衣櫃拿起了其他東西，輕拍伊森的肩膀，然後舉起一雙粉色緞面芭蕾舞鞋，問道：「你想要這雙嗎？」

這位巫師瞪著他，「我要一雙芭蕾舞鞋做什麼？」

豆豆說：「我只是覺得你可能想練習轉圈之類的動作，那就是芭蕾舞者做的事，不是嗎？」

伊森咕噥著說：「我說最後一次，我不是芭蕾舞者。」

豆豆問：「那為什麼你之前說你是呢？」他真的很困惑，「當時你在隧道裡說……」

「我那是諷刺！」

「哦。我真的不懂諷刺，媽媽說人們不像自以為那樣聰明時，就會這樣做。」

他的目光從伊森身上移到芭蕾舞鞋，接著又移回伊森身上。他問：「所以你想不想要這雙？」

「不想！」伊森從豆豆手中搶走芭蕾舞鞋，把它們扔到角落。不幸的，這弄翻了一堆搖搖欲墜的珠寶盒，它們掉落在地上，盒子忽然打開，珍貴的戒指、手鐲、頭冠、小飾品滿地亂滾，一片嘈雜，白色光芒照亮整個地方。其中一個盒子同時是音樂盒，從打開的那一刻就開始播放一種叮咚作響、極度刺耳的曲調，一個小小的公主在裡面不停旋轉，直到史黛拉啪的一聲闔上盒蓋。每個人都看著伊森。

他以防衛的語氣說：「怎樣？」

「走吧，」謝伊轉過身，柯亞緊跟在他後面，「我們離開這裡吧。」

他們走向門口，接著僵住不動。剛才門口沒有任何東西，但現在一種細長黏稠的古怪植物坐在花盆裡，擋住了路。

伊森說：「那到底是什麼鬼東西？」

豆豆問：「它剛剛不在那裡，對吧？」

史黛拉回答：「一定在，盆栽植物不會自己四處移動，對吧？」

他們小心翼翼的朝它走了幾步，柯亞開始低嗥。

謝伊慢慢的說：「我想起爸爸告訴過我的一件事，有沒有人聽過食肉植物谷？那裡的食肉植物，它們……嗯……它們應該會自行四處移動與吃人。」

他們全都警惕的盯著那株植物，一片沉默。它無害的坐在花盆裡，一動也不動。現在他們靠得更近了，可以看到它的葉子呈現一種奇怪的深色，小串的水果（約莫是橘子的大小）懸掛在枝上。

史黛拉問：「那是什麼水果？」

伊森看著史黛拉的眼睛回答：「那不是水果，它們是捲心菜。」

豆豆立刻說：「捲心菜不是食肉植物。」

謝伊開口：「阿賈克斯船長說不要吵醒……」但他只來得及說這些話，那株植物突然伸出毛茸茸的長藤蔓，纏繞住謝伊的手臂，讓他不得不放開小火山，接著開始慢慢將他往前拖。與此同時，小捲心菜周圍的葉子展開，露出森森發光的尖利牙齒，所有的牙齒都流著口水，發出可怕的嘶嘶聲。

這幾位探險家立刻尖叫起來，其中謝伊尖叫得最大聲，這很合理，因為食肉植物攻擊的是他。他空著的那隻手抓住藤蔓，但它緊緊纏著他的皮膚，他根本無法把它鬆開。

「想個辦法！」他大喊，「快想個辦法！」

柯亞對著那株植物咆哮嗥叫，但它是影子狼，幫不上忙。伊森舉起手，用對抗小霜子的那種小型箭飛向那株植物。不過，那些箭沒刺穿它，而是在半空中轉向，飛向這群探險家，這意味著他們都得低頭躲避，以免被箭射到眼球。

伊森說：「它有某種反魔法的保護咒語。」

史黛拉抓住藤蔓，另外兩人很快就加入她的行列，但他們也無法把它拉開，逐漸的，他們明顯在與那株捲心菜植物的拉鋸戰落入下風，因為謝伊的靴子離捲心菜那些閃閃發光的尖牙越來越近。

謝伊喘著氣說：「找一把刀之類的東西！你們得砍斷藤蔓！」

史黛拉、伊森、豆豆分頭在房間各處，在櫃子周圍來回尋找鋒利的東西，最後豆豆在一套盔甲的鐵製把手上找到一把斧頭，伊森設法將它拿出來，接著跑回謝伊身邊，現在他離那株植物的牙齒不到三十公分。

伊森把斧頭高舉過頭，大喊：「別動！」

斧頭呼嘯落下，俐落的切斷藤蔓。黑色的樹液像血一樣潑濺出來，這株植物發出可怕的尖叫聲，史黛拉想用手摀住耳朵。謝伊抓住仍纏在手臂上的藤蔓，用力扔到地上，柯亞激動的繞著他的腿跑來跑去。更多的藤蔓迅速的射向他們，但這群探險家及時跳回它無法觸及的地方，退到房間另一頭的安全地帶。

伊森問：「唔，我們現在該怎麼做？」他仍抓著斧頭，「它擋住了我們唯一的出口。」這株植物以一種威脅的方式搖得葉子沙沙作響，黑色樹液從它被砍的樹枝處滴落，散發出潮濕難聞的臭味。

史黛拉說：「為什麼不查查《菲利巴斯特隊長的探險與探索指南》？或許裡面有一些建議。」

謝伊從口袋裡掏出破舊的《菲利巴斯特隊長的探險與探索指南》，並翻到索引。他說：「這裡的內容沒有關於想吃掉你的捲心菜樹，我認為菲利巴斯特隊長沒去過食肉植物谷。」

豆豆咕噥著說：「為什麼有人會去食肉植物谷？」他不安的扯著絨球帽。

史黛拉從謝伊的手中搶走這本書，並找到對抗敵人的章節。

她朗讀：「**當你在充滿敵意的環境對抗凶猛的怪物時，隨時保持冷靜與自制很重要，比起你怕它，怪物可能更怕你……**」

伊森說：「在這種情況下，我不認為那是真的。」

史黛拉說：「哦，這完全沒用，」她將那本書塞回給謝伊，「我們得自己解決這個問題。我們為什麼不用斧頭把它剁碎？把斧頭給我，我來試試看。」

豆豆說：「現在它去哪了？」

這群探險家回頭看著門，驚恐的意識到那株植物再度移動了。那個花盆還在原地，一道泥土的痕跡通向一個展示櫃附近，但那裡根本沒看到那株植物。

謝伊說：「別管了，趁著還有機會，我們快離開這裡吧！」

他們開始走向門口，但才走了幾步，藤蔓就射向他們，這次它們來自上方。他們還沒弄清發生什麼事，史黛拉與謝伊就被扯離地面，往上拉向黏在天花板上、發出嘶嘶聲的那株植物。

史黛拉驚呼：「哦，好噁心，這些都毛茸茸的！」她抓住纏在手臂上的藤蔓，柯亞在他們下方嗥叫。

謝伊往下對伊森大喊：「把斧頭扔給我！」然後他急忙補充說：「但不要丟到我的頭！**不要**把它丟到我的頭！」

伊森大喊回應：「我不會把它丟到你的頭！我不是白痴！」

他將斧頭往上扔，手柄朝上，但它飛過謝伊的位置，飛向了史黛拉。她抓住斧頭，用力揮擊纏住謝伊的藤蔓，俐落的切斷它，更多的黑色樹液濺在她身上。謝伊跌到地上，勉強用腳落地，發出「砰」的一聲巨響。史黛拉立刻砍斷纏在她手臂上的藤蔓，然後在空中翻滾一圈，遠離那株發出尖叫聲與嘶嘶聲的植物。

不幸的是，她的動作不像謝伊那麼敏捷，來不及雙腳落地，背部已經先著地了。她認為自己應該算幸運，因為她不是落在仍握在手中的斧頭上，但即使如此，從那個高度落地真的**很痛**！她發出呻吟，喘不過氣，但她還來不及弄清楚自己是否骨折，謝伊就拿走她手中的斧頭，伊森將她拉起來站好。

這位巫師催促著她，說道：「快走、快走。」

豆豆抓住謝伊掉落的小火山，四人一起跑向門口。史黛拉聽到後方傳來一陣東西滾動的巨響，她回頭看到一些捲心菜已從那株植物上掉下來，朝著他們的方向滾過地板，咬牙切齒的留下一道道濕潤的口水。

她大喊：「捲心菜在追我們！」她不曾想過自己會說出這句話，除非她病得很重，而且有非常嚴重的幻覺。

謝伊率先到達門口，他踢開花盆，拉開門，轉身朝著捲心菜揮動斧頭。豆豆隨即衝出門口，緊接著是柯亞與史黛拉。謝伊砍著滾來滾去、發出嘶嘶聲的蔬菜時，史黛拉聽見連續的「砰」一聲，但捲心菜太多了，她聽到靴子皮革被扯裂的聲音，接著伊森大叫著跌到走廊上，謝伊就在他後方，用力的關上門，幾秒鐘後，他們都聽到了十幾個捲心菜撞在門上的砰砰聲。

不過，其中一個捲心菜成功跑出來了，因為它的牙齒正牢牢咬著伊森的腳踝。

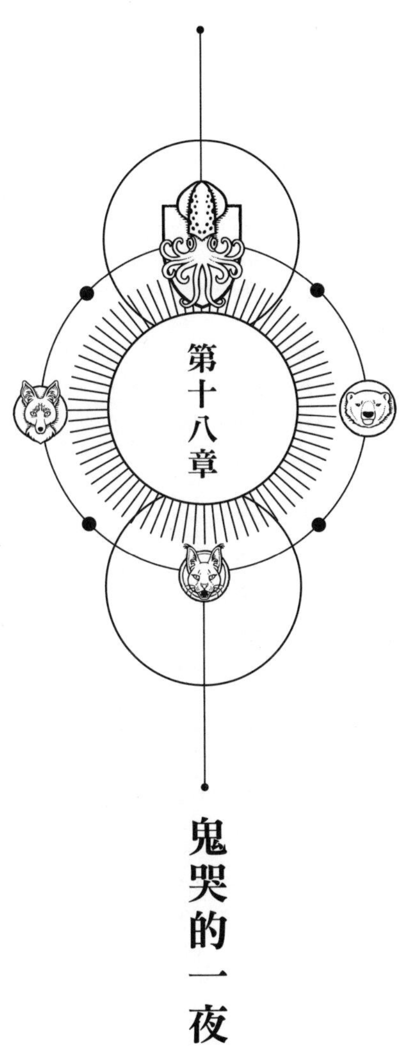

第十八章

鬼哭的一夜

伊森呻吟著說：「顯然只有我會被捲心菜咬傷！我的意思是，永遠不會是其他人，對吧？」

他彎下腰，打算抓住這個流著口水的蔬菜，把它從腳上拔下來，但謝伊阻止他。謝伊說：「等一下，我們或許應該先找個東西，把它放進去，否則它一旦自由就會開始咬我們。」

史黛拉說：「他說得對，我們應該把它留在現在的位置。」

伊森大聲說：「你說得倒簡單！反正它咬的又不是**你的**腳踝！我們不需要任何東西來放置它，因為它一離開我的腳，我就要立刻毀了它。」

豆豆說：「你不可以這樣！我們應該把它帶走。」

伊森諷刺的說：「哦，好主意！也許我們可以用它做一份沙拉。」

謝伊說：「雖然它可能噁心又可怕，但它仍是一項科學發現。」他拍了拍這位巫師的背，「小蝦子，你抓到了它，幹得好。」

伊森回答：「我沒抓到它，是它抓到了我。」

謝伊說：「嗯，我們還是應該把它帶回俱樂部當標本。」

伊森雙手抱胸說：「我才不要腳上嵌著一個捲心菜一路回寒門，絕對不要。」

謝伊回答：「別胡說八道，等我們一回到雪橇車上，就會把它塞進禮帽盒裡。」

伊森咕噥著說：「你又為我添麻煩了。」但他接受捲心菜待在現在的位置（它的牙齒似乎嵌進這位巫師的皮靴，也嵌進他真正的腳），直到他們回到雪橇車上。

他們四人從船身回到甲板上，伊森在這裡強迫豆豆先交出木製獨角鯨，才同意再度與他綁在一起。豆豆有點激動不安，但伊森非常堅決。

他說：「今天我已經被捲心菜咬了，不想再被拖下梯子。我保證會好好保管它，而且我堅持，除非那個獨角鯨在我的口袋裡，而不是你的口袋裡，否則我不會再跟你綁在一起。」

最後，豆豆被說服了，交出那個獨角鯨。伊森詢問：「你身上還有其他珍貴的財物嗎？你有任何需要我幫忙保管的貴重珠寶或神像嗎？」

豆豆說：「沒有，只有奧布瑞。」

他們像先前一樣慢慢爬下梯子，但這次他們讓伊森先爬，因為大家都不希望自己的頭靠近他的腳，免得那顆捲心菜逃離伊森的靴子，找了別的東西來咬。

當他們到達船的底部時，那隻鵝衝出帳篷，拍動著翅膀撲向他們，接著朝史黛拉鳴叫，直到她把牠抱起來。史黛拉輕撫牠的頭，感覺牠平靜下來。

伊森說：「給你。」他把獨角鯨交還給豆豆，「看在老天的份上，請幫我們一個忙，把它放在安全的地方。」

狼群也很高興看到他們，牠們聚集在謝伊身邊，躁動不安，渴望再度出發。然而得先處理那顆捲心菜。他們從雪橇車上拿出禮帽盒，打開盒子，做好準備。捲心菜嵌得很深，需要他們四人合力才能把它拔出來。它一重獲自由，就開始攻擊，牙齒以極凶狠的方式咬住。不過，他們設法將它放進盒子裡，沒發生任何不幸意外。唯一的不幸是，它留下的巨大尖牙嵌入伊森的靴子，插進他的腳。

伊森大聲說：「我知道來冰凍群島可能會被雪鯊咬傷，但從沒想過會被捲心菜攻擊！我真倒楣。」

史黛拉嘆了口氣：「你中樂透了。」

伊森以尖銳的語氣對她提議：「如果你真的這麼想，那麼何不將手伸進盒子裡？我想到一個更好的主意，你還可以把腦袋塞進裡面，感受極度的興奮！」

史黛拉搖搖頭說：「如果我故意被咬傷，就不一樣了，那簡直太奇怪了。」

「首先，你想被捲心菜咬也很奇怪！」

史黛拉當然不想被捲心菜咬，但是它可以成為回家後講述的有趣故事，探險家應該從探險之旅帶回來的那種有趣故事，但他們在這艘船閒逛並不算徹底失敗，雖然她沒被捲心菜咬，但至少她被藤蔓攻擊，並被吊在天花板一會兒。

謝伊翻個白眼，說道：「我們不要再爭論誰會被禮帽盒裡的捲心菜攻擊，這很荒謬，你們兩個都很荒謬。我們接下來得解決這個問題。」他指著那些仍插在伊森腳上的尖牙。

豆豆說：「必須把它們拔出來，否則他的腳會受感染。」

史黛拉嘆氣，「我想我們得一顆顆的拔出來。」

嵌著的牙齒剩下三顆，謝伊、豆豆、史黛拉各抓一顆，伊森咬緊牙關，抓住雪橇車的側邊。他們不得不緩慢而小心的拔出那些牙齒，以免任何一顆折斷並像巨大的刺一樣卡住。這些牙齒比他們想像來得長多了，牙根到牙尖長達數英寸，閃閃發光，非常尖銳，所以拔除這些牙齒時，史黛拉真的不怪伊森嗚咽了一下。

史黛拉說：「這些也將成為俱樂部的優秀標本。」她滿意的檢視著它們。

伊森呻吟著說：「天知道它把我的腳弄得多悲慘。」他解開鞋帶，把靴子拉下來，鮮血立即湧出。他的襪子也因此變得暗黑濕黏。

伊森說：「哦。」他把靴子丟在雪地裡，臉色立刻發白。

史黛拉衝向前扶住他，說道：「哦，天啊，你該不會又要暈倒了吧，會嗎？」

「當然不會。」伊森把她揮開，然後搖搖晃晃的說：「我不知道，或許吧，我不……我真的不喜歡看到血。」

史黛拉也不太喜愛血，更不喜歡血染紅雪地，可能是因為它讓她想起了惡夢——頭冠、雪中的鮮血，燒焦的腳……

豆豆說：「我不怕看到血，我在醫院看過的情況糟糕多了。如果你願意，我可以幫你處理。」

伊森說：「我要坐下來。」接著他猛的跌坐在雪地裡。

豆豆跪在伊森身邊，剝下他的襪子。豆豆說：「別擔心，它實際上沒看起來那麼糟糕。」

豆豆伸出一隻手，他的手指閃爍著治療的魔法。他們都安靜下來，入迷的看著。結束後，豆豆用雪洗掉鮮血，接著從包包裡拿出一包膏藥，準備把第一片貼在伊森的腳上，但巫師揮手拒絕，氣憤的說：「我不要獨角獸形狀的膏藥！女孩子才用獨角獸。」

豆豆回答：「那你想要什麼樣子？我可以做出北極熊、企鵝、犛牛……」

「我想要企鵝形狀的。」

豆豆包紮好伊森的腳之後，史黛拉與謝伊拍手，就連伊森也一臉佩服。豆豆臉紅了，對於這番讚美，他只揮揮手表示沒什麼，但史黛拉看得出來他很高興。

他們決定吃完午餐後再出發，他們花在船上的時間比想像來得久，雖然他們急著上路，渴望發現前方的事物，但他們也很餓。不幸的是，因為朵拉（史黛拉決定為這隻鵝取這個名字）並未下更多的蛋，所以他們不得不吃一些午餐肉與薄荷蛋糕，史黛拉開始後悔她當時有機會卻沒抓走兩隻鵝。

豆豆提議為那個食肉捲心菜取名為佩佩，並餵它小塊的午餐肉，其他人默默忽略這個想法，他們認為最好是假裝他從來沒說過，雖然伊森確實差點脫掉手套，拿手套打豆豆。

他們快速查看地圖與史黛拉的羅盤（她已將羅盤設定在「最冷處」），接著準備好繼續前往冰凍群島最寒冷的地方。史黛拉和豆豆擠進雪橇車，謝伊跳到車子後方，伊森騎著獨角獸葛蕾希爾。史黛拉覺得自己絕不會厭倦那種不知道前方有什麼的迷人感覺，因此當他們整個下午都在飛馳前進卻沒有任何有趣的發現或科學發現時，她不禁有些失望。她告訴自己這樣很貪心，畢竟那天早上他們才**剛剛**發現了那個捲心菜。

幾個小時之後，四人決定應該開始尋找過夜的地方。他們仍然只有一頂帳篷，目前為止，他們經過的景色都是一片平坦雪白，充滿了雪。他們停下來看羅盤，把它設定在「遮蔽處」的方向，然後改變路線，希望找到地方紮營。

幸好，史黛拉的羅盤並未讓他們失望，就在天色開始變暗時，他們從大雪中發現前方有一座隱約可見的山，岩石的一側是一些鑿切的洞穴，至少可以供他們遮風避雪。他們擠進最大的洞穴，那是一個巨大的圓形空間，讓人印象深刻的鐘乳石從洞頂向下延伸。

搭著雪橇車飛馳幾小時後，能伸展雙腿讓人覺得輕鬆。每個人都協助安頓過夜：謝伊照顧動物，伊森讓小火山中心變得熾熱熔化，豆豆與史黛拉準備晚餐。

豆豆問：「佩佩呢？我們不該也餵他嗎？」

史黛拉咕噥著說：「請不要把捲心菜稱為佩佩，總之那不是『他』，而是『它』。」

豆豆說：「你都已經幫鵝取名字了，這有什麼不一樣？」

「豆豆，就是不一樣，豆豆。」

他沒和她爭辯，但史黛拉注意到，在豆豆以為自己沒看見時，趁機將幾塊午餐肉滑進了禮帽盒裡。

從當天早上到現在，朵拉只下了兩顆有斑點的蛋，所以他們必須分享食物，但他們拿出一些午餐肉及薄荷蛋糕來讓晚餐更豐盛。史黛拉決定製造更美好的晚餐氣氛，所以她拿出印著北極熊探險家俱樂部徽章的瓷盤，讓留聲機播放一片有雜音的爵士樂唱片，並拿出了香檳，伊森知道一個咒語能將它變成薑汁啤酒（它奇蹟的變成了真正的生薑啤酒，而不是沼澤爛泥之類的東西）。最後，他們都站在沸騰冒泡的熾熱火山周圍，舉杯祝酒。

謝伊問：「夥伴們，我們要舉杯祝賀什麼呢？」

史黛拉建議：「祝賀發現那個捲心菜？如果一顆有牙齒的憤怒捲心菜不是值得帶回家的奇珍異品，那我不知道什麼才算是了。」

伊森舉起杯子，有些挖苦的說：「敬捲心菜！」

其他人也照做，他們都喝了一口薑汁啤酒。啤酒滑落喉嚨時，味道有點辛辣，灼燒著他們的喉嚨深處，但大家都沒說話，以免讓伊森感到難受。

豆豆說：「我們也應該敬朵拉，」這隻鵝窩在溫暖的火山附近，滿足的抖開羽毛，「牠是很棒的發現，並提供了今晚的晚餐。」

史黛拉舉起杯子說：「敬朵拉這隻鵝。」

他們舉杯敬朵拉，接著準備坐下用餐，這時伊森說：「等一下，我想到另一件值得祝賀的事。」

史黛拉問：「我們沒發現其他的東西，對吧？」

伊森說：「就只是另一件事。」他舉起杯子，猶豫了一會兒，然後說：「豆豆，你之前提到你在世界上只有一位朋友，嗯，我只是想告訴你，那不是真的。」

豆豆回答：「不，那是真的。」他瞥了史黛拉一眼，說道：「你還是我的朋友，不是嗎？我沒做任何事破壞友誼，是吧？」

史黛拉說：「豆豆，你永遠不可能破壞我們的友誼，我們永遠是朋友。」

伊森說：「不，不，我的意思不是那樣！我的意思是你不再只有一位朋友了，」他輕拍自己的胸膛，「你有兩位。」

謝伊補充說：「三位。」

豆豆的臉漲紅到頭皮。他終於開口：「三位？那是不是意味著……你們會來參加我的生日派對？」

伊森回答：「當然，巫師一向參加朋友的生日派對。」

謝伊贊同：「絕不會錯過。」

伊森說：「所以我認為這是我們應該舉杯祝賀的最新發現。」他舉起杯子，「敬友誼。」

其他探險家舉起杯子，露齒而笑，同樣說：「敬友誼。」

他們坐在小火山周圍用餐，直到吃飽為止。禮帽成為生薑啤酒瓶的好用支架，特別是他們在瓶子裡裝滿雪之後。

史黛拉問伊森：「你能從帽子裡拉出兔子嗎？」她用靴子輕輕踢著帽子。

他回答：「有一次從帽子裡拉出一隻貓鼬。」

豆豆皺眉，「貓鼬是什麼？」

伊森說：「不是你想從帽子裡拉出來的東西。就在我賜予牠生命，施展魔法讓牠憑空出現後，這隻該死的東西差點挖出我的眼睛，那就是牠對我的回報。」

謝伊說：「我以前認識一位貓鼬語者，他有點古怪，焦躁不安。」

史黛拉說：「我不想成為貓鼬語者，當個狼語者一定好多了。」

「說到這個，」謝伊一邊說，一邊站起來，「我要去陪牠們一會兒，牠們可能覺得有點被冷落。」

他漫步離開去和狼群聊天，豆豆拿出爸爸的旅行日記，舒服的坐著重讀第一百次，朵拉在史黛拉的大腿上找了個舒服的位置，長脖子垂在她的手臂上。

伊森說：「牠很喜歡你，對吧？」

他伸手撫摸這隻鶚的羽毛，但牠立刻啄他的手，並發出嘶嘶聲。巫師收回手並抱怨：「為什麼我總是被咬？」豆豆沒抬頭，扔了另一片膏藥（北極熊形狀）

給他，伊森不情願的把它貼在手上，「先是小霜子，然後是捲心菜，現在是鵝，我看我接下來會被一隻企鵝攻擊，這一定會發生。」

史黛拉驚呼：「哦，天啊，企鵝！」探險讓她很興奮，加上她要逃離各種東西，於是忘了極地寵物。雖然菲利克斯說不需要餵食牠們，但她仍感到內疚，因為她連最起碼的查看牠們的情況都沒做。她立刻在包包裡仔細翻找。

伊森挑起一邊眉毛問：「包包裡面不會真的有企鵝，對嗎？」

史黛拉說：「牠們是菲利克斯送給我的生日禮物。」

她的手終於包住那棟寒冷的小冰屋，將它掏出來，從門口往內仔細看。這個企鵝家庭都舒舒服服窩在小小的床上，戴著尾端有小流蘇的睡帽。事實上，那看起來很舒適，其中一隻企鵝旁邊的床頭櫃上甚至有個小冰屋造型的夜燈，散發柔和的金色光芒。

伊森問：「我可以看看嗎？」

史黛拉遞給他，巫師仔細的看了一下說：「真迷人。朱利安喜愛企鵝。」

史黛拉問：「你是說你哥哥？」

伊森點點頭，「他大我四歲，去年我們參加那次探險時，他十六歲。他之前曾和爸爸一起探險，但那是我第一次探險。」

史黛拉低聲問：「發生了什麼事？」

她不確定自己該不該問，但伊森只是聳聳肩說：「爸爸想捉一隻叫聲尖銳的美洲大赤魷，牠是毒觸手海極度危險的一種怪物，所以他認為那會是可帶回海魷魚探險家俱樂部的優秀戰利品。朱利安勸爸爸不要這麼做，他說那太危險了，這隻怪物太巨大，不適合在我第一次探險時抓捕，他說我經驗不足。」他嘆口氣，將冰屋還給史黛拉，「我想證明他說錯了，所以當那隻魷魚攻擊船的時候，我沒聽他的話躲到甲板下面，而是拿起魚叉槍跑向右舷的網子，試圖開槍射牠。然後一根觸手憑空出現，那是一個巨大又可怕的東西，它捲住我，把我直接拖下船。」

史黛拉一想到突然與一條巨大的魷魚一起待在冰冷的海洋中，就不禁發抖。豆豆也畏縮了一下，他暫時分心了，不再閱讀爸爸的旅行日記。

伊森搖搖頭，繼續說：「朱利安跟在我後面，毫不猶豫的直接跳進海中，他一定知道自己可能會因為救我而死，但他還是這麼做了。」

史黛拉想到菲利克斯，並且知道如果他處於險境，需要拯救，她一定會冒著生命危險救他，即使他會氣她讓自己置身險境。她瞥了洞口一眼，冰天雪地的景色一望無際，她希望菲利克斯平安無事。

她說：「這就是家人會做的事。」

伊森瞥了她一眼，說道：「並不是所有家人都會這麼做。朱利安跳進海中，但爸爸沒有。朱利安切下那隻魷魚的觸手時，它浮上海面，爸爸將它拖上甲板。它仍然纏繞著我，所以我是跟著它一起浮上來的，但我內心深處總忍不住想知道，爸爸尋找的是觸手還是我。」

史黛拉很震驚他以這樣方式談論自己的爸爸，她說：「我敢說一定是你，沒有人會關心戰利品勝過自己的兒子！」

伊森說：「嗯，那他應該去幫助朱利安，我知道他對朱利安的死亡感到難過，

這就是為什麼我們來極地探險，而不是回到海上探險的原因，但他從不談論朱利安。他沒跟著我們跳進海中，他沒試著幫忙，如果那時他出手的話，結果也許就會不同，但相反的，那隻魷魚逃走了，牠帶著朱利安一路潛到海底。後來媽媽說她永遠不會原諒爸爸，現在只要爸爸在家，他們就一直吵架，真是糟透了。媽媽甚至不願意讓我參加這次探險，但幸好爸爸堅持帶我來，我想現在她更氣他了。」

史黛拉再度想起了菲利克斯，她覺得自己很幸運，那天在雪地裡發現她的人是他。本來可能是其他人發現她，或者根本沒有人發現她，但她所認識的最善良男人發現了她，這個人愛她，並教導她關於家人的意義。

史黛拉說：「菲利克斯說，姑且相信別人，並往好的方面想總是比較好，你爸爸不談論朱利安的事，或許是因為他覺得這件事太痛苦了。」

伊森回答：「誰知道呢？」接著他看著她說：「菲利克斯不是你真正的爸爸，對嗎？」

史黛拉說：「他**是**我真正的爸爸，但不是我的親生爸爸，如果這是你想表達的意思。菲利克斯在某一次探險時發現了我，我是雪中的孤兒，我不知道我來自哪裡。」史黛拉想到了菲利克斯、葛拉夫、梅奇、巴斯特、家裡柳橙溫室的所有侏儒恐龍，她說：「但這無所謂，因為我找到了一個家。」

伊森點頭說：「我認為，那些不會讓你失望、無論如何都陪在你身邊的人，都算是家人。」

「我認為你說得對。」

史黛拉環顧他們這個小小的探險隊，她忽然想到，自從一起出發後，他們四個人變得就像一家人。她看著伊森，他若有所思的凝視著火山的火焰，不知是否在想著同樣的事情。正打算問他時，這位巫師瞥了豆豆一眼，說：「你在讀什麼？」

豆豆抬起頭，「這個嗎？這是我爸爸的日記，他們在黑暗冰橋上的荒廢營地找到了它。」

伊森發抖說：「我寧願回到毒觸手海，再度與那隻魷魚一起游泳，也不要冒

險踏上那座橋。他們不是說它被詛咒了嗎？」

豆豆點點頭，「爸爸在日記中寫著，這些人說他們可以感覺到一種邪惡的存在，他們走得越遠，那種感覺就越強。因為那裡迷霧籠罩，所以你看不到海水，但爸爸寫說，他們可以聽見橋下有奇怪的濺水聲，彷彿那裡有可怕的怪物試著往上跳向他們。」

伊森同意：「大海充滿可怕的怪物。」

這時謝伊散步回來，加入他們。他猛的倒在伊森的旁邊，窩在火堆旁。兩隻狼也來了，蜷縮在他身邊，頭靠在他的大腿上。

謝伊說：「關於黑暗冰橋的鬼故事與謠言很多，不過，那些話也並非空穴來風，那裡的確不是好地方。我爸爸說有些地方應該被遺忘、拋棄、禁止，就連探險家都不應該冒險去那裡。」

豆豆說：「我總有一天會去的，我將成為第一位到達黑暗冰橋另一頭的探險家。」

當然，史黛拉已經知道豆豆希望這麼做的原因，但其他人都不知道他追求的這個目標，一時之間，其他兩人因為震驚而沉默。

最後，伊森說：「我真的不是要說刻薄的話，但這就像一隻小老鼠說牠要吃掉海象似的。還沒有人從黑暗冰橋活著回來，一個都沒有。」

豆豆說：「我會的，我會完成爸爸未完成的探險。」

謝伊溫和的說：「豆豆，這不可能做得到，如果你在黑暗冰橋上死掉，那麼就沒辦法表達對爸爸的尊敬了，不是嗎？」

豆豆極度冷靜的說：「我不在乎別人說什麼或試著阻止我，我會找出那座橋的另一頭有什麼東西。」

謝伊瞥了一眼史黛拉，她聳了聳肩，其實，她也不確定豆豆是否應該嘗試或者能否越過那座橋，但她並不打算冒著打擊他信心的風險來告訴他。

不過，大家都還來不及對此說出其他話，洞穴外頭忽然開始響起低沉的哭嚎聲，這讓他們全都跳起來。

豆豆問：「那是什麼？」

這四位菜鳥探險家轉過身，瞇起眼睛盯著暗夜。史黛拉認為這是她聽過最悲傷的聲音，雖然它聽起來不太像人類的聲音，卻讓她想到哭泣的孩子。她手上的汗毛全都豎了起來，頸後感到寒冷刺痛。

謝伊說：「冷冰冰的鬼魂。」

伊森問：「你怎麼知道？」

「狼群告訴我的，牠們感覺到它們有一段時間了。沒事的，狼群說它們無法傷害我們。」史黛拉不確定他是在對他們說話，或者是對他身邊開始蜷縮的狼群說話。「這只是意味著，我們越來越接近冰凍群島最寒冷的地方了，狼群說那些鬼魂就是來自那裡。」

豆豆皺著眉頭問：「但它們究竟是什麼？」

謝伊說：「誰知道呢？狼群似乎認為它們是所有凍死者的遊魂。」

探險家再一次回頭看向洞口。柯亞站著那裡，凝視著外頭，她從鼻頭到尾巴的尖端都靜止不動。除了冰雪之外，看不見洞穴外的任何東西，但突然之間，難以理解的嗚咽聲像低語一般對史黛拉說話。

它們說著：**可憐可憐那些冷冰冰的鬼魂，殿下，可憐那些冷冰冰的鬼魂。**

史黛拉問謝伊：「它們在對誰說話？」

他以古怪的眼神看著她，「我沒聽到任何話。」

豆豆說：「我也沒聽到。」

史黛拉問：「伊森呢？」如果有其他人能聽見神奇的聲音，那想必就是巫師了，但他搖搖頭說：「史黛拉，那只是噪音。」

謝伊告訴他們：「狼群說，只要我們持續讓火燃燒，冷冰冰的鬼魂就不會進入洞穴。」他瞥了其他的狼一眼，從那個聲音出現以來，牠們都變得焦慮不安。

不到幾分鐘，那個嗚咽聲消失了，但他們讓火燃燒整夜，以免它們回來。

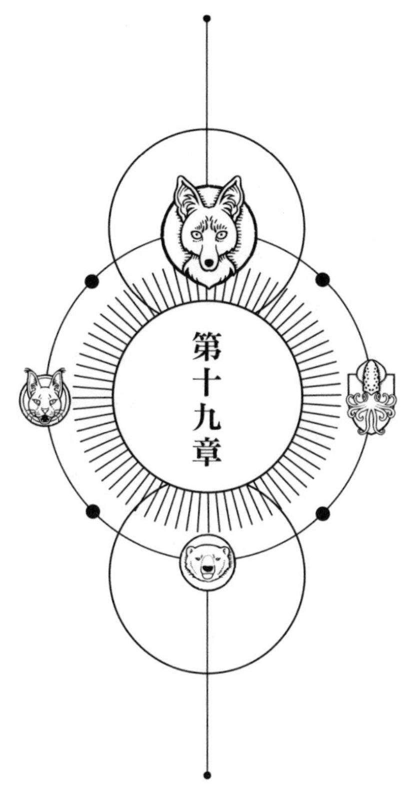

第十九章 雪之城堡的召喚

這群探險家在洞穴裡度過了輾轉難眠的一夜，第二天他們很高興一大早就能上路出發。史黛拉花了一些時間檢視地圖，並查看羅盤，計算出他們距離冰凍群島最寒冷的區域不超過兩天。

謝伊興奮的說：「我們真的要去，對吧？我們真的要去那裡。」

伊森說：「我希望我們是第一個，一旦成功，會是很值得被尊敬的成就。」他瞥了身旁的豆豆一眼，然後說：「甚至或許可以讓你叔叔稍微閉嘴，你不覺得嗎？」

豆豆回答：「我不覺得。媽媽說，班尼迪克叔叔說話天花亂墜，可以說到一隻北極熊的後腿斷掉，當然這不可能發生，但我認為那代表他真的喜歡說話。」

「不，我的意思是，這可能會讓他覺得你可以成為探險家。」

豆豆皺起眉頭，「哦，對，可能吧。為什麼你不一開始就這麼說？」

史黛拉插嘴：「走吧。」她打斷是因為她看得出來伊森迅速失去耐心，「如果我們想成為第一個到達那裡的人，那就得抓緊時間。」

隔天的一整天，他們都在搭雪橇越過雪地，沒有任何發現，只有踩在雪地中的雪怪腳印，但腳印的數量讓人憂心。他們不時停下來，用相機拍攝其中幾個腳印的照片，並做了測量，發現就連團隊中最高的成員伊森也可以躺進雪怪腳印的中間，而且旁邊還剩下很多空間。

伊森問：「萬一我們碰巧遇到雪怪，有什麼作戰計畫嗎？」他仍然躺在腳印上，豆豆拍照，「我的意思是，我們並沒有任何武器，除了在雪之女王號拿到的斧頭之外，所以……」

史黛拉說：「我不認為一把斧頭有辦法對抗雪怪，菲利克斯說過最好的辦法是保持完全不動，期望它沒看到你。雪怪的視力應該很差，對吧？」

「對，但它們的嗅覺非常敏銳。」伊森指出這一點，他站起身來，拂去黑色斗篷上的雪，「自從離開英勇冒險家號以來，我們都沒洗過澡。」

史黛拉不得不承認他說得有道理，現在他們聞起來可能有點臭。到目前為止，史黛拉在探險時最不喜歡的部分，絕對是缺乏衛浴設備。

他們找到了另一個洞穴過夜，儘管這次沒有冷冰冰的鬼魂，但那個可怕的惡夢再度讓史黛拉感到困擾，那雙燒焦的腳四處走來走去尋找她，接著是濺了血的雪地。

做夢做到一半時，謝伊把她叫醒，從他的表情中看得出又發生了什麼怪事。當她詢問之後，他說：「你身旁正在下雪，就在洞穴裡面，瞧。」他指出來，史黛拉看到雪花仍貼在她的衣服上。謝伊問：「你不冷嗎？」

史黛拉搖搖頭，她根本不覺得冷。最後，她決定把自己的夢告訴謝伊，因為他不得不三度將她從惡夢中叫醒，她覺得有必要提供某種解釋，但他也無法理解那個惡夢的內容。

他說：「我唯一可以確定的是，這不是個正常的夢，而且有某種意義。」

他並沒有說是：某種**不好的**意義。不過，史黛拉感覺這些話到了他嘴邊卻沒說出口。

他們隔天出發，按照地圖，他們離冰凍群島最冷的地方只有幾小時的路程。

史黛拉再度好奇北極熊探險家俱樂部或海魷魚探險家俱樂部的任何成員是否已經到達那裡？他們四人會不會是第一批到達的人？

豆豆問：「我們怎麼知道，自己到達了冰凍群島最寒冷的地方？」

史黛拉說：「羅盤的箭頭應該會繞圈而不是指向任何地方，如果我有菲利克斯的六分儀，我也可以用它來確定，但那個在他身邊。不過我想，一旦我們到那裡就會知道，其中一個原因是那裡會非常非常冷。」

這是一個陽光燦爛的日子，但他們從早晨到下午一路前進，周圍的空氣變得越來越冷。冰霜在他們帽兜的毛茸茸襯裡成形，冰雪在雪橇車的表面閃閃發光，就連謝伊的狼牙耳環也凍得發硬，呼吸越來越像刀割，這四位探險家不禁渴望起溫暖的被窩與熱巧克力。

然後，忽然間，雪橇車越過山頂，他們面對著一座閃閃發光且宏偉的白色城堡。無數的尖頂與塔樓聳立，冰凍的窗戶反射陽光，冰冷塔樓屋頂上的冰霜像數百顆小鑽石一樣閃閃發光。

一時間，他們就只是盯著它看，然後謝伊說：「你們覺得它是屬於雪之女王的嗎？」

豆豆回答：「這看起來就像是雪之女王所擁有的那種城堡。」

伊森立刻說：「我們應該遠離它，雪之女王有著冰凍的心，那可能很危險。」

史黛拉說：「但羅盤指向它，也許這座城堡是冰凍群島最寒冷的地方？我們應該更接近一點，至少要把旗子插在城堡外面的雪地裡。」

豆豆問：「雪之女王會不會覺得這樣很沒禮貌？」

史黛拉說：「雪之女王有可能根本不存在。」她掃視其他人，「我們是探險家，不是嗎？我們一路走到了這裡，不能就這樣離開，至少看一眼再走。」

謝伊贊同史黛拉的看法，認為他們應該靠近一點，這讓史黛拉鬆了一口氣。於是，他們繼續穿過雪地，她突然強烈覺得自己應該去那座城堡，細細的白色尖頂像手指一樣指著空中，這些尖頂讓她有種奇怪的熟悉感，好像她很久以前就已經看過這個地方。畢竟菲利克斯是在冰凍群島發現了她，也許她以前來過這裡。

當他們靠近時，並沒看到任何其他探險家的旗子插在城堡周圍的雪地裡。

雪橇車停在巨大的前門時，史黛拉說：「我們是第一個！就是這裡，你們看！」她把羅盤拿給其他人看。她把它設定在「最冷處」，但箭頭並未指向任何地方，只是一直旋轉，「我們是第一批到達冰凍群島最寒冷地區的探險家！」

對探險家來說，最興奮的事就是第一個達成了不起成就的人，他們都非常興奮，一窩蜂離開雪橇車，並將旗子插在雪地裡。旗子凍得發硬，所以它不是飄動，而是僵硬地來回擺動，但它仍然是一面旗子，它仍然是插在這裡的第一面旗，所以大家都非常開心。

豆豆對史黛拉說：「現在他們必須讓你留在北極熊探險家俱樂部了吧？因為你是第一批到達冰凍群島最寒冷地區的探險家之一！」

史黛拉沒想到這一點，但她真心希望豆豆說得對。她將身上的斗篷拉得更緊，一想到能夠永遠留在探險家俱樂部，就高興得要命。她還有很多想去的地方，天啊，她可以花一輩子探險，但見識世界的時間永遠不夠。

謝伊說：「我們應該拍張照，這樣一來就有紀錄可帶回我們的俱樂部。」

他們從雪橇車的背後卸下三腳架，然後把它架在定時器上。他們四人聚集在雪橇車前面，盡可能靜止不動，這時閃閃發亮的銀色薄片忽然開始從天空飄落。起初史黛拉認為再度開始下雪，但接著她發現這些薄片根本不是雪花：它們摸起來很冰冷，但光滑而堅硬，散發柔和的銀光，在他們周圍閃爍著光芒，史黛拉認為這是她見過最漂亮可愛的東西。

伊森抱怨：「這是哪種奇怪的雪？它搞砸了我們的照片。」

謝伊說：「這不是雪，看起來更像是……」

史黛拉說：「星星。」她伸出一隻手，其中一個銀色薄片落在她戴著手套的掌心，閃閃發光。「也許這些是星芒？或許你只能在冰凍群島最寒冷的地方找到它們，它們只在這裡飄落，而不是其他地方。」

其他人環顧四周，發現她說得對。星芒只在城堡周圍飄落，當它們互相撞擊時，發出微弱的清脆聲音，就像風鈴一樣。

豆豆對史黛拉說：「那一定是小仙子為你取中間名的原因，因為你與星芒來自同一個地方。」

轉眼之間，星芒停止飄落，它們鋪成閃亮的銀毯，閃閃發光。照片拍完後，豆豆拿出幾個罐子，將裡面的鬍油倒光，然後裝了星芒，打算帶回去。它們並未在他們的腳下融化或破裂，而是像小鑽石一樣發出叮噹聲。

這些菜鳥探險家將星芒存放在雪橇車上後，終於將注意力轉移到城堡的雙扇門，它們聳立在他們前方，材質是白色大理石，有著閃閃發光的金色與銀色紋理。雕著精細複雜的圖案，包括冰柱、王冠、一路飄落至邊緣的星芒，大門中央刻著一位高大美麗的女人圖像，她穿著毛皮襯裡的洋裝，頭戴閃閃發光的王冠。

伊森緊張的說：「這絕對是雪之女王的城堡，我們應該離開，這裡不安全。」

史黛拉走到最近的窗口，她的靴子踩著腳下的閃爍星芒，嘎吱作響。她舉起一隻手，透過骯髒的玻璃窗，瞇眼往內看著廢棄的房間，那看起來曾是餐廳，一張巨大的桌子占據了大部分的空間，沿著桌子擺放的華麗枝狀燭台都布滿了蜘蛛網，牆上的掛毯因為冰凍而發硬，壁爐旁的石板上有一灘看起來像是灑出來的葡萄酒，已經凍結。

史黛拉回頭看著其他人，說道：「這座城堡荒廢了，裡面沒有人。」

謝伊走向門口，試著移動門把，但它動也不動。

他說：「鎖住了。」

史黛拉說：「也許城堡後面有另一條路可以進入。」

伊森說：「我真的覺得我們應該離開，這個地方讓我有不好的預感。」

史黛拉朝大門伸出手，想親自試試它是否真的鎖上了，但她的手指還沒摸到木頭，就有一個輕微的**咔嗒聲**響起，同時把手向下移動了一點，大門打開一小道縫，露出一小片黑暗，通向後方的走廊。

史黛拉回頭看著其他人，興奮得幾乎忘我，因此當伊森抓住她的袖子說：「史黛拉，拜託，我們回頭吧。我能感覺到裡面有魔法，而且它……我不知道……它是黑暗魔法，不知何故，它讓人感覺充滿敵意。」這個掃興的行為讓她不禁對伊森有些惱怒。

史黛拉說：「小霜子與食肉捲心菜樹也很黑暗，充滿敵意，但我們仍然面對了它們。」

伊森指著手上的膏藥說：「對，而且**我**是那個被咬了兩次的人……」

史黛拉不耐煩的打斷他：「哦，我敢說這裡沒有東西會咬你，而且那塊膏藥是因為朵拉啄你。大家是怎麼了？哪種探險家會就這樣離開一座廢棄城堡？至少得看看裡面吧。我要進去了，如果你們願意的話，可以都待在外面。」

她隨即伸出戴著手套的雙手，推開兩扇大門。他們後方的陽光灑入走廊，照亮最接近他們腳邊那布滿灰塵的石板。陽光也讓他們得以辨認出懸掛在上方的巨大枝形吊燈，以及通向另一層樓的巨大弧形樓梯。然而，它仍然籠罩在陰影中，因此史黛拉往內踏了一步，更仔細的檢視一切。

當她的雪靴越過門檻的那一刻，一些事情發生了，她頭頂上方的枝形吊燈裡，燒了一半的蠟燭忽然點燃了，牆上的壁式燭台也一樣，散發出金色閃爍光芒，照亮了整個房間。史黛拉看到牆上也有凍結的掛毯，還有幾個石頭巨怪守著樓梯。

然而，最讓人驚訝的是，史黛拉周圍的空氣開始閃閃發光，斗篷的帽兜落下，好像被一隻看不見的手往後推，接著其他人看著她的頭髮上出現頭冠，白金捲鬚圍繞著冰寶石、淺色水晶、切割過的冰冷鑽石。

史黛拉伸手取下頭冠，驚訝的盯著它看。

她說：「這個……我、我記得這個，我之前在夢中見過它。」

其他人都盯著她，個個目瞪口呆。接著，一個輕柔的女聲說話，那聲音似乎來自他們四周：「公主，歡迎回家，我們等您很久了。」

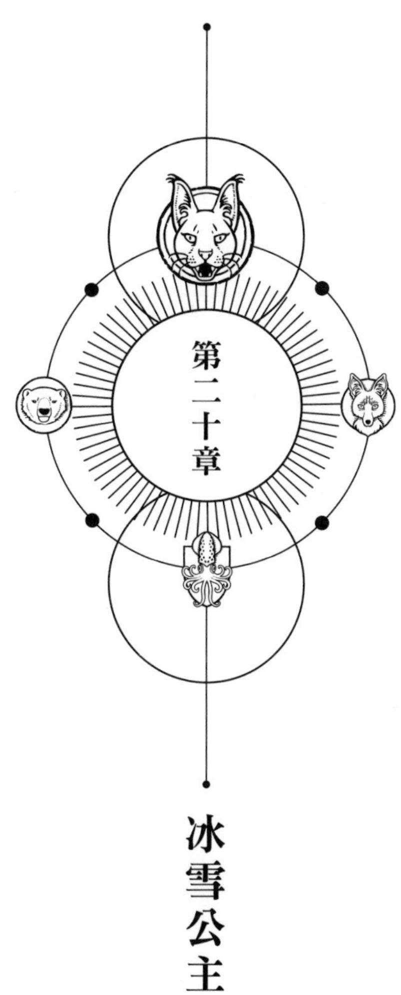

第二十章

冰雪公主

史黛拉環顧四周，問道：「誰在說話？」

那個聲音說：「在你的右手邊。」

史黛拉轉過身，發現一面華麗的大鏡子，鏡中映照出自己的模樣。她注意到那頂頭冠已不在她的手中，不知何故，它再度回到她的頭頂。她迅速將它拿了下來，即使戴著手套，仍感覺白金摸起來很冰冷。史黛拉說：「我看不到你。」

這道聲音再度出現：「再仔細看。」

她再度看著鏡子，這一次，她看到一張蒼白的臉凝視著她。那是一張女人的臉，像陶瓷娃娃一樣美麗完美，皮膚白皙光滑，眼睛是藍色，銀色捲髮在頭上輕輕飄動，好像她在水中一樣。

史黛拉向前跨了一步，問道：「什麼……你是什麼？」

鏡子回答：「當然是一面魔鏡，我們掛在城堡的各個地方。公主，我們看著您學走路。」

史黛拉說：「這一定弄錯了，我不是公主……」

鏡子說：「城堡的大門只為雪之女王或冰雪公主而開，而且頭冠只會為您出現，摩雯娜。」

史黛拉皺了皺鼻子，說道：「我的名字不是摩雯娜。謝天謝地。我是史黛拉，史黛拉・星芒・玻爾。」

鏡子說：「那可能是您現在的名字，但不是接受加冕時，您父母給您的名字。」它眨了眨大眼，用悲傷的聲音說：「您真的完全不記得這裡的生活嗎？」

史黛拉皺起眉頭，不知道該說什麼。不知怎的，這座城堡**確實**讓她感到熟悉。

鏡子說：「您得四處看看，也許會想起來。」

史黛拉往後瞥了其他人一眼，伊森皺著眉，輕輕搖了搖頭，但這位巫師總是設想最糟糕的情況，而且這座城堡似乎沒有危險之處。史黛拉一直想知道自己的出身，這可能是她最好的機會，可以得到答案的機會。

她說：「我要去四處看看，但如果你們沒興趣，也可以在外面等。」

伊森臉色陰沉，搖搖頭說：「我不在外面等。」

史黛拉說：「這裡沒有食肉捲心菜吧？」她瞥了鏡子一眼，說：「有嗎？」

鏡子說：「當然沒有，公主殿下。」它聽起來很震驚。

史黛拉說：「好吧，那就這樣決定了。」

她往城堡裡面走的時候，發生了讓人驚奇的事：這個破舊不堪的荒廢之地，開始在她周圍甦醒過來，她經過的那些枝形吊燈裡的蠟燭燃燒得更明亮，掛毯上的冰塊大片大片落下，灰塵從地板上消失，窗戶上的污垢消失，陽光灑入，一切變得明亮潔白，閃閃發光。

鏡子快樂的說：「您正喚醒城堡，它認出您，想歡迎您回家！」

鏡子說話時，樓梯旁的其中一個石頭巨怪移動了，讓這幾位探險家嚇了一跳。史黛拉沒見過這麼醜陋的生物：身材矮胖，戴著快要遮住眼睛的頭盔，濃密的鬍子幾乎蓋住嘴巴。它的同伴也開始移動、伸懶腰，這個同伴沒蓄鬍子，頭頂戴著頭盔，但頭盔太小，只能不穩的戴在它類似蝙蝠的耳朵上。它的兩隻眼睛高低不齊，但它看到史黛拉的時候，高興的咧嘴笑了，對她深深一鞠躬，發出刮擦聲。

它熱切的說：「我們會帶您四處看看，公主，我們會帶您四處看看。」

石頭巨怪帶頭上樓，探險家們緊跟在後。一塊地毯沿著階梯往下鋪，史黛拉以為它是灰色，但走上去時，污垢消失了，露出一條金穗滾邊的皇室紅地毯。

這座城堡有數十個房間，每當他們走進一個房間時，房間的灰塵就會在他們眼前消失，房間再度變得乾淨明亮。好幾個石頭巨怪再度甦醒過來，不久後就有一群巨怪瞎忙一通。

所有的房間都裝飾得很華麗，有長毛絨地毯、枝狀吊燈、以金線襯托的精美掛毯，這些掛毯描繪了雪山的景色、雪怪、長毛象、宏偉的城堡。有個房間放滿樂器，其中一些是史黛拉從未聽說的樂器，包括一把會唱歌的豎琴，在他們走進房間的那一刻，這把豎琴就開始唱起小夜曲。其實歌聲很刺耳，但史黛拉覺得有必要鼓個掌。阿嘉莎姑姑有時會堅持在家裡為他們獻唱，菲利克斯教導史黛拉，即使歌者的歌聲很可怕，但當他們表演時，聽眾必須熱情的鼓掌。她想到了菲利克斯，不禁極度想家，並希望他能在這裡和她一起探索這座被施了魔法的城堡。

他們接著前往另一間放滿寶石蛋的房間，這些蛋的表面飾有白鑽石、藍寶石、綠寶石，光彩奪目。史黛拉拿起一顆蛋，從鉸鏈處打開它，發現裡面有一個小雪怪，正舒適的窩在裡頭，小雪怪的身上裝飾有寶石。

牆上的鏡子說：「這些是屬於您母親的。」這座城堡大多數的房間似乎都有一面鏡子，而且都是會說話的魔鏡，每面鏡子都出現同一張漂亮的臉。「她喜愛收集漂亮的東西，您可以在隔壁房間找到一批精美的音樂盒。」

他們仔細尋找，確實找到了大量的音樂盒。有些很小，有些很大，但都非常漂亮，有著彩繪的盒蓋、金色鉤環、像爪子一樣的小腳架。史黛拉拿起一個蓋子上畫了兩隻鳥的音樂盒，鳥的眼睛鑲鑽，當她打開它時，發現兩隻機械小鳥飛出盒子，拍動著藍色的翅膀，整個房間充滿悅耳的鳥鳴聲。

史黛拉問：「這一切真的都是屬於我媽媽的？」她看著那雙機械鳥在天花板上飛來飛去。

其中一個石頭巨怪說：「哦，是的，她是公正美麗的女王。」

史黛拉問：「但她發生了什麼事？我爸爸發生了什麼事？為什麼城堡像這樣安靜又荒廢？」

石頭巨怪突然安靜下來，拖著腳走來走去，撓著鬍子，看著各個地方，就是不看史黛拉。

最後，鏡子說：「一位女巫殺死了您的父母。」

史黛拉想到了夢中燒焦的腳，不禁發抖。她問：「但為什麼？」

鏡子回答：「她是女巫，女巫很邪惡，要是忠誠的僕人沒把您從城堡偷偷帶走，她也會殺了您。」然後鏡子把它美麗的臉轉向石頭巨怪，說道：「你們為什麼不帶公主去她以前住的育兒室？」

史黛拉跟著巨怪上到某一座塔樓頂部的圓形房間。這個房間和其他房間一樣，在她面前甦醒過來。她驚奇的環顧四周，牆上畫著精美的白色雪花，房內還有數十種她見過最漂亮的玩具，包括一隻獨角獸搖搖馬、一個白色長毛絨雪怪、一個華麗的娃娃屋。這個娃娃屋是這座城堡的完美複製品。當史黛拉打開娃娃屋的門、露出內部時，她看到所有房間的裝飾都與真實城堡的房間一模一樣，包括放滿寶石蛋的房間及充滿音樂盒的房間。她的手指滑過樂器室的小豎琴時，它甚至開始唱歌，就像實際樂器室裡的那把豎琴一樣。

史黛拉忽然對她的爸媽感到遺憾，很痛心自己從未有機會認識他們。他們一定非常愛她，才會費心思準備這間育兒室，並在房內放滿這些美麗的玩具。

鏡子說：「如果您想看，紅色餐廳裡有一幅您父母的畫像。」

「好的，麻煩了。」

其中一個巨怪的石頭手臂勾住史黛拉的手臂，領頭帶他們回到樓下，走進他們曾從外頭瞥見的餐廳。蠟燭自行燃燒，灰塵消失，這時史黛拉看到壁爐上方掛著一幅巨大的畫。她慢慢走向它，難以相信這是她真正的爸媽，他們看起來如此高貴莊嚴，如此像王室成員。

他們有著和史黛拉一樣的白皙肌膚、白髮、淺藍色的眼睛，穿著毛皮襯裡的長袍，戴著閃閃發光的王冠。史黛拉認為媽媽是她見過最美麗的女人，即使畫中的她並未微笑，她的衣服與眼睛一樣是淺藍色，內襯是白色毛皮；畫中的她向外凝視時，纖長白皙的手輕鬆的放在膝上，那個模樣幾乎就像是此刻她正看著站在前面的史黛拉。

接著，史黛拉把注意力轉向她的爸爸，覺得他與菲利克斯迥然不同。他的外表高大，看起來自負高貴，有著方下巴；他以從容優雅的態度穿著整齊的禮服長袍，看起來完全就是國王。

鏡子在她旁邊說：「自從他們死後，整座城堡都陷入沉睡。」

史黛拉瞥了鏡子一眼，發現那頂頭冠再次出現在她的頭上。無論她拿掉幾次，它似乎總會再度出現在她的頭髮上。

她問：「這個頭冠怎麼了？我一直試著把它脫掉，但它……」

鏡子回答：「它或許想要您施展一些魔法，它等您等了很久。」

史黛拉盯著鏡子，「我能施展魔法？」

鏡子回答：「當然，您可是冰雪公主。」

史黛拉突然感到興奮，她一直希望能做一些神奇的事情或擁有某種特殊能力，畢竟謝伊能與狼低語交談，豆豆具有精靈的治療能力，伊森有巫師的本領。如果史黛拉也能擁有像那樣特別的能力，那將是世界上最棒的事。她急切的問：「什麼樣的魔法？」

鏡子回答：「當然是冰魔法，只要戴著魔法頭飾，所有冰雪公主都可以施展冰魔法。您可以用冰做出任何喜歡的東西，或者把任何東西都凍結成冰塊，只要您在腦中想像它發生就行。」

史黛拉很快想到了一樣東西，並準備嘗試，這時伊森抓住她的手臂說：「小心，你不了解這個魔法，這可能很危險。」

史黛拉不耐煩的甩開他，她對他不斷的質疑感到很惱火。她轉身背對他，非常努力集中注意力，然後指著餐桌。讓她高興的是，一陣冰從她的指尖射出，一隻後腿站立的獨角獸冰雕就出現在她眼前，冰雕很壯大，它珍珠般的蹄子在窗戶灑入的陽光中閃閃發光。史黛拉覺得突然有一股寒意爬上手臂，但她迅速揉了揉手臂，然後指著桌上的另一個位置。幾秒鐘之內，那裡出現了一座冰堡，還包括閃閃發光的尖頂與塔樓。這一次，寒意爬下她的背脊，彷彿有人剛剛將一個冰塊丟進她的斗篷。

史黛拉忽略掉這種奇怪的感覺，把注意力轉向一個枝狀燭台。她指著它，冰再次從她的手指射出，然後將物體冰凍。史黛拉看著其他人說：「面對食肉捲心菜樹時，我沒有這個頭冠實在太可惜了。」

謝伊皺眉回答：「我不確定這一點，小火花。」

史黛拉露出憤怒的表情，對他說道：「我覺得你是嫉妒！」她驚訝的發現，自己忽然強烈討厭謝伊，幾乎想用力推他……但隨後這種感覺消失了，她不明白這種情緒來自哪裡。

謝伊不理會她的話，指著壁爐對鏡子說：「那是什麼？」

史黛拉順著他指的方向，看到壁爐冰冷的灰燼中有樣東西，看起來像鞋子，只是這些不是普通的鞋子，而是由鐵帶製成，上面有看起來很厚重的掛鎖，彷彿穿戴者的腳會被鎖在裡面。

魔鏡回答：「那當然是鐵拖鞋。」

謝伊問：「它們的用途是什麼？」

鏡子裡的表情似乎永遠不變，但她說：「你不知道嗎？」聽起來很困惑。

謝伊回答：「如果我知道，就不會問了。」

鏡子解釋：「嗯，鐵拖鞋在火中加熱，直到變得紅燙，然後放在任何拒絕跳舞的人腳下。」

史黛拉花了一會兒才弄清楚鏡子最初的意思，然後她倒抽一口氣，一隻手掩住了嘴。「但那……那會讓腳嚴重燒傷，非常痛苦！」她想到了夢境，說道：「女巫穿了鐵拖鞋，對吧？那就是她的腳燒傷的原因。」

鏡子回答：「您的父母希望女巫在他們的婚禮上跳舞，她拒絕了。」

史黛拉以顫抖的雙手摘下頭冠，她用力眨眼，忍住眼淚說：「那……那是我聽過最殘忍的事。」她看著父母的畫像，雖然他們的五官沒改變，但她覺得他們不再那麼好看了，事實上，他們看起來一點都不美了。

突然，她希望菲利克斯在她身旁，希望遠離這座城堡，回到柳橙溫室，吃冰淇淋當早餐，丟樹枝給巴斯特。

鏡子說：「您覺得這似乎很殘忍，這只是因為您的心還沒變得冰凍，您離開自己的同類太久了。婚宴結束後，女巫爬進了雪地，我們都以為她已經死了；三年後，她攻擊城堡時，大家都措手不及，負責把您送走的僕人知道得把您送到遠離冰凍群島的地方，否則女巫也會找到您，所以他們把您留在即將到來的探險家經過的路上。他保護您的安全，正如我們希望的那樣，但毫無疑問，他讓您腦袋充滿許多愚蠢的想法，您得忘掉那些想法，因為您的心似乎並未凍結，像原本應該有的那樣。不過，每當您使用頭冠的魔力，您的心就會多凍結一些，直到這個改變不可逆轉，然後一切都將成為應該成為的樣子。」

頭冠再次出現在史黛拉的頭上，她把它扯下來，扔進壁爐，「那我就永遠不再使用它的魔力！」

鏡子用嚴厲的聲音說：「您是冰雪公主。」

史黛拉的雙手緊握成拳，「我不想當公主，我想成為探險家！」

鏡子回答：「沒有人能改變他們注定的命運。」

史黛拉生氣的說：「當然可以，沒有人的命運是**天生注定**！命運由自己決定。」

鏡子耐心說：「這不是這裡運作的方式。」態度彷彿在與一個蠢人交談。

史黛拉說：「嗯，總之現在我們得走了，謝謝你帶我們四處看看，解釋我父母發生的事，但現在我們真的要走了。」

鏡子回答：「走？您不能走，您不准離開。公主，您將留在這裡，統治您的王國，這是您一直以來應該做的，這座城堡已經沉睡得夠久了。」

接著，窗戶上的百葉窗關上，房間變暗了，大門「砰」的關上，石頭巨怪聚集在他們周圍，擋住他們唯一的逃離路線。

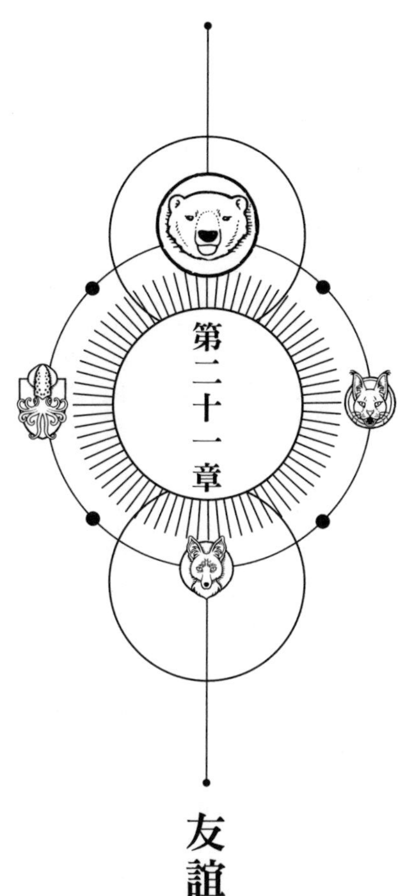

第二十一章

友誼與背叛

三天後，史黛拉在塔頂的育兒室踱步，怒氣沖沖。

石頭巨怪把其他人拖到城堡下方的地牢後，她再也沒見過他們。謝伊做了一次不錯的嘗試，用回力鏢擊倒巨怪，伊森再次使出了魔箭，但這些似乎對石頭都沒效。這些探險家被帶走時，柯亞悲慘嗥叫；現在整整三天過去了，史黛拉非常憂慮，如果今天他們沒離開，那麼將無法及時搭上前來接人的英勇冒險家號。史黛拉知道菲利克斯永遠不會放棄她，他會帶著救援隊回到冰凍群島，但那可能需要數星期，可能是數個月。

石頭巨怪將托盤上的餐點送到育兒室給史黛拉，但魔鏡拒絕讓她出去，除非她同意使用魔法並永遠留在城堡裡。柯亞不時出現在育兒室，她的存在讓史黛拉感到安慰，但影子狼沒辦法做些什麼來幫助她逃走。

最讓史黛拉感到惱怒的，是她錯過了地牢。她從沒去過地牢，她敢說那裡一定有各種有趣的東西，伊森可能已經被幾種不同的生物咬傷了，那裡可能有蝙蝠、骷髏、活板門、火坑、祕密通道、大鐵釘、各種迷人的東西。

石頭巨怪搜遍她的包包，確定裡面沒有任何危險的東西後，就讓她留下它。史黛拉也再度翻找包包，看看是否有任何有用的東西，但她不得不承認，她用鬍子湯匙擊敗石頭巨怪的機會似乎很渺茫。

她也搜過育兒室的每個角落，但沒找到任何可能幫助她逃脫的東西。當她發現一個祕密暗格時非常興奮，那個隔間就在衣櫃後面，但裡面只放了一個女巫木偶。這個木偶製作精美，完全由淡金色的木頭雕刻而成，穿著真正的衣服，灰色捲髮從女巫尖帽下面露出來。史黛拉驚恐的注意到女巫木偶的腳燒傷了，並意識到它一定是殺害她父母與試圖殺她的女巫複製品，但為什麼育兒室裡有她的木偶呢？這根本說不通。

史黛拉發現自己經常去看女巫木偶，盯著它瞧，用力皺眉。她對它有一種很奇怪的感覺，就像是她應該記得有關女巫的某些事、很重要的事。出於她無法解釋的某種原因，她沒把木偶放回祕密抽屜裡，而是塞進她的包包。

由於未能找到任何可能幫助她逃脫的方法，史黛拉想過讓送餐給她的巨怪冰凍，然後跑去地牢找她的朋友，但她害怕施展太多魔法，讓她的心永遠結冰。她記得先前在餐廳裡的寒意，及厭惡謝伊的那種奇怪感覺。她不想冒著心凍結成冰的風險，但也不想繼續被困在育兒室，終究得有人做一些事來拯救其他人。

最後，正是這座城堡的娃娃屋版本讓史黛拉有了這個點子。由於它似乎是與真實城堡一模一樣的複製品，包括不同房間內的物品，因此史黛拉決定研究它來了解城堡的設計。如果逃脫的機會出現，她最不希望就是沿著走廊衝向死路，或者發現自己困在食品儲藏室裡，或者浪費時間在樂器室裡彈著魯特琴。

當史黛拉發現了門上牌匾寫著「武器庫」的一個小房間，她非常興奮，想像它放滿了或許能幫助他們逃脫的劍、鎚矛、斧頭。但她窺視這個房間時，發現只有紡車的輪子、閃亮的紅蘋果、鑲有寶石的髮梳，這些是邪惡女王使用的理想武器，但對菜鳥探險家來說沒什麼用處。

這個娃娃屋城堡甚至有地牢，就隱藏在地板下面，史黛拉花了一些時間制定最快抵達地牢的捷徑，甚至想辦法規劃出一條避免經過任何魔鏡的路線。

通往地牢的樓梯頂部是一間巨大的圖書館，史黛拉凝視著書架上的迷你書，看到它們似乎都是童話故事。她用拇指指甲的邊緣拿出其中一本書，看看書裡是否真的寫了字，但拿出那本書時，整個書櫃都打開了，露出了隱藏在後面的祕密通道。史黛拉很高興，所有城堡都應該有祕密通道，這可以為他們提供逃脫的路線。

第三天的早晨，史黛拉決定不能再等下去了，她不得不冒險使用冰魔力。兩隻石頭巨怪送來早餐時，她很努力集中注意力，將它們變成冰塊，這個魔法用在巨怪身上的效果與燭台完全相同，這讓史黛拉鬆了口氣。然而，巨怪比燭台大得多，史黛拉這次感覺更寒冷，彷彿臉上被潑了一桶冰水。她發著抖，甩去這種感覺，把思緒集中在必須做的事情：往下到地牢，找到她的朋友，然後逃跑。

她試著踮腳尖沿著走廊前進，但厚實的雪地靴並不是設計來踮著腳尖走，因此她沿著走廊前進與走下樓梯時，不得不把它們脫下來拿在手上。她照著記憶中城堡娃娃屋的路線，迅速前往地牢，小心避開任何掛著魔鏡的走廊，這意味著她得採取迂迴的路線，經過一個占據整面牆的巨大魚缸，裡面充滿了漂浮的粉紅水母。她還經過存放她母親更多收藏品的房間，只是這些東西不像她在樓上看到的寶石蛋與音樂盒一樣漂亮，大量的鐵拖鞋收藏品特別可怕，有各種尺寸與形狀，適用於各種不同類型的生物。從其中一些收藏的外觀來看，包括有小霜子的鐵拖鞋，甚至還有雪怪的鐵拖鞋。

最後，史黛拉走到通往地牢的樓梯並迅速衝下去，成功避開拖著沈重腳步、沿著走廊走向她的兩名石頭巨怪。她穿回靴子，因為凝結的水珠讓樓梯變得濕潤，她希望如果需要的話，自己能快速逃跑。

牆上閃爍著光芒的燭台照亮了樓梯，但隨著史黛拉向下走，這裡開始讓人覺得越來越陰暗。她希望朋友都沒事，希望他們沒被鏈子綁在牆上或經歷那種野蠻的事。史黛拉研究城堡娃娃屋後，了解地牢充滿狹窄的小牢房，她原本預期要費點時間才能找到正確的牢房。結果，當她到達樓梯底部的那一刻，就聽到遠處傳來伊森響亮的聲音。

他說：「……與我們任何人都沒關係。天哪，**我們**又不是冰雪公主！」

史黛拉窺視著轉角處，看到一個巨怪拿起鏡子對著一間牢房。她可以看出伊森、謝伊、豆豆站在牢房的另一邊，而魔鏡說話時，她正準備揮手試著引起他們的注意。

它說：「所以你們要離開？你們同意回到同胞身邊並留下冰雪公主嗎？」

「我們不能拋下史黛拉離開，」豆豆說：「我們不能。」

史黛拉的心中湧起對豆豆的感情，但下一刻，伊森抓住豆豆斗篷的正面，將他用力推在牢房的牆上。伊森說：「我們**可以**把她留下來，而且我們將這麼做！」事實上，他幾乎是對著較瘦小的豆豆咆哮：「我不會為了任何人，讓自己的餘生都關在這個骯髒的地方，不會為了**任何**人，你明白嗎？」

豆豆把巫師推開，然後轉向謝伊，「你不同意他的話，對吧？」

謝伊搖搖頭說：「聽好了，我比你們更不想把史黛拉留在這裡，但我們對俱樂部有責任。我們所有人一直囚禁在此沒有任何意義，這無法幫助任何人，包括史黛拉。」

史黛拉幾乎無法相信自己聽到的話。她認為在某種程度上，伊森與謝伊說得沒錯，但她從未想過，他們會如此輕易的同意拋下她，尤其是她正準備拯救他們的時候。他們試過逃跑嗎？他們決定拋下她不顧之前，是否至少想過救援行動？

豆豆試著繼續與他們爭論，但不再那麼堅定，而且勢單力薄。魔鏡立刻同意釋放這三位探險家，讓他們帶走雪橇車、狼群、獨角獸。

史黛拉轉過身，按照前來的方法迅速跑上階梯。如果那輛雪橇車離開時，她不在上面，那就無法回家了，也無法在冰凍的荒野中獨自活下來，她會被困在這裡，也許是永遠。毫無疑問，菲利克斯會試著救她，但史黛拉知道不能坐等救援，沒有人靠著這種方法成功。

她一步跨過兩個階梯，接著衝進圖書館，匆匆掃視房間另一頭的書背，直到找到要找的那本書。她用力把它扯下來，而它發揮的作用就像在城堡娃娃屋裡一樣，整個書櫃都打開了，露出後方隱藏的通道，這讓她鬆了一口氣。

史黛拉趕緊衝過去，拉上後方書架的門。就像她第一次抵達城堡的其他地方時一樣，祕密通道似乎在她面前甦醒了：牆上的燭台自動點燃，雖然這條通道仍然布滿灰塵與蜘蛛網，也許是因為祕密通道就應該如此。

史黛拉不知道祕密通道通向何方，她只希望它能把她帶到城堡外面，而她並未失望。很快的，她走上幾個階梯，拉開了一扇拉門，發現自己置身在某種花園小屋，裡面放滿了溜冰鞋與雪橇車的毯子。她打開門，走到外面，踏進嚴寒的空氣中，因為忽然出現的燦爛陽光與閃爍的星芒光輝而瞇起眼。她環顧四周，想知道他們的雪橇車與動物變得怎麼樣了，也許庭院的某個地方有個馬廄，一切都安置在那裡？

史黛拉的腦中一次又一次的響起地牢裡的對話，這讓她心裡極度空洞，就連豆豆也沒盡全力捍衛她，這尤其讓她感到痛苦。

她告訴自己要振作起來，現在不能想著這些事，她得找到雪橇車，在為時已晚之前躲在車上。她不知道要怎麼做到這一點，雪橇車上沒有多少空間可以藏身，但她至少得試著藏在毯子下或某個東西的下方。

但隨後史黛拉看到雪橇車離開城堡，那三位探險家都在車上，狼群氣喘吁吁的呼著氣，獨角獸在後面小跑，她的心像石頭一樣落下，胸口沉重。

他們留下她，他們真的把她留在雪之女王的城堡裡。

她孤獨一人。

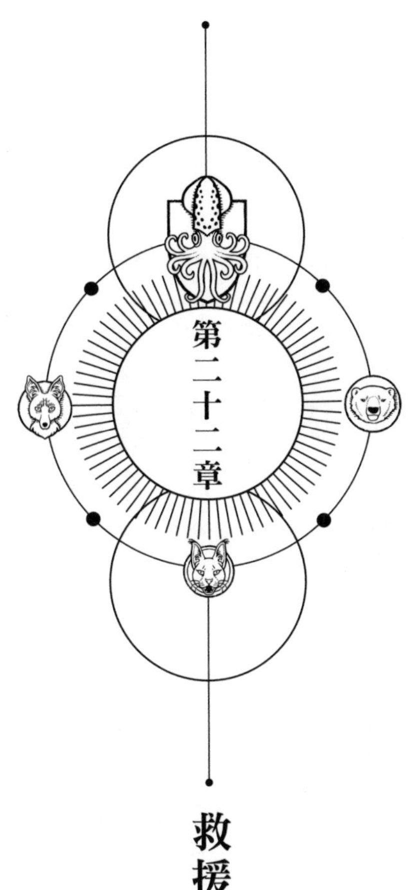

第二十二章 救援

好一會兒，史黛拉只是站在原地，不知道該怎麼辦，接著她開始意識到城堡內發生了某種騷動，數十個石頭巨怪擁出前門，朝著不同的方向前進。史黛拉猜它們正在找她，它們一定發現了她剛施法冰凍在房間的兩個巨怪，然後發出警報。

她轉過身，跌跌撞撞的走回剛剛的花園小屋，慶幸靴子沒在星芒上留下鞋印。也許可以在祕密通道裡躲藏一會兒，直到她想出法子，她甚至有點想知道這是否有任何意義。也許她此刻應該去找巨怪，畢竟她現在不能離開城堡，她沒有帳篷、雪橇車或任何物資，無論她是不是冰雪公主，都會在第一個晚上凍死。然而，如果她順從的跟著巨怪回到城堡，那就是放棄了；一定有**某個**辦法可以逃出這裡，一個她還沒想到的辦法……

所以史黛拉跑回花園小屋，穿過牆上隱藏的門。她將身後的門拉上，然後絕望的坐在祕密通道的地板上思考。這一天，她都待在這裡，有幾次她聽到巨怪拖著沉重的腳步，走進花園小屋搜查，但它們顯然不知道祕密通道，所以她的藏身之處仍未受打擾。

她一度在包包裡翻找著小企鵝冰屋，當她想到這些是她唯一剩下的朋友，不禁感到非常難過。小企鵝家族似乎也不像平常一樣興高采烈，事實上，當史黛拉往內偷看時，發現牠們都聚集在一張外表高貴的企鵝裱框照周圍，搖著頭，拿出弄髒的手帕擤鼻涕。史黛拉認為，也許有一隻企鵝朋友也拋棄了牠們。

當傍晚降臨時，一切似乎終於平靜下來。史黛拉冒險躡手躡腳爬出祕密通道，進入花園小屋。巨怪把所有東西弄得一團亂，史黛拉開始整理小屋，尋找任何可能有用的東西。她得從頭開始收集探險物資，花園小屋裡有毯子，但史黛拉需要更多毯子才能獨自在冰凍群島生存。她得潛回城堡尋找其他的物資，但音樂盒與寶石蛋對她的幫助不大，毒蘋果與紡車的輪子也沒什麼用。她得非常幸運，才能在那裡找到一隻神奇的鵝或一座小火山。

史黛拉背起包包，打開花園小屋的門，打算在庭園四處看看，尋找可能有用的東西。覆蓋著雪地與城堡塔樓的閃亮星芒持續發出柔和的銀色光芒，所以她可以看得非常清楚。

接著，她看到了這一幕：城堡的另一邊，探險家的雪橇車在明亮的月光與星光下清楚可見，車上沒人，但可以看到所有的狼，連獨角獸葛蕾希爾都在附近。

史黛拉聽說沙漠豺探險家俱樂部的探險家在冒險進入沙漠時，有時會看到海市蜃樓（那些根本不存在的東西），但她從未聽說同樣的事情會發生在極地探險家身上。但，她並不想浪費時間思考這件事，而是直接快步走向雪橇車。

她手指下的冰冷木頭和狼的溫暖毛皮摸起來都很真實，牠們愉快的迎接她，試圖舔她的手。史黛拉驚奇的盯著牠們，這時她聽到背後傳來爭吵的聲音。

她再度轉身面對城堡，並睜大眼睛，看到伊森、謝伊、豆豆都懸在他們設法扔到塔樓屋頂的繩子上。他們將靴子撐在牆上，用繩子將自己拉起來，似乎正慢慢往上爬向育兒室的窗戶。伊森到了窗邊，正透過窗戶往內看。

謝伊說：「但她一定在裡面，巨怪說她被關在育兒室。」

伊森冷冷的說：「我沒瞎，我已經告訴你，她不在那裡。」

豆豆提議：「敲敲窗戶，或許她正躲在床下。」

伊森哼了一聲，「這聽起來不像史黛拉會做的事。」

史黛拉在地面上說：「你們在做什麼？」

三人全跳了起來，伊森抓住窗台的手差點鬆開，他們一臉震驚的盯著她。

伊森最後說：「我們……我們正在拯救你。」

如果是之前，那句話會讓史黛拉感到溫暖開心，但現在她已經知道他們在當天稍早時離開，拋下她一個人，因此那句話並未造成相同的效果。

她說：「哦，所以你們改變了主意，認為終究最好回來找我？」

謝伊低頭看著她，說道：「你在說什麼？」

史黛拉雙臂抱胸，說道：「我聽到你們在地牢裡說的話，我看到你們駕著雪橇車走了。」

伊森嘶聲說道：「你這個笨蛋！那只是演戲！我們計畫了整件事，所以它們放我們出來。如果我們被關在地牢裡，就很難救人！」

謝伊說：「我個人認為你演得有點過頭了，包括咆哮，還將人推到牆上，這有點誇張，伊森。」

伊森輕蔑的說：「豆豆不介意，而且無論如何，得有人設法去說服別人。」

史黛拉問：「如果這是你們從一開始的計畫，那為什麼你們要吵架？」

謝伊回答：「我們覺得如果太輕易同意離開，那看起來有點可疑。」

伊森說：「總之，你怎麼會在地牢裡聽到我們的對話？你在那裡做什麼？」

史黛拉說：「我去救你們。」

伊森回答：「難道你不能等到晚上嗎？大家都知道最棒的救援計畫是在晚上進行。」

豆豆說：「最棒的救援計畫**確實**是在晚上進行，但現在我們在這裡，所以這沒關係了。」

史黛拉說：「他說得對，快從那裡下來，我們走吧。」

伊森抱怨：「你是公主，但這並不代表你有發號施令的權利。」

史黛拉回嘴：「身為公主，我當然有理由發號施令。」

伊森說：「噯，我不會叫你『殿下』，也不會鞠躬，巫師不鞠躬。」

這群男孩急忙爬下繩子，然後豆豆直接衝向史黛拉，脫下頭上的絨球帽為她戴上，史黛拉知道這意味著他很高興見到她。

他說：「我不敢相信你真的以為我們會把你留在這裡！我們不可能這麼做。」他回頭看著另外兩人，然後說：「可能嗎？」

謝伊回答說：「不可能。」他走向他們。

伊森同意：「絕對不可能。」他突然對史黛拉露出微笑，這是她第一次見到他微笑，然後他說：「畢竟，我們是史上第一支聯合探險隊。就算她是公主，我們也不能讓這位成員被巨怪關在塔樓裡，否則回去之後，我很難對海魷魚探險家俱樂部解釋。他們不會贊同那種事。」

史黛拉對他們咧開嘴笑，很高興看到他們，而且他們從來沒有真的打算拋下她，這讓她感到非常快樂。

他們走回雪橇車時，豆豆說：「可惜伊森的第一個計畫行不通，他用魔法變出一些極地豆，看看它們是否能撬開牢房門上的鎖，但它們只是卡在鎖裡，揮動著手腳，大吼大叫。」

伊森急忙說：「我們別談那件事了。」

當他們幾乎安全回到雪橇車上時，城堡的一扇門突然打開，一個石頭巨怪踩著重重的腳步走出來。它在月光下閃著銀光，大喊著：「她在這裡！我告訴過你們，我聽到了聲音！」

接下來，無數的石頭巨怪從每扇門跑出來，從每扇窗跳出來，接著，一大群巨怪直接衝向他們。

謝伊大喊：「快跑！」

他們四個人跑步衝完最後幾步，伊森躍上獨角獸，謝伊跳到雪橇車的後方，史黛拉與豆豆摔進車裡，跌成一團。不幸的是，豆豆跌在朵拉身上，朵拉憤怒嗚叫，但是下一刻，狼群踩在雪地上與星芒上奔跑離開，伊森與獨角獸在一旁疾馳，遠處巨怪憤怒的大吼聲與叫喊聲變成微弱的回音。

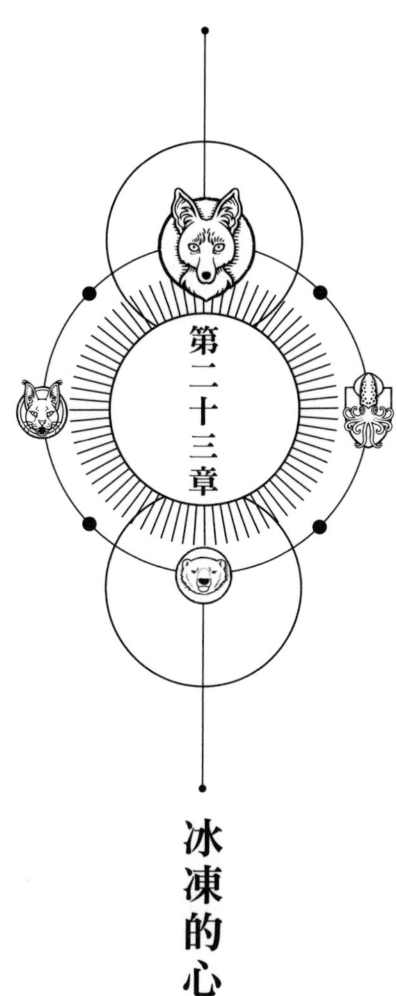

第二十三章 冰凍的心

他們在城堡耽擱了過多時間，這代表他們得盡快返回集合地點。這是一次精采的探險，但沒人想錯過英勇冒險家號，而被留在冰凍群島，所以史黛拉將羅盤設定為「家」。他們疾駛過雪地，只停下來吃東西與睡覺。羅盤帶領他們返回的路線與他們過來的路線不同。每個人都感到非常沮喪，因為他們完全沒時間去探索周圍環境，尤其是當他們接連快速通過一架巨大的雪鯊骸骨與一間蘑菇狀的小屋，最後還看見一群極地豆正勤奮的建造一艘方舟。

當他們快速經過極地豆時，謝伊問：「它們知道什麼我們不知道的事嗎？」

伊森回答：「誰在乎呢？我的極地豆夠我用一輩子了。在爸爸說我們要參加極地探險之前，我從沒變出過極地豆。」

史黛拉問：「那你在海上變法術出錯時，會變出什麼？」

伊森回答：「我在海上從沒出錯過！」但其他人不相信他，最後他嘆了口氣說：「變出海膽。」

史黛拉說：「嗯，那至少你還是可以施展魔法，而且海上也沒有把自己變成邪惡雪之女王的風險。唯一比沒有魔力更糟的事，就是擁有你其實不能使用的魔力。」

最後，他們不得不將頭冠鎖在放了捲心菜的禮帽盒裡，否則它會一直出現在史黛拉的頭上。有一次，它甚至突然出現在夜裡，當豆豆隔天早上叫她起床時，她不小心把他冰凍了。他們只好把他放在雪橇車裡，幾小時後，他身上的冰溶了，而且沒有生氣，這讓史黛拉非常尷尬。最糟糕的是，當史黛拉這麼做的最初幾分鐘，她並不感到抱歉，也不在乎豆豆是否受傷了，因為吵醒她是他的錯。不過，等謝伊奪下她頭上的頭冠後，那種冷酷的感覺消失了，她忽然充滿內疚、擔憂、自責。她毫不懷疑鏡子告訴她的話千真萬確，如果她過度使用這個頭冠，它會讓她的心冰凍，她會變得像親生父母一樣冷漠無情，史黛拉絕對不希望這種事發生。

他們快速前進，很快就回到了冰山。根據史黛拉的計算，英勇冒險家號應該已在前一天抵達，如果船長照之前的承諾等一天一夜，那麼他們應該能及時搭上船，只要他們能找到方法越過這個有長毛長毛象的深谷。因為現在橋早就消失了。

然而，他們並沒有時間可以尋找其他方法，因為從他們出現在山裡的那一刻，就聽到後方傳來雷鳴般的可怕巨響。這四位探險家轉過身，驚恐的瞪著從山上飛快跑下來的雪怪。這是一隻巨大的怪物，樣子就像她從船上瞥見的那隻雪怪，身高至少二十公尺高，腳與雪橇車一樣大，爪子與人的身高一樣長，毛茸茸的白色毛皮有著閃閃發光的冰片，毛髮幾乎完全遮住藍色眼睛。不過，它一定是看到了他們，於是直接走向他們，每一步都讓地面搖晃。它貪婪的伸出巨大的手。

獨角獸看見雪怪後，驚恐的直起後腿。伊森失去平衡，摔了下來，砰的一聲跌在雪地裡。謝伊抓住伊森的斗篷，將他拖到雪橇車的後方，幾秒鐘後，狼群極度驚慌的出發，獨角獸緊跟在後。就像先前一樣，他們正朝著懸崖的邊緣前進，只是這一次沒有橋，沒有東西可以阻止他們直接衝到谷底。雪橇車會摔得粉碎，他們全都必死無疑。

「禮帽盒！」史黛拉對豆豆大喊：「快把禮帽盒拿給我！」

豆豆把它推向史黛拉，她打開蓋子抓住頭冠時，差點被捲心菜咬到。轉眼間，那個頭冠就戴在她的頭上。雪橇車衝到懸崖的邊緣時，她站起身伸出雙手，指尖感到一股冰冷的刺痛感。

狼群的爪子並沒有踏空，而是踩在堅硬的冰面上。史黛拉周圍的空間發出嘶嘶聲，並冒出藍色的火花，因為她專心建造冰橋，建的速度就像狼群奔跑一樣快。這一次，魔法不僅讓她發冷，她還感覺整個身體像墜落到冰凍的湖面下，從頭到腳都極度寒冷，冷到她幾乎無法呼吸。但如果她在橋上稍微分心，狼群就會踩空跌落，那就完了。他們不能死，不能在接近終點時死掉。

最後，這座橋連接到深谷的另一邊，但因為速度很快，雪橇車抵達另一頭時打滑了，整台車翻了過來，四位探險家與朵拉一起摔到雪地上。史黛拉正面趴在懸崖的邊緣，而伊森就在她旁邊。

朵拉最倒楣，這隻鵝被拋得最遠。伊森看見牠即將從邊緣摔落，想起小霜子說過這種鵝不會飛，便衝了過去。但是，看起來像堅固土壤的地方其實只是一團雪；就在他抓住鵝的那一刻，腳下的雪滑落，如果史黛拉沒及時抓住他的手臂，他就會直接摔到下方谷底。

在山谷的另一邊，那個雪怪小心翼翼的將一隻大腳踩在冰橋上，但橋不夠堅固，不足以支撐這個生物的龐大身體。一大塊冰斷裂，冰橋摔得粉碎，雪怪發出響亮憤怒的喊叫聲，回聲在他們周圍迴盪，它沮喪的連續捶打著山。

謝伊說：「好險。」

史黛拉環顧四周，發現他與豆豆都站了起來，撣掉身上的灰塵。

伊森在她下方說：「幫點忙吧？你的鵝正在啄我的頭。」

史黛拉低頭看著巫師用一隻手緊緊抓住她的手臂，他的靴子在懸崖邊緣亂蹬，另一隻手臂夾住朵拉，而這隻鵝確實正努力啄他。

史黛拉沒心思在意這一點，她的肩膀感覺快要脫臼了。伊森從她身邊飛奔過去時，她本能的抓住他，但現在她疑惑自己為何費事這麼做。她低頭看著這位巫師，突然想起他對她說過的每一句討人厭的話，心中湧上一股強烈的厭惡感。她冷冷的說：「你曾威脅要把我變成一隻瞎鼴鼠。」

伊森嚇了一跳，抬頭看著她：「那……對，我確實那麼說，但是……」

史黛拉稍微鬆開了手，巫師往下滑，他試著找個踏腳處時，靴子踢下懸崖邊的巨大雪塊。

「史黛拉！」他喘著氣，「拜託……」

她說：「你弄痛了我的手臂，放手。」

謝伊在她後方說：「那是冰雪魔法在說話，小火花，不是你。」

史黛拉轉過頭，憤怒的瞪著他與豆豆。他以為他是誰，居然那樣對她說話？他沒意識到她是公主嗎？他不知道她是王室成員嗎？

她說：「不要再向前一步，否則我發誓我會扔下他！」

謝伊舉起雙手，豆豆也是。

豆豆說：「我只是……史黛拉，快想起你是誰。」

不過，現在史黛拉**確實**想起來了，而這就是重點。她是冰雪公主，她的家就在她的城堡，那裡有她的巨怪、魔鏡、地牢、鐵拖鞋，為什麼她會讓這些人說服她離開？

她盯著伊森，儘管朵拉一直試著啄他，但他仍然努力抓著牠，她不知道自己怎麼會感覺到對他的友情。她討厭他，討厭所有人……

伊森在史黛拉的眼中看到讓他感到害怕的一些東西，他知道她會鬆手放開他，他會摔死，這全是因為他試著救一隻甚至不喜歡他的鵝。先是朱利安被魷魚殺死了，現在伊森即將被冰雪公主與她瘋狂的鵝害死了。

他開口：「告訴我爸爸……」

但他還來不及往下說，豆豆就說：「菲利克斯會怎麼說？」

史黛拉聽到這個名字就僵住了，她重複道：「菲利克斯？」

然後她的腦中響起菲利克斯的聲音，他在北極熊探險家俱樂部對她說的話：

我們和善對待別人會有什麼損失嗎？

豆豆繼續說：「當他發現你原本可以救一位探險家卻任他死亡，他會怎麼說？」

史黛拉的心糾緊，當她想起菲利克斯，想起他的笑聲與笑容，想起他看著她時心滿意足的眼神，她突然感到溫暖而不是寒冷。

豆豆說：「他要對你在探險時的行為負責，不是嗎？他會因此蒙羞，被趕出北極熊探險家俱樂部。」

史黛拉想著：**我不想要那樣，我完全不希望這樣，這不是我！**

她用空著的那隻手扯掉頭冠，把它扔到雪地裡。謝伊與豆豆衝上前幫忙，他們三人一起把伊森與鵝從懸崖邊拉上來，這隻鵝立刻拍著翅膀離開，暴躁的大聲鳴叫，顯然對整個事件非常生氣。

史黛拉說：「伊森，我很抱歉。」

伊森舉起手說：「沒關係，沒關係，我喜歡掛在懸崖邊晃來晃去，同時有一隻鵝啄著我的臉，真的。」

豆豆默默的遞給他另一片企鵝造型的膏藥，伊森把它貼在臉頰的新傷口上。

史黛拉覺得很難受，她說：「我會找到方法來補償你。」

伊森回答：「我只能怪自己，我不該威脅要把你變成瞎鼹鼠，那樣說非常沒禮貌。」

他對她露出另一個難得的笑容，史黛拉忍不住擁抱他，雖然他為此抱怨。

她說：「謝謝你救了朵拉，我很抱歉牠啄了你。」

史黛拉覺得再也不想看到那個頭冠了，完全支持把它埋在雪地並忘了它，但其他人說服她將它帶回家，至少冰雪公主的魔法頭冠將成為北極熊探險家俱樂部收藏展示的新珍品。因此，她將頭冠放回有捲心菜的禮帽盒，接著他們全都擠進雪橇車裡，並繼續往船的方向前進。

讓他們大大鬆了一口氣的是，英勇冒險家號還在那裡，在冰冷的大海中輕輕的來回擺盪。當他們靠近時，幾位水手正將最後一批物資運上船，所以他們指示水手千萬不要打開禮帽盒，否則會有一個非常討人厭的驚奇。他們向動物說再見，然後匆匆趕上船。海魷魚探險家俱樂部與北極熊探險家俱樂部的許多成員在甲板上亂晃。看見這些菜鳥探險家出現時，他們立刻衝過來打招呼。這些菜鳥探險家是最後一批回來的人，大家看見他們安然無恙都很高興，也鬆了一口氣。

史黛拉發現斐茲洛伊船長在甲板的另一邊，她大喊：「船長！」

他聽見她的聲音，於是轉過身，這些菜鳥探險家走過去時，他向史黛拉深深一鞠躬，說道：「玻爾小姐，很高興見到你，當然也很高興見到你們其他人。我們本來開始害怕最壞的情況發生。」

謝伊問：「您知道我爸爸在哪裡嗎？」

斐茲洛伊船長說：「吉卜林隊長在行李間。」他看著豆豆說：「我認為你的叔叔也是。」

這兩個男孩暫時和其他人說再見，然後匆匆走向行李房。

史黛拉問：「那菲利克斯呢？」他不在這裡找她，這似乎很奇怪，她突然害怕他可能受傷了，或者更糟糕的是，在探險時迷路了。

斐茲洛伊船長歪著腦袋回答：「現在玻爾先生正與其他一些探險家爭吵，他們吵架聽起來精力充沛，但就我所知，探險家確實專門做這件事。」

史黛拉意識到他說得對，她可以清楚的聽到附近的爭吵聲。

伊森說：「這聽起來像來自狼舍。」

他們兩人立刻走到艦橋的另一邊，史黛拉聽見菲利克斯的聲音，他聽起來顯然非常生氣，這根本不像他，史黛拉想知道他們究竟為了什麼爭吵。伊森拉起帆布罩，他們兩人往內窺視，看到十幾位探險家擠在狼舍裡。

其中一人說：「你不能把狼帶走，牠們是北極熊探險家俱樂部的財產。」

菲利克斯不耐煩的回答：「牠們到時候就會回俱樂部了。」這時史黛拉看到他了，他就在狼舍的後面，下巴有鬍渣，看起來比平時更不修邊幅，但除此之外，他和以前完全一樣，「等我回到俱樂部，就會支付使用狼的費用。」

那位探險家回答：「但你**不可能**回到俱樂部，你這個瘋子！你將會成為冰屋裡的骷髏！」

菲利克斯回答：「如果我會成為冰屋裡的骷髏，那也是我的事，與他人無關。我無法阻止這艘船離開，但我可以獨自帶著這些狼去找史黛拉與其他人。」

另一位探險家說：「你不會獨自一人。」這個人是伊森的爸爸柴克里・文森・盧克，他走上前，站在菲利克斯旁邊，「這位先生或許說了很多關於小仙子權利之類的愚蠢廢話，但他說對了一件事：我們不能把孩子留在這個被遺棄的冰凍荒原，他們一定會死，而我不會放棄我兒子，我們必須留下來尋找他們。這些狼要和我們一起去，任何試圖阻止我們離開的人都會變成唱歌的黃瓜，我的警告不會再說第二次。」

史黛拉聽到身旁的伊森倒抽一口氣，他提高聲音說：「爸爸，沒必要這麼做。」但其他探險家異口同聲的激烈反應壓過他的聲音。

其中一人大喊：「從來沒有人威脅要把我變成黃瓜！沒有人！」

「這是侮辱！」

「這是公然侮辱俱樂部！」

「你們兩個都應該被舉報。」

一位留著紅色八字鬍的魁梧探險家說：「我認為我們應該體諒盧克，畢竟他最近剛失去一個兒子，誰能怪他不想失去另一個呢？」他指著菲利克斯，「先生，但你的行為說不過去，說不過去！啊，那個奇怪的雪白女孩甚至不是你真正的女兒！事實上，我們許多人都覺得你當初根本不該把她從冰凍群島帶回去。」

菲利克斯問：「你寧願我讓一名幼童獨自凍死在雪地裡？」他的臉變成奇怪的粉紅色，「任何有一點良心的人都完全不會考慮這種事吧？對我來說，史黛拉是世界上最珍貴的人，我願意為她的生命獻上我的生命一百次。」

那個紅色八字鬍男人堅持說：「誰知道她來自哪裡或者她是什麼人？」然後他發著抖說：「那個女孩雪白的頭髮與冰冷的藍眼睛讓我發毛，那雙眼睛直視你的時候，就像根本沒有熱情一樣。如果你問我，她應該……」

然而，他沒繼續往下說，因為菲利克斯用一個俐落的直拳揍他的下巴。那位探險家沒料到這個情況，砰的一聲倒在地板上。

史黛拉震驚的用雙手掩住嘴。她記得菲利克斯偶爾會提到他年輕時是拳擊冠軍，但她一直以為他在開玩笑。

「史黛拉擁有的熱情是你的十倍，你這個無知、頑固的傻瓜！」菲利克斯一隻手耙過蓬亂的頭髮，深吸一口氣說：「我這輩子從來不曾在拳擊場外打過另一個人，但如果你再次在我面前那樣說我女兒，我……」

史黛拉大喊：「菲利克斯！」這一次，每個人都聽到她的聲音，這些探險家全都轉身一起瞪著她看。

菲利克斯盯著她，驚呼說：「天啊！史黛拉！」

倒在地上的那位探險家利用菲利克斯短暫的分心，爬了起來，撲向菲利克斯。然而，他根本還沒碰到菲利克斯，柴克里．文森．盧克舉起手，那位探險家立刻變成一根會唱歌的黃瓜，在木板上滾動，然後停在菲利克斯的靴子旁邊。

這位巫師搖搖頭，不以為然的說：「趁著一個人轉身時攻擊是失禮的事，非常失禮。」

菲利克斯朝柴克里點頭表示謝意，然後小心翼翼的跨過黃瓜（它正熱情唱著水手船歌），跑向史黛拉，這時她也匆匆走向他，他們在狼舍中間相會。菲利克斯把史黛拉抱起來，史黛拉雙腳離地，她把臉埋在他的頸窩，嗅聞他身上熟悉的肥皂香與薄荷香。

最後他把她放下來，說道：「我最親愛的女兒，相信我，看到你是我這輩子最開心的時候。」

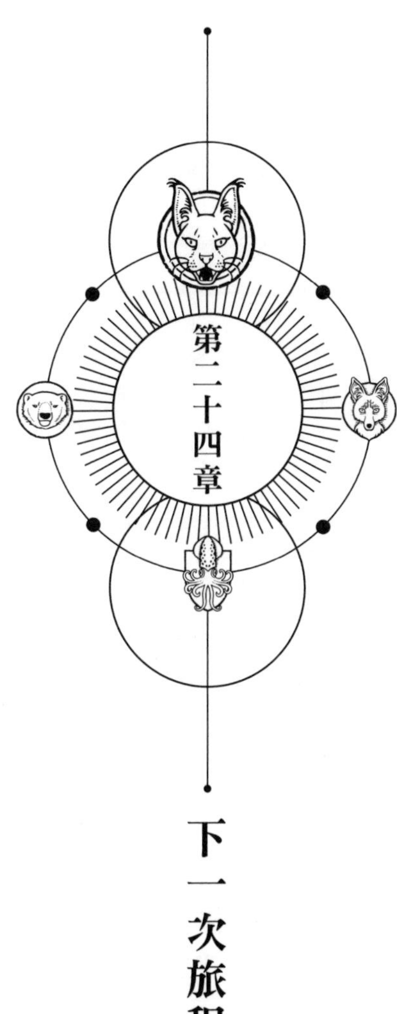

第二十四章

下一次旅程

回到北極熊探險家俱樂部後，他們受到溫暖的歡迎，俱樂部還舉辦了一場盛宴款待歸來的探險家。第一座冰橋倒塌後，成年探險家無法到達冰凍群島最冷的地方，但在探險期間仍發現了一些有趣的事物，包括雪怪池、小仙子北極熊棲息地、一群吵鬧的跳舞企鵝。他們甚至帶了一隻跳舞企鵝回來，牠叫做蒙堤，整晚都用捷格舞、滑步捷格舞、穀倉舞、康康舞等熱情的表演，取悅用餐的人。

不過，眾人的焦點是那些菜鳥探險家。北極熊探險家俱樂部主席很高興能為俱樂部達到另一項史上第一的成就，即使這是與海魷魚探險家俱樂部共同達到的成就。他們已經到達冰凍群島最寒冷的地方，這值得慶祝。兩個俱樂部輪流展示這次探險發現的東西，由北極熊探險家俱樂部開始，他們立刻展示了食肉捲心菜、星芒、冰雪公主的頭冠。

俱樂部主席甚至請他們考慮交出朵拉，讓牠成為標本，與其他捕捉自冰凍群島的野獸一起放在前方大廳。史黛拉直接拒絕這個要求，菲利克斯支持她。這個詢問顯然讓他擔心跳舞企鵝的安全，然而，史黛拉注意到菲利克斯認為沒有人在看時，偷偷把牠放進包包裡。偷走一隻企鵝（而且是神奇的企鵝）顯然違反俱樂部的規則，但史黛拉知道菲利克斯常常對規章手冊視而不見。

然而，北極熊探險家俱樂部主席最滿意的發現，既不是頭冠、捲心菜、星芒、或者魔鵝，而是史黛拉從小霜子那裡偷走的鬍子湯匙。主席宣稱它是有史以來最巧妙的發明，史黛拉似乎因為把它帶回來而可能獲得某種特別獎勵。

宴會氣氛十分熱烈，北極熊探險家俱樂部與海魷魚探險家俱樂部之間的氣氛幾乎一度算是愉快，儘管柴克里．文森．盧克不停的說：「當然，如果不是我的兒子伊森，他們都可能被捲心菜殺死了。」但大家對事情的結果似乎都感到滿意。伊森說：「爸，這是大家共同的努力。」然後，帶著歉意向三人擠眉弄眼。

史黛拉其實不在意誰出於什麼原因得到什麼稱讚，菲利克斯說探險不是為了個人榮譽，任何因為想成名而參加探險的探險家注定失敗，你得熱愛探險帶來的興奮感，而史黛拉絕對做到這一點。

這些菜鳥探險家一直待在桌旁，直到甜點送來，畢竟他們都不想錯過小冰屋冰淇淋蛋糕。史黛拉敲碎她的冰淇淋蛋糕，發現裡面有個小霜子家庭，這是為了紀念他們的發現。小霜子冰淇淋由白色薄荷糖片製成，還有著巧克力爪子，史黛拉喜歡嘎吱嘎吱的嚼碎它們。

吃完甜點後，史黛拉瞥了桌子另一頭的伊森一眼，向他示意他們要離開了。這位巫師點了點頭。史黛拉悄悄溜出房間，其他三人跟著在她後面，一個接一個離開，前往旗幟廳。四人都渴望看看他們的探險旗，這面旗被展示在特別的位子，因為這是史上第一次聯合探險的旗子。

豆豆在返回寒門的路途上寫了旗幟報告，並按照阿賈克斯船長的要求，避免提到氂牛與雪怪旅館的逃犯藏身處。為了以防萬一，他們甚至將「雪之女王號」的稱呼改成「雪之鵝」，畢竟他們受了阿賈克斯船長的恩情，而且不希望造成他被迫回到危險的生活，將失竊的寶藏圖歸還給十七海的忘恩負義的海盜。

抬頭凝視著旗幟時，伊森說：「我覺得和你們一起探險完全是惡夢，但有些部分並不糟。」

史黛拉問：「你最喜歡的部分是什麼？被小霜子咬？」

伊森糾正：「事實證明我對小霜子的看法**正確**，這一點我永遠喜歡。」

豆豆說：「俱樂部主席一直與菲利巴斯特隊長保持聯繫，他的《探險與探索指南》新版本出版時，內容將包含利用鬍蠟治療凍傷。」

謝伊說：「爸爸認為這項新知識可以挽救很多生命。」

豆豆回答：「還有手指與腳趾。」

史黛拉問：「冰凍群島很有趣。你們下一個最想探索的地方是哪裡？」

豆豆問：「你不想待在家裡一段時間嗎？」

史黛拉回答：「我**已經**好好享受一會兒了。我來到這裡的時候享用了熱巧克力，在客房裡享用了奶油烤圓餅，還快樂的洗了澡。我想回家向葛拉夫、恐龍、獨角獸打個招呼，但接著我想開始計畫另一次探險。菲利克斯說俱樂部主席對鬍子湯匙很滿意，他一定會給我北極熊探險家俱樂部的永久會員資格。如果可以選，你們下一次要去哪裡？火山島？仙人掌谷？蠍子沙漠？」

豆豆問：「蠍子荒漠不是強盜的國家嗎？」

伊森插嘴：「我一直想看看鑽石瀑布浮島，我想那裡沒有強盜。」

史黛拉試探的說：「我們應該一起計畫另一次探險。」她突然感到害羞，如果其他三人不想再和她一起去探險怎麼辦？他們第一次一起探險是不得已，但自願一起計畫去探險完全是另一回事，「我們都**想要**再次一起去探險，不是嗎？」

謝伊立刻說：「把我算進去吧。」

豆豆說：「我也加入。」史黛拉催促：「伊森你呢？」

這位巫師停頓了一下，突然咧嘴笑了，說道：「我不會錯過，而且如果沒有我，你們會完全迷路，很可能在數小時內死亡。」

謝伊同意：「我們很需要能憑空創造出極地豆的人，小蝦子。」

伊森樂意幫忙，他彈了一下手指，只是變出來的不是極地豆，而是一隻小蠍子，牠快速跑到房間的角落，一對螯極凶惡的互敲，發出喀嚓聲。

這四名探險家逃離房間，伊森說：「不要怪我！你們不該提到沙漠蠍子！」

後記

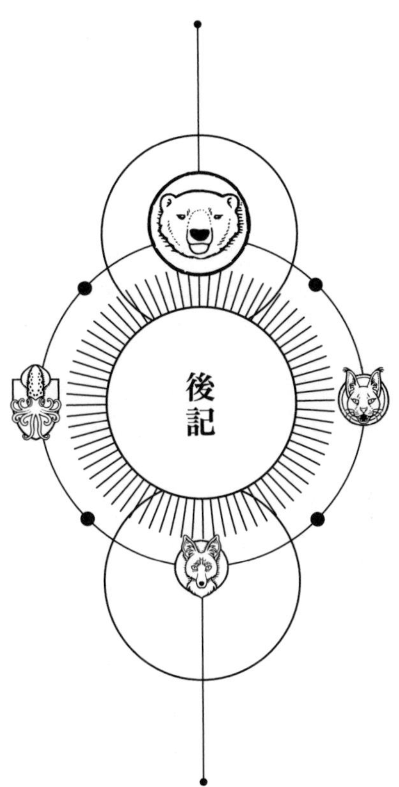

菲利克斯總是說，經過一段時間的旅行後，回家躺在自己床上度過的第一個晚上，是生命中一大樂事。他們長途跋涉回家後，史黛拉發現菲利克斯說得確實沒錯。

他們在廚房的爐邊一起享用熱巧克力與起司吐司，葛拉夫在搖曳的火光前愉快打盹。回到家那天，當她走進門時，北極熊興奮得幾乎把史黛拉壓扁，菲利克斯得抓住斗篷帽兜把她拉起來，讓她再度站好。然而，史黛拉並不介意。也很高興再次看到她的北極熊，開心的感受著牠舔著自己臉蛋的溫暖舌頭，雖然她的探險家斗篷確實沾滿牠的口水。

菲利克斯愉快的說：「別擔心，問題會解決的，大多數的事情都是這樣。」

史黛拉上樓睡覺時，葛拉夫跟了上去。菲利克斯同意她也可以帶巴斯特，這是特別優待。她坐在床上，從包包裡拿出極地寵物，窺看冰屋內部，看看企鵝在忙什麼。一鍋熱巧克力放在小爐子上加熱，企鵝之間分享著一袋藍色棉花糖，一直對著彼此開心鳴叫。棉花糖是魚的形狀，事實上，熱巧克力還沒準備好，企鵝就大口吃掉了大多數的棉花糖。

史黛拉把冰屋放在床頭櫃上，換成最喜歡的獨角獸睡衣，直接倒在被窩裡。床鋪讓人感到舒服、熟悉、溫暖，讓人感到快樂，就連掛在上方緩慢旋轉、閃閃發光的懸掛飾物也是一樣。

葛拉夫在她房間壁爐旁的地毯上伸展身子，愉快的打鼾，巴斯特依偎在史黛拉的臂彎，小爪子緊緊的抓住她的拇指。史黛拉很高興回到家裡，身邊都是心愛的寵物，她很快就熟睡了。

她睡著後許久，一切都很安靜。接著，她的行李箱突然開始自行動了起來，它晃動了幾次然後摔倒，側面落地，導致鉤子突然鬆開。葛拉夫在睡夢中哼了一聲，但沒有醒來，史黛拉與巴斯特也是。

幾秒鐘後，一隻木頭小手探出箱子，接著是一隻手臂，然後是一顆頭。雖然動作緩慢，但來自冰雪城堡育兒室的女巫木偶確實爬出了史黛拉的行李箱，線在它周圍晃動，好像有個隱形的木偶主人控制著線。

女巫木偶燒傷起泡的腳落在史黛拉的雪花地毯上，它粗糙的木頭小手拂過裙子，拍落掉在行李箱裡沾到的小片絨毛。它還拍了拍尖帽，確保帽子仍戴在頭上，然後抬起頭，慢慢環視整個房間，看著周圍的環境，最後，它彩繪的眼睛盯著史黛拉。史黛拉在床上熟睡，根本不知道有一個女巫木偶剛剛爬出行李箱。

完全靠它自己的力量。

致謝

非常感謝我的經紀人和版權代理公司，他們一直為我的作品奮鬥不懈。也謝謝可愛的出版社給予【北極熊探險隊】系列無比的支持與熱情。

感謝我家兩隻暹羅貓 Suki 和 Misu 給我愛的抱抱。

謝謝我的未婚夫 Neil Dayus，為我提供飲料和書中的一些點子，包括威諾斯交易站和魔法帳。

感謝過去一年來，在網路上或面對面遇見的所有童書商與老師，他們對閱讀和書籍的熱愛，總能激發我的熱情。

最後，我要對所有讀過並喜歡【北極熊探險隊】系列的孩子們獻上最大的謝意。當你們打扮成書中的人物、寫信給我或在教室創作東西，還是在各個活動分享美妙的點子時，都在在提醒了我，做為一名童書作家是多麼特別的事。希望你們也喜歡這本書。

XBSY0031

北極熊探險隊 1 冰雪公主

THE POLAR BEAR EXPLORERS' CLUB

作者：艾莉克斯・貝爾（Alex Bell）
繪圖：托米斯拉夫・托米奇（Tomislav Tomić）
翻譯：廖綉玉

字畝文化創意有限公司
社長兼總編輯：馮季眉
編輯：戴鈺娟、陳心方、李培如
特約編輯：陳嫺若
美術設計：江宜蔚
封面繪圖上色：廖于涵
出版：字畝文化創意有限公司
發行：遠足文化事業股份有限公司（讀書共和國出版集團）
地址：231 新北市新店區民權路 108-2 號 9 樓
電話：(02)2218-1417
傳真：(02)8667-1065
電子信箱：service@bookrep.com.tw
網址：www.bookrep.com.tw
郵撥帳號：19504465 遠足文化事業股份有限公司
客服專線：0800-221-029

法律顧問：華洋法律事務所　蘇文生律師
印製：呈靖彩藝有限公司

2023 年 7 月　初版三刷　定價：380 元
ISBN 978-986-5505-86-8　書號：XBSY0031

國家圖書館出版品預行編目（CIP）資料

北極熊探險隊 . 1, 冰雪公主 / 艾莉克斯 . 貝爾 (Alex Bell) 作 ; 托米斯拉夫 . 托米奇 (Tomislav Tomić) 繪圖 ; 廖綉玉翻譯 . -- 初版 . -- 新北市 : 遠足文化事業股份有限公司字畝文化 , 2021.06
368 面；　14.8 x 21 x 2.6 公分
譯自 : The polar bear explorers' club.
ISBN 978-986-5505-86-8（平裝）
873.596　　110007950